수상한 한의원

수상한
한의원

배명은 장편소설

TXTY

등장인물 소개

김승범(남, 33세)

서울 대형 한방병원에서 쫓겨나듯이 떠나, 우화시로 내려왔다. 큰 돈을 벌어 다시 서울로 돌아갈 생각이다. 실력 좋은 한의사지만, 그리 친절한 성격은 아니다. 특히, 특정 유형의 환자들에게 더욱 예민한 태도를 보인다.

고수정(여, 68세)

우화시 토박이 한약업사로, 젊은 시절부터 꾸준히 한약방을 운영해 왔다. 마을 주민들뿐만 아니라 한약방을 찾아오는 모든 사람과 귀신의 이야기를 허투루 듣지 않는다. 누군가를 간절히 기다리고 있다.

윤공실(여, 68세)

수정의 친구로, 수정 한약방에서 지내는 귀신이다. 끊임없이 먹지만, 배고픔을 계속 느낀다. 오지랖이 넓고 말하는 걸 좋아한다. 자기 소원을 이루기 위해 승범을 이용할 기회를 엿본다.

이정미(여, 33세)

능력 있는 간호사로, 승범과 함께 우화시에 왔다. 인내심이 깊으며, 친절하고 싹싹하다. 승범이 딴짓하는 와중에도 환자가 없는 한의원을 위해 발 벗고 나선다.

장 영감(남, 74세)

아내의 유골함을 품에 안고 하루에 한 번 시내를 돌아다니는 우화 시 유지다. 수정과 사이가 좋지 않다.

송기윤(남, 33세)

제일한방병원의 부원장이자, 승범과 라이벌 관계인 한의사다. 실력보단 돈과 부모의 뒷배가 더 받쳐 준다.

그 외 수정 한약방을 찾는 귀신들

죽어서도 도박을 끊지 못하는 귀신, 구두가 사라져서 곤란한 영업직 귀신, 머리를 옆구리에 끼고 다니는 귀신 등.

목차

0. 프롤로그

부원장 자리를 빼앗겼다. 승범은 모니터에 뜬 놈의 이름을 확인한 순간 치받는 울화에 이를 꽉 물었다. 소리를 내지르고 싶은 걸 억지로 참으며 열이 오르는 얼굴을 문질렀다. 삐— 하고 귓가에서 이명이 들렸다. 스트레스를 받을 때마다 들리는 경고음 같은 거였다. 그는 천천히 심호흡을 크게 했다.

"아닐 거야. 아니고말고."

잘못 본 것이라고 스스로를 타이르며 다시 모니터를 봤다. 그러나 눈을 비비고 안경을 써 봐도 변치 않는 망할 이름은 더욱 선명하게 그 자리를 차지하고 있었다. 머릿속이 뿌옇게 되면서 며칠 전 일이 떠올랐다.

고급 스시집, 미닫이문을 열고 들어선 승범은 이 집

에서 제일 비싼 음식으로 거나하게 차려진 상 앞에 앉았다. 들어오기 전에 잔뜩 조인 넥타이가 답답했지만, 불편한 긴장으로 자세는 반듯해졌다. 늦을까 봐 약속 시간보다 10여 분 일찍 온 승범은 자신보다 먼저 와 있던 제일한방병원 병원장 김진태의 모습에 당황했지만, 애써 웃는 낯을 했다. 심지어 병원장은 제멋대로 음식을 주문하고는 먼저 먹고 있었다. 승범은 입꼬리를 잔뜩 올리고는 맞은편에서 병원장이 하는 양을 지켜봤다.

김진태는 젓가락으로 자연산 참돔의 뱃살을 집고 고추냉이를 푼 간장에 푹 찍었다. 혀가 먼저 길게 나와 참돔 뱃살을 마중했다. 쩝쩝. 참돔의 뱃살이 혀에 요리조리 움직이고 하얀 이에 씹혀 목구멍으로 밀려 사라졌다. 몇 번의 젓가락질이 상 위를 오가고 음식이 입안으로 사라지자 그제야 김진태는 승범에게 눈길을 줬다. 그 눈길에 승범은 잽싸게 가지고 온 검은 서류 가방을 내밀었다.

"제 모든 성의를 담았습니다."

김진태의 불거진 두 눈이 계속 승범을 응시했다. 잠시 뒤 승범이 뜻하는 바를 알아채고는 "하핫!" 하고 웃었다. 그 웃음이 긍정의 웃음이라고 생각해서 승범은 당당하게 어깨를 폈다. 김진태는 휴지로 기름진 입가를 닦아냈다. 그는 자리에서 일어나며 승범을 내려다봤다.

"내 자네가 우리 한방병원의 수익에 지대한 공을 세우고 있다는 걸 잘 알고 있네."

그 말에 승범은 고개를 꾸벅 숙였다. 가슴이 벅차올랐다.

"알아주신다니 감사합니다!"

"그러니 잘 받겠네. 아, 회 좀 먹어보게. 오늘 아주 맛이 기가 막혀."

양복 상의를 입으며 그렇게 말한 김진태는 서류 가방을 챙기고는 따라 일어서려는 승범을 남겨두었다. 미닫이문이 탁 소리를 내며 닫혔다.

뚝 하고 뭔가가 끊어졌다. 승범은 자리에서 일어나 진료실을 나섰다. 앞에 있던 간호사 이정미가 환자와 대화하고 있다가 화들짝 놀라서 승범을 붙들었다.

"선생님, 어디 가세요? 지금 환자분이 대기 중이세요."

"지금 그게 문제예요?"

"그게 문제가 아니면요?"

그는 황당해하는 간호사의 손을 뿌리치고는 성큼성큼 엘리베이터로 향했다. 가장 꼭대기 층을 누르고 팔짱을 꼈다. 엘리베이터는 아주 천천히 올라갔다. 그는 느리게 바뀌는 붉은 숫자를 노려보다가 콧방귀를 뀌었다. 그날 병원장이 했던 행동 하나하나가 머릿속에서 맴돌았다.

긍정의 웃음? 그것은 비웃음이었다. 수입에 지대한 공을 세우고 있다는 말이 자신이 준 뇌물을 먹고 튀겠다는 말이었다니. 그 돈이 어떤 돈인데! 권위 있는 부원장 자리를 노리고, 있는 자금을 다 끌어모아 만든 돈이었다. 이렇게 날로 먹으려고? 그렇게 비싼 회를 좋아하더니 원래부터 그럴 의도였던 거야?

"그것참 더럽게 처먹네!"

탁탁탁. 엘리베이터 안, 조급한 구둣발 소리가 바닥에 울리더니 이내 문이 열렸다. 승범은 하얗고 긴 복도를 가로질러 병원장실로 향했다. 비서가 그를 보고 자리에서 일어났다. 그런 비서를 무시하고 승범은 문을 열었다. 놀란 비서가 뒤따르며 소리쳤다.

"선생님, 잠시만요. 지금 부원장님이 계세요!"

소파 상석에 앉은 병원장 김진태와 그 옆에 말년 병장처럼 앉아 있는 송기윤이 들이닥친 승범을 봤다.

"부원장은 개뿔."

승범은 저 송기윤에게 부원장 자리를 빼앗겼다. 부모 뒷배로 제일한방병원에 낙하산으로 들어온 주제에 부원장 자리도 꿰차다니. 도대체 그 부모한테 얼마를 받아 처먹은 걸까? 그것이 얼마든 자신이 들인 돈보다 더 많았을 거란 생각이 들자 속이 뒤집혔다.

"자네, 여기가 어디라고 그렇게 막 들어오나?"

송기윤이 자리에서 일어서며 어색한 말투로 물었다. 그 말을 무시하고 승범은 김진태 앞으로 갔다.

"병원장님이 말씀하셨었죠? 우리 제일한방병원의 수익이 제 덕분이라고. 근데 이렇게 보니 아닌 것 같습니다?"

승범은 옆에 선 송기윤을 노려봤다. 그 눈빛에 송기윤은 어깨를 움찔하다 스스로 생각하기에도 수치스러웠던지 헛기침을 했다. 그리고 고래고래 소리를 질렀다.

"이게 말이라고 막 하면 되는 줄 아나. 네놈이 더러운 짓을 한다고 남도 그런 줄 알아? 너랑 나는 클래스가 다르다고, 클래스가!"

"똥구멍을 신문지로 닦든 티슈로 닦든, 어차피 똥 닦는 건 매한가지 아닌가?"

"더럽게 똥똥거리기는."

두 손을 허리에 올리며 송기윤은 씨근덕거렸다.

"김 선생."

가만히 앉아 이를 보던 김진태가 승범을 나지막이 불렀다.

"자네가 환자들에게 비싼 약을 팔아서 우리 한방병원의 수익을 일궈낸다는 건 사실일세. 그러나 그뿐이야. 자네는 환자를 대할 때 너무 사무적이야. 그에 대한 컴플레인도 만만치 않아서 한방병원의 이미지가 말이 아닌 건 자네도 잘 알고 있지 않은가?"

"한의사가 사람만 잘 치료하면 되는 거 아닙니까?"

"그건 일회성이지. 환자와의 소통을 통한 공감대가 전혀 없으니 자네에게 치료받았던 그들은 서비스가 더 좋은 한의사를 찾지 않겠나? 여기 송기윤 선생을 보게. 김 선생과는 달리 환자들의 아픔을 이해하며 그들에게 얼마나 질 좋은 서비스를 제공하는지. 아픈 사람들을 따뜻하게 보듬으니 병원의 이미지도 좋아지고 '이달의 한의사'에도 뽑히고 그러는 거지. 그게, 마음에 없는 말이라도 말이야."

김진태는 찻잔을 들어 입가에 가져갔다. 우아하게 한 모금 마시더니 차가 식었다며 탁자에 내려놓고는 승범의 뒤에 선 비서에게 차를 다시 내오라고 시켰다. 김진태의 칭찬에 송기윤은 어깨를 폈다. 의기양양한 그 표정이 승범은 마음에 들지 않았다.

"자기밖에 모르는 자가 병원장님의 깊으신 뜻을 어떻게 알겠습니까?"

송기윤이 이기죽거렸다. 승범은 얼굴이 화끈거렸다. 자신이 이곳에서 많은 공로를 세웠건만, 다 무시되고 송기윤과 비교를 당하는 이 순간이 치욕스러웠다.

"아무리 개인주의인 시대라도 말이야, 변치 않는 게 있는 법이야. 환자를 감명시킬 수도 없고, 돈도 없고,

이렇다 할 배경도 없으니. 나한테도 작은 감명을 주지 못한다는 소리야."

승범은 치미는 화를 참으려 고개를 흔들었지만, 김진태의 마지막 말에 불퉁한 말이 먼저 나갔다.

"실력은 요만큼도 없고! 이렇게 입에 발린 말이나 잘하는 송기윤을 부원장 자리에 앉히실 거였다면! 미리 말씀이라도 해 주시면 좋지 않았겠습니까? 제 성의가 무색해지지 않게요."

그 성의를 무색하게 만들 거였다면 도로 줘야 마땅했다. 이대로 먹고 튀게 둘 수는 없었다. 전세금을 비롯해서 이때까지 애써 모은 돈이었다. 발끈한 송기윤이 승범의 어깨를 밀었다.

"이게 보자 보자 하니까. 야, 넌 네가 치료를 잘하는 줄 알지? 너밖에 모르고 다른 사람한테 관심도 없으니까 그런 거 아니야. 세상에 널리고 널린 게 너보다 잘난 놈들이야. 대체 네 부모님은 널 어떻게 키운 거냐? 아, 맞다. 넌 모르겠다. 너 부모님 없잖아."

그러니까 돈을 도로 돌려받고, 지금까지 했던 대로 착실하게 진료를 보고, 다른 기회가 오기까지 기다리려고 마음을 먹었는데……. 승범은 송기윤의 마지막 말이 끝나기가 무섭게 그의 얼굴에 주먹을 휘둘렀다.

꺅! 누군가가 비명을 질렀다. 뒤로 나동그라진 기윤

이 지른 비명인지 퍼뜩 정신이 든 승범의 내적 비명인지 모르겠다. 그러나 지금 승범은 한 가지는 확실하게 알 수 있었다. '씨발, 망했다.'

◇◇◇◇◇

"야야, 그거 들었어? 승범 선생님이 기윤 선생님을 때렸다는 거?"

승범이 부원장 송기윤을 한 대 친 사실이 온 직원들의 귀에 들어가는 건 순식간이었다. 점심시간, 간호사들은 식사 후 커피를 사 마시며 그 사건을 화두에 올렸다. 처음엔 단체 카톡으로 온 짧은 메시지가 전부였으나 지금은 말에 말이 얹어졌다.

"내가 그 선생 큰일 칠 줄 알았지. 그동안 얼마나 성과에 미쳐 있었냐?"

"분명 우리 기윤 쌤 질투 나서 그런 걸 거야. 뭐 하나 빠지는 게 없잖아. 승범 선생보다 잘생겨, 금수저에다, 성격은 얼마나 자상하시니? 이번에 부원장 자리마저 빼앗겨서 결국 못 참고 주먹질했을걸? 그 자리 노린 거, 여기 있는 사람 다 알잖아. 그 지랄맞은 성격 어디 가겠니? 어휴, 우리 기윤 쌤 그 고운 얼굴에 상처라니. 내 맘이 다 아프다."

그렇게 말하는 간호사의 어깨를 누군가가 세게 치고

지나갔다. 그 때문에 손에 든 아이스아메리카노가 차올라 유니폼 가슴께를 적셨다. 짧은 비명을 지르자 어깨를 치고 가던 정미가 화들짝 놀라며 돌아봤다.

"어머, 미안! 내가 급히 할 일이 있어서 서두르다가. 미안, 미안."

그러고는 손으로 젖은 부위를 문질러 오염 부위를 더 넓게 퍼지게 했다. 간호사가 눈살을 찌푸리며 그 손을 쳐냈다.

"너 일부러 그랬지?"

"설마, 내가 왜? 그나저나 여분의 옷 있어? 없으면 내 거 빌려줄까? 어쩐지 난 곧 필요 없을 것 같아서."

"뭐래? 됐어!"

"그래? 그럼 난 일이 있어서 간다. 미안."

"야!"

생글생글 웃으며 미련 없이 돌아서자 화가 난 간호사가 정미를 불렀다. 그러자 옆에 있던 간호사가 그녀를 만류했다.

"야, 똥 밟았다 쳐. 쟤 승범 선생이랑 절친이잖아. 끼리끼리라고 쟤도 독종이라고 하더니만, 만만치 않네. 일부러가 아니긴. 가자. 내 옷 빌려줄게."

1. 새로운 출발

봄의 햇빛은 따가웠고 막 잎이 돋기 시작한 초목의 풍경은 아직 황량하기만 했다. 짐을 한가득 실은 트럭 뒤를 따라 벤츠가 길을 달렸다. 8차선에서 4차선으로, 4차선에서 2차선으로 길은 점점 좁아졌다. 낡은 트럭의 뒤꽁무니만 보던 승범은 바짝 조인 넥타이를 풀었다. 익숙했던 도시의 고층 빌딩과 도로에 비좁게 선 차들의 풍경이 사라지면서부터 속이 답답해졌다. 여기를 보면 산, 저기를 보면 논과 밭, 어쩌다 나타나는 농가를 보고 그만 아찔해져서 창문을 열었다. 차가운 공기가 차내의 탁한 공기를 휩쓸었다.

'산세 좋고, 물 맑은, 살기 좋은 도시 우화!'

바람에 실려 웃음 섞인 한 남자의 목소리가 들려왔다. 예전에 잠시 알았던 그 사람을 떠올리자 현기증이 일었다. 승범은 다시 창문을 닫았다. 조수석에 앉아서 힐끗 그를 보던 택영이 에어컨을 틀었다.

"봄인데 벌써 덥네요. 안 그렇습니까, 정미 씨?"

그는 뒤에 앉아 고개를 숙이고 있는 여자한테 일부러 말을 걸었다. 그러나 대답은 돌아오지 않았다. 택영이 돌아보니 정미는 꾸벅꾸벅 졸고 있다. 차가 고속도로에 들어서면서부터 놀러 가는 것 같다며 조잘대거나, 어디 어디 휴게소의 어떤 음식이 맛있으니 꼭 가자고 다짐하더니만. 다시 적막 속에서 한숨만 쉬어대는 승범이 어색해 택영은 핸드폰을 꺼내 들었다. 그만둔 제일한방병원의 직원 단톡방, 빨갛게 쌓인 숫자가 어마어마했다. 단톡방에 뜬 기사 하나 때문에 모두 호들갑이었다. 궁금한 마음에 택영은 그 링크를 클릭했다. "헉!" 그걸 본 택영이 짧은 숨을 들이켰고 운전하던 승범의 시선이 그가 든 핸드폰으로 향했다.

**유명 암 전문 한방병원 한의사,
뇌물로 부원장 자리 따내기?**

고딕체로 부각된 제목의 한 글자 한 글자가 눈앞에 떠올라 휘휘 돌았다. 갑자기 맞은편에서 승용차가 경적을 길게 울렸다. 택영이 "으악!" 소리를 내지르며 안전

벨트를 꼭 쥐었다. 깜짝 놀란 승범이 핸들을 돌려 중앙 선을 넘은 차를 바로잡았다. 차가 휘청거리며 간신히 제 궤도로 들어섰다 싶을 때 승범은 그대로 갓길에 차를 세웠다.

택영은 연이은 거친 운전에 눈을 질끈 감고 주기도문을 외웠다. 중간중간 욕과 후회의 한탄이 흘러나왔다.

"뭐예요?"

잠에서 깬 정미가 시끄럽다고 택영의 어깨를 때리며 승범에게 물었다. 대답 대신 승범은 택영에게서 핸드폰을 빼앗아 들었다.

유명 암 전문 한방병원 한의사,
뇌물로 부원장 자리 따내기?

화면을 내리면서 기사 전문을 읽던 승범은 모자이크 된 사진을 보고 입을 악다물었다. 누가 봐도 승범이었다. 뒤에서 고개를 빼 기사를 함께 읽던 정미가 한숨을 내쉬었다.

"뇌물 준 사람을 이 바닥에 발도 못 붙이게 하려고 작정했네. 아니, 준 사람만 나쁜가? 받고 배 째라는 병원장이 더 나쁘지. 세상사 기본이 기브 앤 테이크인데, 서러워서 어디 살겠나? 아이참, 사진이라도 예쁜 거로 하든가. 촌스럽게 증명사진이 뭐야?"

정미의 목소리가 승범의 먹먹한 귓속을 유영했다.

"독한 저 인간이 어떻게 들어간 병원인데."

정미가 중얼거리자 이번엔 택영이 그만하라며 그녀의 어깨를 쳤다. 정미는 제자리로 돌아가 몸을 기댔다. 소름 끼치도록 차가운 바람이 휘휘 불어 승범은 에어컨을 껐다. 그는 백미러로 정미를 음울하게 쳐다보고는 다시 차를 출발시켰다.

정미와는 제일한방병원에서 의사와 간호사로 만나 5년을 함께 일한 동료 사이였다. 이렇듯 승범에게 독하다고 말하지만, 그녀 또한 만만치 않게 직설적이고 독설을 서슴지 않았다. 그러나 남다른 정의감이 있어 병원장한테 그런 말을 들었다고 했을 때, 의료인은 전문직이지 서비스직이 아니라며 오히려 승범보다 화를 많이 냈다. 물론 그 말에 앞서 '싸가지는 없으나, 저밖에만 모르나, 물욕에 눈이 멀었으나' 등등 승범을 깎아내리는 말을 하긴 했으나 나쁜 의도를 가지고 하는 말이 아님을 승범은 잘 알았다.

그녀가 선뜻 승범의 지방행에 따라나서 준다고 했을 때는 천군만마를 얻은 거나 다름없었다. 물론 그만큼의 수당이 지급된다는 전제하에 일은 진행됐지만, 일당백인 그녀가 옆에 있어 준다면 돈 버는 일은 수월할 것이

분명했다. 게다가 그런 그녀가 한방병원에서 유능한 남자 간호조무사 윤택영을 '월급 인상, 숙식 제공'으로 꾀어 데리고 왔을 땐 승범은 그 어떤 말이든 다 들어주리라고 다짐했었다. 지금이 그때였다.

다시 차내는 조용해졌다. 택영은 기진맥진했는지 눈을 감았다. 앞만 보던 승범은 문득 송기윤을 떠올렸다. 이 모든 게 다 그놈 때문이었다.

거기서 부모님 얘기가 왜 나오는가? 자신의 성격이 이렇게 꼬인 건 이혼한 부모님 때문이 맞긴 하지만, 그 마마보이 놈한테 들으니 속이 뒤틀렸다. 부모 잘 만난 놈의 인생은 직진만 펼쳐지는 순탄대로겠지만, 승범의 인생은 고난과 역경의 연속이었다.

승범은 어릴 적 부모님의 이혼으로 할머니 밑에서 자랐다. 그때의 아버지는 새벽같이 나가고 밤늦게 들어와 가족보단 그냥 동거인 느낌이었고 엄마는…… 돈 때문에 늘 아버지랑 싸우고, 돈 때문에 자신을 버리고 이혼한 엄마는 결국 돈 많은 미국 아저씨를 만나 이민 갔다. 세상에서 제일 예쁜 내 새끼라며 자신을 끌어안던 엄마 품이 떠올랐지만, 너무 어릴 때라 그게 현실인지 꿈인지 모를 일이다.

어린 시절 승범은 할머니를 따라 한의원에 자주 갔었는데 넓은 마당에 번듯한 한옥이 참으로 멋진 곳이었다.

너무나 으리으리해서 이런 곳에서 산다면 엄마도 자신을 버리지 않았을 거라는 확신이 드는 반짝반짝 빛이 나던 장소. 아무튼 그 기억이 이어져 한의대를 지망했고 합격까지 했다. 한의사도 의사이니 돈을 잘 벌겠다는 생각으로 공부했다. 처음 입학할 때만 빼고 수석의 자리를 놓친 적이 없었다. 그러나 졸업하니, 모든 건 돈과 '빽'이었다. 그동안 공부해서 한의사 면허증만 따면 돈을 벌 것이라는 희망에 차 있었는데 세상 물정을 몰라도 한참을 몰랐던 것이었다. 부모의 한의원을 물려받거나 지인의 뒷배로 한방병원에 들어가는 친구들. 자신은 고작 수도권 외곽의 한방병원에 들어갈 수 있었다. 그렇게 수석을 놓치지 않았건만, 개원할 돈이 있는 것도 아니고 그렇다고 유명 한방병원에 들어가게 도와줄 지인이 있는 것도 아니었기 때문에.

그렇다고 그 자리에 주저앉아 있을 수만은 없었다. 더 높은 곳, 돈과 희망을 가질 수 있는 곳. 정미의 말처럼 승범은 제일한방병원에 들어가기 위해 수단과 방법을 가리지 않았다. 경력을 화려하게 만들기 위해 작은 병에도 독한 약재를 과하게 넣은 한약을 처방하는 것을 마다하지 않았다. 그리고 돈이 생길 때마다 제일한방병원에 다니는 한의사들을 만나 친분을 쌓았다. 비싼 선물과 비싼 술값으로 친분이란 이름의 접대를 했다.

'빽'과 돈이 없으면 만들어 가면 되었으니까.

그렇게 목표하던 제일한방병원에 들어가 몇 년을 그곳에서 한의사로 지냈으니 승진으로 권위도 얻고, 돈 좀 더 벌겠다고 되는대로 긁어모아 뇌물을 원장한테 줬건만. 돈만 받아먹고 다른 인간을 앉혀? 날 잘라? 승범이 핸들을 틀어쥔 손에서 뿌드득 소리가 났다.

'내가 꼭 명의로 떠서 다시 인 서울 한다!'

새벽같이 출발해서 전라남도 우화시에 도착하니 시각은 정오였다. 시내라고 해도 3층 건물이 제일 높고 그래서인지 푸르죽죽한 하늘이 드높게 보였다. 1차선 도로와 거리는 한산했다. 승범은 멈춰 있는 트럭 뒤에 차를 댔다. 1층이 철물점인 건물이 이곳에서 그나마 새 건물이었다. 차에서 내린 정미는 몸이 뻣뻣하다며 기지개를 켰다. 택영은 종종거리며 트럭에서 짐을 내리는 사람들을 도우러 갔다.

승범은 몸을 숙여 2층에 새로 매달린 간판을 봤다. 새하얀 판에 진지한 궁서체로 써진 '승범 한의원'이 정오의 햇살에 빛이 났다. 승범은 대출을 한도까지 받아 이 건물 2층에 번듯하게 한의원을 차렸다. 도시에 흔하던 한의원이 이곳 우화엔 없었다. 독점 한의원으로 우화 노인네들의 돈을 착실하게 뜯어내고 명의로 거듭나 제일한방병원 옆에 그보다 큰 한방병원을 만들 것이다.
그리고 보란 듯이 그곳의 환자를 빼앗아 세계 제일의
한방병원으로 떠오를 테다!

승범은 백미러를 보며 머리를 단정히 하고는 심호흡
을 깊게 내쉬었다. 그리고 풀어 헤쳤던 넥타이를 꽉 죄
며 흐트러진 명품 정장을 매만졌다.

'그래, 할 수 있어!'

그깟 빈말로 환자들 공감해 주는 거? 송기윤이 할 수
있으면 자신도 할 수 있다. 자신의 훌륭한 의술과 합쳐
진다면 성공은 금방이다. 그렇게 승범은 새 출발의 의
지를 다지며 차에서 내렸다. 차 문을 닫고 구겨진 옷을
탁탁 터는데 별안간에 물벼락이 쏟아졌다.

◇◇◇◇◇

오늘은 유별났다. 수정은 늘 그랬던 것처럼 이른 새
벽에 일어나 한약방 불을 켰다. 잿빛 머리를 하나로 묶
고 개량 한복을 입었다. 그 위에 외투를 걸치며 나무 미
닫이의 잠금쇠를 풀고 거리로 나갔다. 새벽부터 안개가
잔뜩 껴서 한 치 앞도 보이지 않았다. 축축한 흙냄새가
나는 안개 속에서 뿌연 빛을 내는 가로등을 기웃거렸
다. 후우. 답답함에 숨을 몰아쉬자 하얀 입김이 안개에
스며들었다. 반대편 가로등 불빛을 향해 다시 걸었다.

혹시나 해서 조금 더 멀리 가본다는 게 시내 끝, 냇가까지 갔다. 안개 때문에 보이지는 않았지만, 물줄기가 흐르는 소리가 제법 컸다. 여전히 속이 답답했다. 소리라도 지르고 싶었다.

그러나 수정은 아무 말 없이 온 길을 되돌아갔다.

한약방에 온 수정은 외투를 벗어 주황색 소파에 던져 놓고는 문이란 문을 다 열어젖혔다. 내부에 고인 한약 냄새가 묵직한 바람에 휩쓸렸다. 약방 곳곳을 쓸고 닦아냈다. 마른걸레로 한약업사 자격증이 들어 있는 액자를 닦아내다가 문득 짜증이 치밀었다. 이게 다 무슨 소용인가 싶었다. 걸레를 바닥에 던지고는 밥이나 먹자며 부엌으로 향했다.

모내기 철이라 손님 수가 줄었다. 꽤 한가하다 싶을 때, 친구 공실이 틀어 놓은 TV를 보며 박장대소를 했다. 그 웃음이 어찌나 경박한지 절로 인상이 찌푸려졌다. 공실의 발밑이 뻥튀기로 너저분했다.

"아, 좀 깨끗이 먹을 수 없어?"

한소리에도 공실은 TV에 시선을 두며 반으로 자른 뻥튀기를 입안에 밀어 넣었다. TV에서 한 남자가 말을 하자, 깔깔깔.

"아주 TV에 들어가라, 들어가."

수정은 혀를 차며 구석에 세워 둔 빗자루를 찾아 들

었다. 소파 사이를 지나 창문을 열자 밖이 평소보다 소란스럽다. 한약방 맞은편 트럭에서 사내들이 꽤 무거워 보이는 기계들을 내렸다. 수정은 고개를 빼 맞은편에 새로 생긴 2층 한의원을 올려다봤다. '승범 한의원' 글자를 보니 속이 더부룩해졌다.

공실이 슬리퍼를 끌고 수정의 옆으로 왔다. 뽀글뽀글한 머리를 들이밀며 수정의 시선을 좇았다. 사내들이 기계 하나를 마주 들고 건물의 좁은 계단을 올라가는 모습이 보였다.

"흥. 낼모레 곧 죽을 사람이 유난 떨기는."

공실이 콧방귀를 뀌며 투덜거렸다. 공실은 수정이 못마땅했다.

'미련 팔푼이.'

수정은 자주 속이 답답하고 소화가 되지 않는다면서도 참다 참다 어쩌다 한 번 소화제를 먹었다. 그러다 복통이 심해져 시내 병원을 그리고 서울의 큰 대학병원까지 가서 여러 검사를 받고는 암 말기 진단을 받았다. 이미 암세포가 많이 퍼져 항암 치료를 권유받았지만, 수정은 그걸 거절했다. 수정이 그 말을 아무렇지 않게 공실에게 했을 때 어찌나 황당하고 어이가 없던지. 수정이 하는 일이 무엇인가. 한약업사다. 아파서 이 가게에 오는 사람들에게 약을 파는. 남들한테 건강해야 한다며 꼬박꼬박 약 챙기라고 하던 그런 사람이 제 건강은 뒷전이었던 것이다. 중이 제 머리 못 깎는다더니 딱 그 짝이었다. 웃기지도 않아서.

부스럭. 공실은 앙상한 손가락으로 옆구리에 낀 뻥튀기 봉지를 휘적거렸다. 동그란 뻥튀기 하나를 꺼내 반으로 자른 뒤 입에 밀어 넣고는 제자리로 돌아갔다. 그러고는 오래된 소파에 털썩 앉았다. 허공에 부유하던 먼지가 한바탕 날렸다.

"서울에서 잘나가던 한의사라던데? 다행이지? 우화 사람들은 한약방 없어지면 저기 가면 되니까."

어디서 들었는지 공실이 말하며 편한 자세를 찾으려고 몸을 부단히 움직였다. 그럴 때마다 소파에서 삐걱 소리가 났다.

"그러든지 말든지."

수정은 그 말을 귓등으로 흘리며 잠시 멈췄던 비질을 이어서 했다. 빗자루가 공실의 발밑을 통과하며 바닥에 떨어진 뻥튀기를 쓸어냈다. 꽃가루와 송진 가루가 날려 한약방은 금세 더러워졌다. 그녀는 아침에 하다 만 걸레질을 다시 했다. 대야에 물을 담아 걸레를 수시로 빨며 약장이며 선반을 닦아냈다. 한참을 엎드려서 닦았더니 무릎과 허리가 삐걱거렸다. 끙 소리를 내며 대야를 들고 한약방 밖으로 나갔다. 흘깃 보니 공실의 발밑은 다시 뻥튀기로 더러워졌다.

"작작 좀 처먹어, 이년아!"

"언제는 먹고 싶은 대로 먹으라며!"

공실의 소리침이 뒤따랐다.

"사람이 힘들게 청소하고 있으면 미안해서라도 잠시 멈추든가. 끝끝내 처먹어, 처먹길."

한약방 안에다가 쓴소리를 내뱉으며 수정은 걸레 빤 물을 도로에다 버렸다.

그때,

"앗, 차가워!"

앞을 보지도 않고 너무 힘차게 버렸는지 차에서 내리는 승범이 홀딱 뒤집어썼다. 화들짝 놀란 수정은 대야를 바닥에 내려놨다.

"아이고! 이를 어째!! 미안해요. 사람이 있는 줄도 모르고 그만."

달려가 목에 두른 수건으로 승범의 젖은 옷을 닦아내자 물을 털어내던 승범이 매몰차게 그 손길을 쳐냈다. 그 얼굴에 짜증이 가득했다.

"아니, 사람이 지나다니는 길에 물을 뿌리면 어떻게 해요?"

팔을 들어 젖은 옷에 코를 갖다 대는 승범. 악! 재빨리 코를 뗐다. 당황한 수정이 들고 있는 수건으로 다시 옷을 닦았다.

"물론 걸레를 빨았지만, 그렇다고 그게 그렇게 고약한 냄새가 나지는 않을 건데."

"뭐라고 했어요? 지금 나한테 걸레 빤 구정물을 뿌렸다고요?"

승범이 버럭 소리를 지르자 수정은 놀라 입을 떡 벌렸다. 승범의 얼굴이 벌게졌다.

"지금 어? 앞길에 레드카펫이 깔려도 모자랄 판에 어? 구정물로 초를 쳤다고요?"

목에 핏대까지 세우고 소리치는 승범을 수정은 도저히 이해할 수가 없었다. 사람이 사과를 하는데 이렇게 안하무인처럼 굴 일인가? 소란스러운 소리에 철물점과 과일가게, 세탁소, 금은방에서 사장들이 나왔다.

"고 선생, 무슨 일이야?"

그들이 수정의 옆으로 다가왔다. 한의원에서 짐을 정리하던 정미와 택영도 승범의 고성에 달려 나왔다. 할머니뻘로 보이는 수정에게 삿대질까지 하는 승범의 모습에 경악하며 정미가 그 팔을 붙들었다.

"원장님, 진정하세요."

입만 벙긋거리던 수정이 그 말에 2층 한의원 간판을 봤다.

오호라, 이 싹퉁바가지가 서울에서 잘나갔다는 한의사로구나! 뭐? 앞길에 레드카펫? 딱 보기에도 인상이

번지르르하고 성질이 이리도 더러우니 한의원 앞날이
훤하다!

그녀는 한 손을 허리에 올리고 한 손을 승범의 코앞
에서 찔러댔다.

"어이구, 그깟 구정물 좀 뒤집어썼다고 노인네 멱살
이라도 잡겠네! 세탁비 주면 될 거 아니야!!"

그 말에 옆에서 듣고 있던 세탁소 사장이 수정의 옷깃
을 잡아당겼다. 하하 웃으면서 귓가에 작게 속삭였다.

"고 선생님, 저 옷 진짜 비싼 명품이야. 엄청 비싸."

그 말에 잠깐 안색이 굳어졌지만, 수정은 옷깃을 잡
은 그 손을 쳐냈다.

"주면 되잖아!"

그리고 승범한테 다시 삿대질했다.

◇◇◇◇◇

한의원에 돌아온 정미는 갖은 짐으로 복잡한 대기실
의자에 앉았다.

"에이 씨."

정미는 뒤를 따라 들어오며 양복 상의와 넥타이를 풀
어 바닥에 내던지는 승범을 째려봤다. 반은 젖어 축축
한 셔츠를 마저 벗을까 말까, 잠시 고민하던 승범이 정
미의 시선을 의식했다.

"왜요?"

"정말 미쳤어요? 돈 안 벌고 싶어요? 오자마자 주위 사람한테 잘 보여도 모자랄 판에 싸워? 그것도 앞집 할머니랑? 인 서울 하고 싶긴 해요?"

"아니, 그 할머니가 나한테 걸레 빤 물을 끼얹으니까. 그 할머니가 잘못한 거잖아. 화를 내는 게 당연하지!"

"사람들이 뭐라고 하겠냐고!!"

정미가 빽 소리를 질렀다.

"거기 원장 세상 고약하다고 가지 말라고 하겠지. 와아, 신난다. 금방 서울로 돌아가겠네."

택영이 시트를 들고 둘 사이를 지나가며 말했다.

"어떻게 한의원 개원하기도 전에 일을 그렇게 쳐요? 그렇게 성질 더럽다고 송기윤한테도 졌으면서."

"지긴 누가 져요? 내가 때렸구먼!"

"그래서 잘렸잖아!"

빽 내뱉은 정미의 말에 승범이 입을 꾹 다물었다. 정미가 한숨을 쉬며 묶은 머리를 풀었다.

"아, 몰라. 이럴 거면 우리 왜 데려왔어요? 송기윤 반만 닮아 봐. 앞집 사장님한테 가서 사과해요."

"내가 왜요?"

"그럼 이대로 망할 거야?"

승범은 다시 입을 다물었다. 이러지도 저러지도 못해서 막막함에 얼굴을 쓸었다. 정말 되는 일이 하나도 없다.

2. 수정 한약방

며칠 뒤.

택영은 대기실에 서서 눈을 굴렸다. 하얀 대리석 바닥과 검은색 가죽 소파 사이에 서서 고요를 가르는 소리를 찾았다. 묵직한 적막 속에서 작은 소리가 나자 그는 눈과 몸을 돌렸다.

"여기닷!"

돌돌 만 신문지를 허공에 휘두르자 잽싸게 파리가 형광등으로 날아올랐다. 눈이 부시지도 않은지 신문지가 닿지 않는 틈으로 기어들어 갔다. 그 밑에서 기웃거려 보지만, 나올 생각이 없어 보였다. 데스크에 앉아 핸드폰을 들여다보던 정미가 그 모습에 한숨을 쉬었다.

"택영 씨, 심심하면 밖에 나가 전단지 좀 돌려."

택영은 데스크 위에 높다랗게 쌓인 전단지를 돌아봤다.

"떡 돌릴 때 이웃 가게 사장님들의 냉대를 잊지 못하겠어요. 트라우마가 크다고요."

"이씨."

정미는 굳게 닫힌 원장실 문을 노려봤다. 그렇게 가서 사과하라고 했건만, 개원하고 며칠이 지난 지금까지 승범은 맞은편 한약방 사장님한테 사과하지 않았다. 오히려 세탁비까지 받아냈다. 그 모습에 자신도 혀를 내두르는데 이웃 사장님들은 오죽할까. 어떤 말이 오갔을지 뻔했다. 이렇게 그녀가 예상했던 대로 한의원에 환자가 한 명도 없으니.

"한 명도 없는 건 좀 충격적이지 않아요?"

"아주 된통 당해 봐야…… 아, 그렇게 당해 놓고도 아직 정신을 못 차렸지."

그녀가 입술을 삐죽이자 택영은 데스크에 팔을 기댔다. 그리고 조심스레 정미에게 묻는다.

"아니, 나야 월급 잘 쳐준다는 정미 씨 말 믿고 따라왔다지만, 정미 씨는 왜 승범 선생님 따라왔어요? 설마 둘이 그렇고 그런 사이?"

정말 궁금했다. 그녀가 제안했을 때부터 묻고 싶었지만, 예의가 아닌 것 같아 꾹 참길 여러 번. 지금에서야 묻는 이유는 곧 이 한의원의 끝이 보이는 것 같아서였다. 그리고 확실한 그녀의 마음도 알고 싶었고. 그렇게 용기를 내어 물었으나 구겨지는 정미의 표정에 아차 싶었다.

"택영 씨, 말이 심하네. 내가 미쳤어? 뭐 잘못 먹었어? 뭘 어떻게 생각하면 그런 걸 질문이라고 하는 거야?"

정색하며 퍼붓는 말에 당황한 택영이 진정하라며 두 손을 들었다. 그녀가 참지 못하고 벌떡 일어서자 택영은 데스크에 쌓인 전단지를 들었다. 어서 이 상황을 벗어나고 싶었다.

"전단지 돌리고 올게요."

허둥지둥하며 나서려는데 밖에서 문이 열렸다. 딸랑. 문에 달아 놓은 종이 맑은 소리를 내며 울렸다. 우당탕. 원장실에서 요란한 소리가 들리더니 승범이 나왔다. 아닌 것처럼 굴었지만, 내심 환자가 오지 않아 조급해졌나 보다. 그가 잰걸음으로 데스크 앞으로 와 정미 옆에 섰다. 택영도 쪼르르 달려와 그 옆에 섰다. 그들은 안으로 들어온 중년의 여자를 향해 공손히 손을 모으고 허리를 숙여 인사를 했다.

"어서 오십시오. 저희 한의원에 오신 걸 환영합니다. 이리로 오실까요."

승범이 활짝 미소까지 지으며 말했다. 살짝 작위적인 것이, 얼마 전에 정미가 송기윤을 좀 따라 하라고 충고한 것을 마음에 담아 두고 있었던 듯했다. 조금은 과장

되었지만, 우아한 몸짓으로 안내까지 하려는 승범을 중년의 여자가 제지했다.

"어머, 여기 수정 한약방이 아닌가요?"

"저희는 승범 한의원입니다."

정미가 정정해 줬다. 여자의 표정이 심각해졌다.

"거기가 잘 본다고 해서 멀리서 온 건데. 잘못 왔네."

환자의 말에 승범이 손을 내저었다. 이 환자가 뭘 모르는군.

"아닙니다. 환자분, 이래 봬도 제가 서울 유명 병원에서 꽤 유명한 한의사였습니다. 일단 맥을 짚어 보면 어디가 아프신지 딱 하고……."

"미안해요."

환자는 승범의 말을 가차 없이 자르고 붙들 새 없이 황급히 나갔다. 맥 빠진 정미와 택영이 어깨를 늘어트리며 데스크로 돌아갔다. 택영은 데스크 위에 들고 있던 전단지를 내려놨다. 승범은 굴욕감에 바닥을 노려봤다. 열린 창문 안으로 들어온 노을이 바닥에 눌어붙었다. 위이잉. 며칠간 이어지는 이명이라고 생각했는데 발끝에서 파리가 맴돌았다. 승범은 이를 악물고 창문가로 갔다.

한의원 맞은편, 다 쓰러져 가는 단층 건물. 빛바랜 간판에 떨어져 나가 선만 남은 글귀 '수정 한약방'. 잘못

왔다던 여자가 열린 문으로 들어갔다. 이어 할아버지와 할머니가 인사를 하며 나왔다. 다른 사람들이 다시 한약방으로 들어갔다. 쉴 새 없이 드나드는 환자들. 저 사람들이 다 돈인데. 저기만 없다면 다 자신의 차지였을 것이다. 창문 앞에 선 승범은 질투심에 배가 쑤시는 것 같아 배를 문질렀다. 탁! 급기야 한의원 내의 모든 조명이 꺼졌다. 갑작스러운 정전. 불에 물 뿌리듯 분노가 식었다. 신세 한탄이 절로 나왔다.

"어? 전기 나갔다. 사람 부를까요?"

그 마음도 모르고 정미가 핸드폰을 들었다. 승범은 그런 그녀를 만류했다.

"부르지 마요. 사람 부르는 것도 다 돈이야."

승범은 가운을 벗고 넥타이를 풀었다. 오늘 장사는 공쳤다고 구시렁거리며 연장통을 찾았다.

"도와드릴게요."

택영은 핸드폰의 손전등 기능을 켰다. 두꺼비집을 비추자 승범은 십자드라이버를 꺼냈다. 스위치를 올렸다가 내렸다가 하다 드라이버 끝으로 여기저기를 찔러 본다. 택영이 미심쩍은 표정을 지었다.

"뭘 아시고 하시는 겁니까?"

"이런 거 뻔하지. 접촉 불량! 이거 봐."

승범이 어디서 떨어졌는지 모를 전선을 가리켰다.

"그럼 뭐다? 이어 붙이면 된다 이 말이야. 고작 이거 가지고 사람 불렀어 봐."

"네에, 그렇군요."

승범은 연장통에 드라이버를 던져 놓고 손가락으로 전선 끝을 잡았다. 손끝이 잠깐 찌릿하더니 갑자기 어마어마한 전류가 몸을 헤집었다.

"악!"

"원장님!!"

부르르 떨던 승범의 몸이 튕기듯이 뒤로 나자빠졌다. 쿵. 넘어지면서 뒤에 있는 장식장 모서리에 머리를 박았다. 꽤 큰 소리가 났다. 핸드폰으로 유튜브를 보던 정미가 놀라 달려왔다. 택영이 정신을 잃은 승범을 붙들지도 못하고 옆에 서서 애타게 그를 불렀다.

"왜 그래??"

"감전인가 봐요!"

승범의 몸이 축 늘어졌다. 택영이 119 전화번호를 눌렀다.

"어머, 김 쌤. 일어나 봐요. 어떡해. 죽었나 봐. 움직이지 않아. 병원! 얼른 병원에 가야……. 업혀요!"

다급해진 정미는 승범을 붙들려고 했지만, 놀란 택영이 만류했다.

"위험해요!"

그때 승범이 눈을 번쩍 떴다.

"이대로 죽을 순 없어!"

승범은 비명을 내지르며 부자연스럽게 상체를 일으켰다. 괴상한 그의 행동에 정미와 택영이 서로를 붙들었다. 승범이 어깨를 과도하게 들썩이자 그들은 슬금슬금 승범에게서 몇 발자국 떨어졌다. 승범은 충혈된 눈을 부릅뜨고 수정 한약방을 노려봤다. 감전으로 수그러들었던 분노가 다시 치솟았다.

'이대로 죽을 순 없다! 분명 저기에 내가 모르는 비밀이 있을 거야!'

"원장님, 괜찮아요? 어디 안 아파요?"

"저게 괜찮아 보여요? 상태가 무척 안 좋아 보이는데……."

택영의 뒤에 숨은 정미가 묻자 택영이 이어 말했다. 승범이 자리에서 벌떡 일어나 문으로 돌진하는 그 모습을 채 붙잡지 못하고 따라가 보라며 서로를 떠밀었다. 그러나 누구 하나 그 뒤를 따르지 않았다.

◇◇◇◇◇

어느새 어둑해진 거리를 가로등 불이 밝혔다. 거리엔 인적이 없었다. 북적거리던 거리와 가게는 해가 지자마자 텅 비었다. 승범은 차 없는 도로를 가로질렀다. 거리에서 유일하게 한약방만이 불이 켜졌다. 기세 좋게 앞까지 왔다지만, 그 앞에서 걸음을 멈췄다. 승범은 탁한 유리창 너머로 주황색의 불빛이 흘러나오고 있는 한약방을 기웃거렸다. 그 많던 환자들도 어느새 다 돌아갔는지 가게 안은 텅 비어 조용했다.

딱히 할 말도 없으면서 승범은 헛기침과 함께 나무문을 열었다. 안으로 들어서자 한약 냄새가 났다. 진한 계피 향에 할머니 손을 잡고 동네 한의원에 갔던 기억이 났다. 그 내부가 딱 이랬는데. 그는 오래된 소파를 지나 유리로 된 진열장 앞에 섰다. 총명탕, 소화제, 기침 감기약, 거담제, 탈모약. 첩지에 쌓인 약들과 포장 비닐에 쌓인 탕약 앞에 저마다의 이름이 주인장의 성격처럼 삐뚤게 적혔다. 진열장 너머 반쯤 열린 약장들을 봤다. 그 틈을 보며 특별한 약재인지 확인했지만, 한의원에서 쓰는 약재와 별반 다를 게 없어 보였다.

"……그러면 안 됩니다."

그때 사무실에서 수정의 목소리가 들렸다. 아직도 남은 손님과 상담 중인 듯했다. 가만히 서서 귀를 기울여 보지만, 그 뒷말이 제대로 들리지 않았다. 문득 문진의 기술이 궁금했다. 사기꾼처럼 말을 잘하나? 아니면 송기윤처럼 거짓 공감과 아부를? 주위를 두리번거리던 승범은 아무도 없음을 확인하고 발소리를 죽인 채 사무실 앞으로 갔다.

사무실과 연결된 창으로 눈만 빼꼼히 내밀었다. 조도가 대기실보다 낮은 사무실. 책상만으로 꽉 찬 내부에는 등을 진 긴 머리의 여자와 이쪽을 보며 자세히 설명하는 수정이 보였다. 소곤소곤. 서로 머리를 맞대고 하는 말들이 너무도 소리가 작아 창에 바짝 귀를 갖다 댔다.

"혹시 이와 비슷하거나, 혀가 긴 아이를 보았나요?"

'뭐라는 거야?'

승범은 고개를 갸웃거렸다. 수정의 목소리가 잘 들리지 않았다. 차가운 유리창이 귀에 눌렸다. 그러자 창틀에서 작게 소리가 났다. 그때 긴 머리의 여자가 이쪽으로 고개를 홱 돌렸다.

여자와 눈이 마주쳤다고 생각했다. 그러나 눈이 아니었다. 창백한 낯빛에 끈적한 피가 얼굴에 범벅이고 두 눈은 파였는지 검은 구멍만 있다. 고개를 휙휙 돌리던 여자가 허리를 숙여 땅에 팔을 짚었다. 스르륵. 의자에서 미끄러져 내려와 손을 놀렸다. 척척, 습기 어린 손이 바닥을 짚고 몸을 끌어 그에게로 기어 왔다.

입만 벙긋거리던 승범이 겨우 뒷걸음질 쳤다. 여자의 뒤를 본 승범의 눈이 점점 커졌다. 흙탕물로 더러운 치마 밑에 있어야 할 두 다리가 없었다. 도망치려고 몸을 돌리려던 찰나! 척척척척. 두 팔을 재게 놀리며 여자가 쫓아왔다. 그녀가 손을 뻗어 그의 발목을 낚아챘다.
선뜩한 냉기가 등골을 타고 머리 꼭대기까지 올라왔다.
승범은 붙들린 발목을 여달아 흔들어댔다. 그러나 앙상
한 손아귀에 힘이 실리자 더는 발이 움직이지 않았다.
여자의 검은 눈구멍이 그를 올려다봤다.

"으어어."

혀가 사라진 입에서 이상한 소리가 새어 나왔다.

"으아악!!"

비명이 먼저였는지 눈을 감은 게 먼저였는지 승범은
알 수 없었다.

◇◇◇◇◇

다시 승범이 눈을 떴을 때 창백한 여자의 얼굴이 점
점 승범의 얼굴 가까이 다가왔다.

"으어어."

목에서 내는 소리가 입에서가 아니라 텅 빈 눈구멍
에서 나는 것 같았다. 승범은 입을 가장 크게 벌리고 소
리를 질렀다. 꽉 막힌 듯 잘 나오지 않던 비명이 갑자기
봇물 터지듯이 터져 나왔다.

◇◇◇◇◇

"으아아악!!"

자리에서 벌떡 일어난 승범은 온몸을 버르적거렸다.
여자가 붙들었던 다리를 연방 쓸어내리며 손을 떼어내
려고 하다가 아무것도 잡히지 않자 그제야 눈을 뜨고
낯선 주위를 봤다.

43

봄이라지만 아직은 추운 밤이었다. 화목난로에서 하
얀 김을 내며 주전자의 물이 끓어오르고, 자신은 이불
위에 있다. 공기 중에 한약 냄새가 나는 것으로 보아 수
정의 한약방이었다. 자신이 왜 여기에 있는지 생각하다
가 까무러치기 전에 본 귀신을 떠올렸다. 다시 돋는 소
름을 문지르며 그건 꿈이거나 감전되어 헛것을 본 것이
라며 자신을 다독였다.

"젊은 한의사 양반 깼네?"

방으로 들어오는 중년의 아줌마가 반색했다. 한 손에
삶은 감자가 가득한 소쿠리를 든 아줌마를 보고는 무슨
말을 할까 고민했다. 어쨌거나 자신은 이곳에 몰래 들
어온 손님이었다. 손님이라고 할 수 있을까? 도둑이지.
뭘 훔쳤던가? 기술을 훔치려고는 했지만.

이어지는 생각에 일단 입꼬리를 올렸다. 감자를 베어
물던 공실은 자신을 빤히 쳐다보는 승범 앞에 섰다. 그
의 앞에서 이리 갔다가 저리 갔다 움직였다. 헛둘 헛둘,

구령까지 붙이며 앉았다 일어났다. 갑자기 아줌마가 아닌 밤중에 체조하자 승범은 영문도 모른 채 마냥 그 모습을 봤다. 머리가 좀 아프신가 싶었다. 어쨌거나 경찰서행은 면하자고 생각한 그는 조신하게 무릎 꿇고 앉아 입을 열었다.

"그…… 무슨 생각이신지는 모르겠지만, 제가 아까 감전이 되는 바람에 약을 좀 얻고자 온 것뿐입니다. 절대 이곳을 염탐하려고 했던 건 아니고요."

생각해 둔 변명을 내뱉는 승범 앞에서 공실이 손뼉을 쳤다.

"진짜네. 이 양반, 진짜 날 보네!"

"예?"

눈앞의 아줌마가 무슨 말을 하는지 몰라 눈만 끔뻑였다.

"으응, 무슨 말이냐면."

공실은 옷을 걷어 배를 보였다. 창백한 배에 꿰맨 검은 자국을 손가락으로 뜯어내는 공실이 실실 웃었다. 늘어진 살이 벌어지며 바로 전에까지 씹어 삼켰던 감자가 바닥으로 후드득 떨어졌다. 공실은 승범을 신기한 듯 쳐다봤다. 크게 뜬 두 눈이 저러다 튀어나오지 않을까 괜한 걱정을 하면서.

"반가워, 난 윤공실이야. 근데 자네, 죽은 사람 언제부터 봤어?"

"으아아악!!"

공실이 툭 치며 묻자 승범은 자리를 박차고 일어나 한약방을 뛰쳐나갔다.

어두운 밤거리를 달리며 승범은 연방 뒤를 돌아봤다. 금방이라도 귀신이 휘적거리며 나타나 그를 쫓아올 것 같았다. 그 생각에 등줄기를 타고 소름이 돋았다.

"아아악!!!"

비명을 지르며 100m를 10초대에 끊을 것처럼 다리를 빠르게 움직였다. 어느 집에서 키우는 개들이 그를 향해 짖어댔다. 한의원에서 조금 떨어진 집까지 달려간 승범은 현관문을 걸어 잠그고 방문을 두드렸다. 급하게 여러 채를 구하기 어려워 일단 한 집에 다 함께 살기로 했기 때문에 각 방에서 정미와 택영이 거실로 나왔다.

짜증이 가득한 얼굴로 소파에 앉은 그들에게 승범은 한약방에서 겪었던 일을 두서없이 읊어댔다. 너무 놀라고 무섭고 10년 넘게 안 했던 뜀박질까지 해서 아직 숨이 찼다.

"진짜, 진짜로 그 여자가 내 발목을 딱 하고 잡는데 얼마나 그 손이 차던지. 잠깐 눈을 감았다 뜨니까 웬 윤공실이란 아줌마가 감자를 먹으면서 깼냐고 묻더니 갑자기 자길 본다고 하는 거야. 뭔 말인가, 하고 있었는데 갑자기 배를 딱 하고 까더니, 그 배에 꿰맨 자국이 있는데 그걸 뜯어내는 거야. 그 안에서 감자가 바닥에 우수수 떨어지는데. 귀신이야, 귀신이라고! 나한테 언제부터 봤냐고 물었다고!"

허공에 손을 흔들어대고 발을 동동 구르는 승범을 보는 정미와 택영은 표정이 없었다. 팔짱을 낀 정미를 흘깃거린 택영이 먼저 입을 열었다.

"술 마셨어요?"

"스트레스로 머리가 어떻게 됐나 봐."

정미가 오히려 정신이 나갔다고 딱하게 봤다. 황급히 그들의 앞에서 손사래 쳤다.

"아니야. 진짜 내 눈으로 봤다니까!"

아무도 믿지 않자 답답함에 소리를 지르는 승범을 가만히 보던 정미가 손뼉을 쳤다.

"있다면 좋겠다! 그러면 동영상을 찍어서 유튜브에 올리고 대박 나게!"

그렇다면 저 돈돈거리는 남자가 자신을 좀 봐 주려나. 근 5년간의 짝사랑이었다. 고백하려고 온갖 매력 발산을 해도 관심은커녕 돈에 환장한 남자를 5년 동안 짝사랑했다! 그래도 자존심은 있어서 이 마음을 당사자가 아닌 남들에게 들키고 싶지 않았다. 택영이 물었을 때, 극구 부인한 것도 이 때문이었다.

"귀신이 어디 있어요. 없다니까."

택영이 초를 쳤다.

"왜 없어? 우리 엄마가 있다고 했어."

정미는 반박했다.

"우리 엄마는 없다고 했어요. 동대문에서 식당을 하시는데 누가 그렇게 밤에 가게 앞에다가 소변을 본대요. 늘 말씀하셨죠. 귀신은 뭐 하나, 이런 썩을 놈 잡아가지 않고. 근데 여전히 그 말씀을 하는 걸 보면 귀신은 없는 거죠."

승범은 소파에 앉아 두 손으로 얼굴을 가렸다.

그들의 대화를 듣고 있던 승범은 정미의 말에 동조했다. 귀신은 있다. 자신이 직접 귀신을 본 건 오늘만이 아니었다. 어릴 때 부모님이 이혼하고 한동안 귀신을 봤다. 처음에 사람인 줄 알았는데 어느 순간부터 자신을 쫓아다니며 괴롭혔다. 발작할 때마다 할머니는 몸이 허한 거라며 동네 한의원으로 데려갔고 어느 순간부터 보이지 않았다. 승범은 깨달음에 고개를 들었다.

'그건가? 요즘 스트레스로 몸이 허한가? 보약을 먹어야 하나?'

◇◇◇◇◇

다음 날.

승범은 한의원에 출근하자마자 진열된 공진단을 하

나 까서 먹었다. 지나가던 정미가 혀를 찼다.

"좋네. 환자가 없으니 팔아야 할 약을 원장이 먹고."

"이대로 있으면 안 될 것 같아."

"이제야 알았어요?"

"댓글 알바를 씁시다. 이 쌤! 유튜브 보면서 놀지 말고 블로그랑 SNS에 공유도 하고, 리뷰라도 하나 더 써요."

정미가 한심하게 그를 쳐다봤다.

"그거 가지고 되겠어요?"

"아니요! 자고로 모든 일에는 돈이 해답! 나만 믿어요!!"

승범은 주먹으로 자신의 가슴을 두들겼다. 무슨 자신 감인지 고개를 들어 콧대까지 높이는 모습에 정미는 왠지 싸늘한 느낌이 들었다. 서울에서도 치료술만 좋았지 환자한테 친절히 굴지는 않았던 승범이었다. 그래도 어느 정도 하는 모양새는 낼 줄 알았는데, 우화에 온 뒤로 평소 같지 않게 더욱더 예민하게 굴었다. 아직 현실을 부정하는가 싶고 그가 무엇을 하려고 할 때마다 불안했다.

또 어디서, 어떻게 사고를 치려고 저러나.

3. 철물점 앞 어린아이

승범은 한의원 건물 1층 철물점으로 갔다.

"안녕하십니까."

"어서 오세요."

갖가지 물건들이 너저분하게 쌓인 곳에서 재고를 정리하던 남자가 인사를 했다. 곧 들어선 이가 승범이란 걸 확인하자 가뜩이나 곰 같은 큰 덩치를 부풀렸다. 팔짱을 끼고 못마땅해하는 사장 앞에 진열대에서 아무거나 집은 상자를 내밀었다. 뒤늦게 보니 방화문 손잡이다. 필요 없었지만, 정작 필요한 건 따로 있었다.

"이거 주세요."

"구천 원."

"카드 됩니까?"

승범은 지갑에서 카드를 꺼내 내밀었다. 두툼한 손이

카드를 빼앗았다. 무심히 카드를 기계에 꽂는 사장. 눈
치를 보다가 승범은 슬그머니 말을 꺼냈다.

"제가 이곳에 대해 잘 몰라서 그러는데, 이곳의 유지
는 누구십니까?"

"유지?"

"여기 우화에서 영향력이 크신 분 말입니다."

"나도 유지 뜻 정도는 알아. 그걸 왜 당신이 묻느냔
말이야."

"인사도 하고 처음 이곳에 와서 안 좋은 일도 있었으
니 그분께 의견을 좀 구하고 싶어서요."

사장은 카드를 승범에게 건네주며 그의 말이 의심스
러운지 위아래를 훑었다.

"내 생각엔 한의사 선생이 먼저 고 선생님께 사과해
야 일이 풀릴 것 같소만?"

"당연히 그래야죠. 다만 워낙에 서로 얼굴을 붉히고
싸웠던지라 그분께 도움을 받고 싶습니다. 여기서 하루
이틀 일할 것도 아니니까요."

승범에게 둔 사장의 시선이 밖을 지나는 노인에게로
향했다.

"어어, 때마침이구먼. 따라오쇼."

성큼성큼 앞서가는 사장의 몸이 좁은 통로를 겨우 지
났다. 승범은 급히 계산대에 놓인 상자를 집어 들고 그

뒤를 따라갔다. 밖으로 나간 사장이 저편으로 길을 건너는 노인의 등을 가리켰다.

왜소한 몸에 걸친 낡은 양복이 지나치다 싶을 정도로 품이 커서 움직일 때마다 펄럭였다. 허리를 졸라맨 허리띠의 끝이 길게 남은 것으로 보아 젊었을 땐 꽤 풍채가 있었으리라 짐작됐다. 노인은 한쪽 팔에 커다란 단지를 들고 있었는데 다른 손으로 뚜껑을 꼭 붙들고 있었다.

"저분이라오. 입동리에 사는 장영호 영감님. 우화시 동쪽 입동리와 그 주변 마을 땅이 전부 저분 땅이었지. 지금은 자식들이 서울에서 사업한다고 거의 팔아 얼마 안 남았지만, 성품이 좋아 모두가 따른다오. 하루에 한 번씩 저렇게 단지를 들고 시내를 도시지."

"저 단지가 뭔데요?"

"응? 사모님 유골."

"네?"

승범이 화들짝 놀라자 그럴 줄 알았다는 듯 사장이 껄껄 웃었다.

"한의사 선생이 보기엔 기행일 수 있겠군. 젊었을 때 속만 썩이고 못 해준 것이 많아 사모님이 돌아가셨을 때 후회스럽다며 그 후로 매일 이렇게 다니시지. 사모님이 그렇게 장에 가고 싶어 하셨다나. 그걸 못 가게 했다더군. 고 선생님 말로는 영감님이 사거리에 있는 다방 사장과 몰래 만났다더군. 제 발 저렸던 거지. 그래도 후회하고 매일 저렇게 하는 거 보면 애처가가 따로 없어. 안 그런가?"

'사람은 이미 죽었는데 저렇게 하는 게 무슨 소용이람? 그저 자기 위안이지.'

수정 한약방을 지나던 장 영감이 기침하더니 그 앞에서 가래침을 뱉었다. 승범은 철물점 사장을 올려다봤다. 거대한 덩치가 잠깐 움찔하는 것 같았다.

"성품이 좋은데, 고 선생님과는 좀 데면데면해. 사모님과는 살아생전에 친하셨거든. 아 참, 정전됐으면 나를 부르지, 뭐 하러 혼자 고친다고 하쇼? 큰일 날 뻔했다면서?"

사장은 머리를 긁적이며 변명조로 말하다가 급히 말머리를 돌렸다.

"예? 아니, 그걸 어떻게 아셨습니까?"

"그걸 누가 고친 것 같소?"

그걸 누가 말했을지도 뻔했다. 자신의 한의원엔 말 많은 인간이 두 명이나 있지 않은가?

"정 뭐하면 그것도 내가 달아 줄까?"

"아닙니다. 이것 정도는 제가 할 수 있습니다."

"괜히 그러다 손 다칠 것 같아서……."

　승범은 다시 입꼬리를 한껏 올리면서 감사하다고 얼른 말을 끊었다. 생각보다 말이 많은 인물인 것 같았다. 인사도 하는 둥 마는 둥 하고 한의원으로 올라가려는데 안쪽에서 사내아이가 튀어나왔다. 승범과 부딪히자 아이가 뒤로 나자빠졌다. 그리고 화들짝 놀라며 두 손으로 얼굴을 가리고 중얼거렸다.

　"아무도… 해 주세요."

　발음이 명확하지 않아 고개를 갸웃거렸다.

　"뭐라고? 조심해야지."

　아픈 표정도 없이 아이가 승범을 봤다.

　"사내자식이 넘어졌다고 우는 거 아냐. 사내라면 혼자 굳세게 일어나야지."

　그 말에 아이가 손을 털고 일어났다. 승범이 고개를 끄덕였다.

　"여기에서 놀지 말고 저 밖에 가서 놀아. 여기 오려면 부모님 데리고 오든가. 알았어?"

　그렇게 말하고 대답도 듣지 않은 채 승범은 한의원으로 들어갔다. 데스크에 앉아 있던 정미가 반색하며 일어났다. 종종거리며 그 옆으로 다가와 핸드폰을 들이밀었다. 안 좋은 기억이 떠올라 승범은 그 화면에서 멀어졌다.

　"뭐, 뭐? 왜 또 뭐요?"

"뭘 그렇게 놀래요? 댓글 알바만 하면 뭐 해요? 홍보 이벤트도 하자고요."

"홍보 이벤트?"

"여기 보니까 개업식 이벤트 행사를 한대요. 왜 풍선 막 달아 놓고, 나레이터분들이 막 홍보해 주고, 삐에로도 나오고 그럼 우리가 전단지 나눠 주고. 할 거면 이렇게 적극적으로 해야죠."

적극적으로 설명하는 정미의 말이 꽤 그럴싸해 보였다.

"그럼 이 쌤 맘대로 해요."

"정말 제 마음대로 해도 되죠?"

대충 손짓을 하며 승범은 원장실로 갔다. 문을 닫기 전에 돌아서서 한마디를 강조한다.

"단, 너무 비싼 건 안 돼요."

"그러믄요."

정미가 핸드폰에 시선을 고정한 채로 대답했다. 그 모습이 불안했지만, 승범에겐 중요한 일이 따로 있었다.

◇◇◇◇

장날의 거리가 한바탕 떠들썩했다. 한의원 입구 앞에 아치형으로 장식된 풍선이 놓였고 음향 장비와 그 앞에서 두 여자가 나오는 음악에 맞춰 춤을 췄다. 키가 큰 삐에로가 휘적휘적 걸어 다니며 사람들 앞에서 풍선을 불더니 요리조리 꼬고 당기자, 금방 푸들이 만들어졌다. 신이 난 아이들이 삐에로 주위로 몰려들었다. 저마다 달라고 성화였다. 삐에로가 재치 있게 하나씩 만들어 그 손에 쥐여 주었다.

승범은 잔뜩 멋을 부린 차림새로 한의원을 나섰다. 한 손에 든 서류 가방이 묵직했다. 길을 지나가는 사람들에게 전단지를 나눠 주던 정미가 그를 보고 다가왔다.

"이렇게 바쁜데 어딜 가려고요?"

"중요한 일이 있어서 잠시 다녀올게요."

"하필이면 오늘?"

정미가 두 눈을 동그랗게 뜨고 주위를 가리켰다. 북적이는 사람들이 보이지도 않느냐는 눈짓까지 하자 승범은 어깨를 으쓱였다.

"누가 오늘 이럴 줄 알았나?"

"내가 몇 번이나 말했잖아요!"

어렵사리 장 영감님의 연락처를 알아내고 약속까지 잡았는데 그게 하필이면 오늘이었다. 다른 날로 잡고 싶은 마음이 들었으나 기회가 왔을 때 바로잡아야 했다. 특히나 이 약속은 자신의 미래가 걸린 일이었다. 승범은 정미의 어깨를 두드렸다.

"이것도 중요하지만, 지금 내가 가서 할 일도 아주 중요한 거니 이해해 주세요. 금방 다녀올게요."

"아, 대체 어디 가는 건데요? 뭘 하려고? 김 쌤!"

승범은 정미의 부름도 무시하고 삐에로를 지나쳤다. 그러다 몇 걸음 안 가 삐에로에게 되돌아와 그에게서 정체 모를 빨간 풍선을 빼앗았다.

"공평하게 줘야지 말이야. 아까부터 손 내밀고 있는 거 안 보이나."

구시렁거리며 아이들 뒤에서 손을 내밀던 사내아이에게 그 풍선을 내밀었다. 다른 아이보다 키가 작아 풍선을 향해 뻗은 그 손이 보이질 않는지 삐에로는 자꾸 다른 아이들에게 풍선을 줬다. 일전에 계단에서 만난 아이는 승범과 눈이 마주치자 다시 두 손으로 눈을 가렸다. 혀를 차며 승범은 작은 손을 붙잡고 풍선을 잡게 했다. 며칠 내내 이곳에 있는 것을 보니 철물점 아들인 것 같았다. 뭐 그 아버지가 도와준 것도 있고 하니까.

삐에로와 아이들 모두 인상을 찌푸리며 승범을 쳐다봤다. 그깟 새치기 좀 했다고 기분 나빠하기는.

"일해요, 일. 얘들아, 이 아저씨가 금방 만들어 주실 거야."

대충 둘러대고 승범은 가던 길을 계속 갔다. 허공에 잠시 머물던 풍선이 바람에 날아갔다.

4. 장영호 영감

"**내,** 한약방과 한의원이 한바탕했다는 소리는 들었지."

승범이 사 온 박카스를 한 번에 마시고 탁자에 내려놓은 장 영감은 입맛을 다셨다. 그리고 상자에서 다시 하나를 꺼내 뚜껑을 땄다. 장 영감이 일련의 행동을 할 때 승범은 집 안을 훑었다. 오래된 단층 벽돌집 거실에는 낡은 가죽 소파와 TV 그리고 장식장에 쌓인 담금주가 다였다. 불 꺼진 주방에는 집기와 먹다 남긴 음식이 정신없이 쌓여 있었고, 반쯤 닫힌 안방 문 안엔 승범이 오기 전까지 장 영감이 누워 있었던 이부자리로 어지러웠다. 시큼한 냄새가 났지만, 승범은 입꼬리를 올렸다.

"그 소식이 여기까지 퍼졌습니까?"

"작고 조용한 동네에 큰 소란이 아니던가? 게다가 여

기는 거의 집성촌이니 전화 몇 통화면 한의사 선생이 어제도 뭘 했는지 다 알 수 있다오. 심지어 속옷 색깔도 알 수 있을걸?"

'껄껄껄.' 하고 웃는 노인의 이가 군데군데 빠져 휑했다.

"아이고, 그 정도입니까?"

따라 웃으며 말했지만, 제법 그럴듯해서 소름이 끼쳤다. 장 영감은 박카스를 마저 마시며 물었다.

"근데 무슨 일로 예까지 오셨소?"

"어르신의 혜안이 필요해서 말입니다. 제가 잠시 예민했던 일 때문에 큰 오해가 생겼고, 물론 그건 제가 잘못한 일이지요. 어떤 일에도 웃어른께 대드는 게 아닌데 말입니다. 해서 어르신의 도움을 얻고 싶어서 말이죠."

"흠, 그래서 내 도움을 얻고 싶다? 근데 뭐 이 방구석 노인이 뭘 어떻게 도와준다고."

장 영감은 소파에 기대어 팔짱을 꼈다. 그가 움직일 때마다 소파에서 삐걱 소리가 났다.

"성품이 좋아 모두가 어르신을 따른다는 이야기를 들었습니다. 막막했던 제게 유일한 빛이십니다. 이런 제가 너무 예의 없이 무작정 부탁을 드리는군요."

승범은 가지고 온 서류 가방에서 종이봉투를 꺼냈다. 노인의 잿빛 눈이 탁자 위에서 밀리는 봉투에 꽂혔다. 열린 틈 사이로 누런 지폐가 보였다.

"제가 마음이 급해서 누를 끼쳤습니다."

"아닐세. 전혀 그렇게 생각 안 했네."

장 영감이 봉투를 들었다. 손안에 가득한 두께가 만족스러운지 목소리가 한결 부드러워졌다.

"뭘 이런 것까지 준비했는가."

봉투 속을 보면서 껄껄 웃었다.

만약 이 모습을 정미가 봤다면 돈으로 환자를 사는 짓은 불법 아니냐고 면허 정지되고 싶냐며 멱살을 쥐고 흔들어댔을 것이다. 그러나 저 욕망에 번들거리는 장 영감의 눈빛을 보니 걱정은 필요 없었다. 뇌물로 마음을 사는 것, 한 번은 실패했어도 두 번의 실패는 없다!

"사실 나도 한약방의 고 선생이 좀 그래. 자네 마음이 이해가 간단 말이야. 자네가 예민했어도 그렇게까지 치받게 만든 게 다 고 선생의 그 깔깔한 성격 때문이 아니겠는가. 안 봐도 비디오지. 빈정거리면서 사람 속을 긁어대는 게 그 사람의 행실이니."

승범은 고개를 격하게 끄덕였다. 그간 얼마나 많은 사람이 자신을 싸가지가 없다고 손가락질했는가. 그때 그 일을 겪어 보지 않아서 다들 그렇게 얘기를 하는 거지, 정작 본인들이 그 일을 겪었다면 자신의 마음을 이해했을 터였다. 걸레 빤 물을 맞았을 때! 얼마나 짜증나고, 불쾌하고, 화가 치미는지. 게다가 사과만 해도 모자랄 판에 오히려 성질까지 내던 수정이었다. 승범은 왜 사람들이 자신한테만 손가락질하는지 도통 이해가 가지 않았다. 그런데 이렇듯 이해해 주는 사람을 만나니 마음 깊은 곳에서 진심으로 감사함이 우러나왔다.

"같은 업종을 지척에서 하는 건 예의가 아니지만, 엄연히 급이 다르지 않은가. 게다가 자네는 서울에서 유명한 병원에 있었고. 걱정하지 말게. 내가 전화 몇 통화만 돌리면 그간의 오해는 풀릴 걸세. 암, 모두가 자네의 억울함을 알아야 하지 않겠나. 사람들도 제대로 된 한의원에서 치료받아야 하고."

"아이고, 감사합니다. 역시 어르신이십니다."

"무얼, 이런 곳까지 와서 얼마나 고생이었는가. 참, 내 정신 좀 보게. 온 손님한테 뭐라도 내오지 않고. 이해하게. 이 나이가 되면 그런 자잘한 걸 잘 까먹는다네."

장 영감이 굽은 몸을 폈다.

"아니, 괜찮습니다. 곧 가야 해서요."

"이렇게 보내는 것도 예의가 아니지. 그럼 잠깐만 기다려 보게. 우리 새끼들이 낳은 거라도 가져가게."

"네?"

노인은 휘적휘적 부엌으로 걸어갔다. 승범은 그를 따라 일어났다가 앉기도 뭐해서 거실을 서성였다. 장식장에 진열된 담금주를 별 감흥 없이 봤다. 더덕, 인삼, 어이구 뱀까지? 예전에 한방병원에 있을 때 한 환자가 감사하다며 뱀술을 가지고 온 적이 있었다. 간에 좋고 피를 맑게 해 주며 노화에도 좋다고 하지만, 믿을 수가 없었다. 그래서 버렸다. 고개를 내저으며 그 밑을 보자 가운데에 어디서 봤던 단지가 보였다.

'아아, 노인이 들고 다니던 사모님 뼛가루가 든 단지.'

약간 청색 빛이 도는 하얀 단지 옆엔 낡은 사진이 있다. 어디에 놀러 가서 찍은 단체 사진 같은데, 가운데 선 여자의 얼굴이 낯익었다. 눈을 게슴츠레 뜨고 그 얼굴을 뜯어 봤다. 오래되어 흐릿한 얼굴이 알 듯 말 듯.

"처음이자 마지막 가족사진이지."

놀라 고개를 들자 어느새 옆에 온 장 영감이 승범에게 검은 봉지를 내밀었다.

"청란이네. 우리 집에서 귀한 놈들의 알이야."

"감사합니다."

받아 들자 노인은 손을 뻗어 단지를 쓰다듬었다.

"우리 마누라가 이곳에 시집와서 고생을 참 많이 했어. 손이 귀한 집에서 연달아 딸 셋을 낳아 어머니께 혼도 많이 났지. 다행히 아들을 낳았고 대접 좀 받았지만, 애가 좀 허약해서 얼마나 마음고생이 많았는데. 집안 살림은 맡겨 놓고 나는 밖으로 돌아다녔으니 얼마나 답답했겠는가 말이야. 안 그러나?"

"네, 그렇겠군요."

'저 얼굴을 어디서 봤더라.'

"마누라가 갑작스레 사고로 죽고 정신이 번쩍 나더라고. 좀 더 잘해 줄걸. 염습하는데 뼈만 남은 몸을 보고 억장이 무너지더라고. 그래서 어디를 가나 내 이걸 들고 다닌다네. 마누라가 늘 함께한다 생각하고. 나밖에 모르는 이였으니 죽고 나서도 내 곁에 있지 않겠나? 이렇게 애가 닳으니, 언젠가 한 번쯤은 보지 않겠나."

"네, 그렇군요."

승범은 고개를 끄덕였다. 익히 아는 얘기였지만, 다시금, 죽어서 잘해 주면 뭘 하나 싶었다. 죽고 나서도 곁에 있다고 생각하다니. 것 참. 노인이 그를 빤히 쳐다봤다. 생각이 들킨 것 같아 급히 말을 이었다.

"그 뭐랄까요. 이런 말을 해도 될까 모르겠으나, 참으로 애처가시군요."

노인의 입술이 귀까지 찢어졌다. 껄껄껄. 눈까지 반달이 되는 걸 보니 그 말이 정말 좋은가 보다.

"그럼 이만 가보겠습니다. 이거 진짜 잘 먹겠습니다."

"그래. 나만 믿고 가게."

장 영감은 앙상한 나뭇가지 같은 손을 흔들었다. 손에 든 검은 비닐봉지가 부스럭거렸다. 일이 잘 풀리는 것 같았다. 노인의 노골적인 태도 변화에 준 돈만큼 제 값을 해 주겠다는 믿음이 생겼다. 칠이 벗겨진 대문을 나서서 높은 담을 따라 걸었다. 그때 앞에서 한 여자가 나타났다.

"너 여기서 뭐 했어?"

갑자기 나타나 소리 지르는 여자를 보고 승범은 들고 있던 봉지를 떨어트렸다. 사진 속의 여자였다. 그리고 수정 한약방에서 자신의 배를 가르던 여자 귀신?!!

"여기서 뭐 했냐고!"

"으, 으악!"

그동안 귀신 같은 걸 보지 않아서 다 나은 줄 알았다.

'약 먹고 다 나은 거 아니었나? 더 먹었어야 했나? 아직도 기가 허한가? 왜 계속 보이지?'

승범은 믿기지 않는 현실에 경악하며 바닥에서 봉지를 들고 뛰기 시작했다. 여자가 뒤에서 쫓아왔다.

"으아악!!"

시퍼런 얼굴이 잔뜩 구겨져서 승범을 죽일 듯이 노려봤다. 자기가 대체 뭘 그리 잘못했는지 가늠도 되지 않았다. 길 위를 달리며 기억에도 없는 주기도문을 외워 보고 십자가를 그려 봐도 귀신은 서슬 퍼런 얼굴로 쫓아왔다.

◇◇◇◇◇

진료실에서 승범은 앞에 구부정하게 앉은 세탁소 사장님의 셔츠를 들어 옆구리를 봤다. 수포가 올라온 부분을 건드리자 중년의 남자는 움찔하며 몸을 떨었다.

"이거 제가 보기엔 대상포진 같은데 아프신 지 얼마나 됐다고 하셨죠?"

"일주일 전부터였나? 세탁물을 정리하는데 뜨끔하더니 점점 움직일 때마다 통증이 심하더라고요. 담인 줄 알았는데, 대상포진이요?"

승범은 셔츠를 내리며 자리로 돌아왔다.

"네. 이거는 내과 가시는 게 빠르세요."

"이왕 왔는데 침으로는 안 됩니까?"

"침으로 면역체계를 끌어올려 통증을 완화할 수 있지만, 좀 더뎌서. 그러면 오신 김에 침을 놓아 드릴 테니 끝나면 내과도 가세요."

승범은 정미를 불렀고 진료실에 들어온 정미가 환자를 데리고 나갔다. 그 뒷모습을 보며 승범은 한숨을 내쉬었다. 환자는 드물게 왔다. 홍보 덕과 장 영감의 소개로 온 사람들도 있었다. 그러나 오는 환자 수가 생각보다 적어서 홍보와 장 영감에게 준 돈마저 아까울 지경이었다. 게다가 귀신은 계속 보였다. 그 아줌마 귀신은 항의하듯 한의원 앞까지 왔다가 장 영감이 소개해 준 사람들만 왔다 하면 불편해하면서 자리를 비켰다. 볼 때마다 익숙해지지 않는 그 모습에 매번 소스라치게 놀랐다.

그나저나 이대로 돈만 축낼 수는 없는 노릇이다. 대출 이자는 꾸준히 나갔고 지금 벌이로는 직원들 월급 주는 것도 간당간당했다. 다행히 오늘은 서울에서부터 알던 환자가 온다고 연락이 왔다. 승범은 감사한 마음으로 송기윤보다 몇천 배나 친절히 진찰하겠다고 다짐했다.

"왜 사람들이 저쪽으로 다 가지?"

자비로 산 화분에 물을 주고 커피를 마시며 밖을 보던 정미가 하는 말에 승범은 그 옆에 섰다. 맞은편 한약방을 보니 여러 사람이 부산스럽게 길을 걷는다. 그 뒤를 보던 그의 눈이 휘둥그레졌다.

사람들 뒤를 마냥 쫓던 남자 귀신이 두 팔을 벌렸다. 팔의 근육이 움직이더니 팔이 점점 길어졌다. 휘청거리는 팔이 도롯가를 벗어나려는 한 할머니의 팔을 스쳤다. 멍하니 앞을 보던 할머니가 화들짝 놀라 인도로 올라섰다. 승범은 귀신에게 붙들렸던 발목이 무척 시렸던 게 떠올랐다. 할머니는 사람들의 틈에 섞여 한약방의 열린 나무문으로 들어갔다.

따르릉. 전화벨이 울렸다.

"네, 승범 한의원입니다."

데스크에 앉아서 하릴없이 책장만 뒤적이던 택영이 전화를 받았다. 몇 번 네네, 대답하던 택영이 승범을 불렀다.

"서울에서 오시는 환자분 전화요."

승범은 무선 전화를 귀에 댄 채로 창문 앞에 섰다. 수화기 너머로 중후한 남자의 목소리가 들려왔다.

"거기가 인터체인지에서 머나요? 내비게이션을 찍었는데도 한참을 가네요."

"그렇게 멀지 않을 텐데요. 지하도로 가지 마시고 갓길로 빠지셨나요?"

"네. 아, 저기 시내가 보이네요. 시내로 들어가자마자 보이나요?"

수화기 너머로 깜빡이 소리가 들렸다. 승범은 상체를 내밀어 멀리 우측 편을 봤다. 하얀 승용차가 유유히 미끄러져 들어왔다. 점점 가까워지자 운전석에 앉은 중년의 남자가 보였다. 환자였다.

"선생님, 보입니다. 한의원은 2층에 있습니다. 제가 손을 흔들고 있어요. 보이십니까?"

승범은 차를 향해 손을 흔들었다. 환자와 눈이 마주쳤다. 그도 승범에게 마주 손을 흔들었다. 반가운 마음에 활짝 웃던 승범은 조수석에 앉은 여자를 봤다. 길게 내린 머리카락 사이로 표정 없이 앉아 있던 여자가 승범을 보고 히죽 웃었다. 그 모습에 놀라 움찔거리며 발걸음을 옮기다가 균형을 잃었다.

"조심!"

반사적으로 정미가 그를 붙들지 않았다면 바깥으로 떨어질 뻔했다. 그 귀신은 환자의 운전을 방해하더니 한약방 앞에서 핸들을 돌려 차를 세우게 했다. 환자는 들고 있는 핸드폰을 떨어트리고는 운전석에서 내렸다. 그러곤 멍한 표정으로 승범의 한의원이 아닌 수정 한약방으로 걸음을 옮겼다.

"어? 선생님!"

승범이 허겁지겁 달려갔다. 한약방으로 들어가자 사람들로 북적거리는 틈바구니에 서 있는 서울 환자를 발견했다.

"선생님!"

그의 팔을 잡아당기자 환자는 화들짝 놀랐다.

"어어, 김 원장님? 응? 내가 언제 여기에 들어왔지?"

환자는 어안이 벙벙해져 주위를 두리번거렸다.

"사람들 따라 들어오셨나 봅니다. 여기는 한약방이고, 한의원은 건너편에 있습니다."

"그렇군요. 어서 나갑시다."

"이쪽으로."

승범은 환자의 뒤에서 자신을 노려보는 여자 귀신을 모른 척했다. 그러나 TV 앞에 앉아 있던 공실이 승범을 봤다. 밖으로 나와 한의원 앞으로 오자 그 앞에서 환자가 허허 웃었다.

"이거 전혀 다른 곳인데 나도 참 헷갈릴 게 따로 있지. 괜히 원장님께 미안하군요. 귀신에게 홀리기라도 했나."

"아닙니다. 초행길에 지치셨을 만도 합니다. 올라가시지요. 제가 오미자차를 준비해 놨습니다."

앞서는 환자의 뒤를 따르던 승범은 문득 든 생각에 걸음을 멈췄다. 아까도 그렇고 지금도 그렇고. 환자의 말처럼 귀신이 사람을 홀려 한약방으로 가는 거라면?

"어이, 한의사 양반."

어느새 따라온 공실을 보고 승범이 화들짝 놀랐다. 도망치려고 몸을 돌릴 때, 공실이 급히 말했다.

"내가 도와줄 수 있어!"

그 말에 승범은 발걸음을 멈췄다. 말도 안 된다고 생각하며 저도 모르게 돌아섰다. 멈춘 승범을 보고 그녀가 한 걸음 다가오자 승범은 뒷걸음질 쳤다.

"귀신 하나당 사람 열 명!"

공실이 다급해져 소리를 질렀다. 다시 승범은 멈춰 서서 입을 떡 벌렸다. 그게 무슨 말이야? 귀신 하나당 사람 열 명이라니? 그의 눈이 사람과 귀신으로 북적대는 한약방으로 향했다.

"고 선생이 귀신을 고쳐 주면 그 귀신이 사람 열 명을 데리고 오는 게 값을 치르는 방법이야."

"정말 귀신이 사람을 홀린단 말입니까?"

"그렇지. 봐, 벌써 내가 한의사 양반을 돕고 있잖아? 그러니 우리 심도 있게 얘기를 해 보자고. 그렇게 도망만 치지 말고."

진정하라고 공실이 두 손을 들어 보였다. 그리고 천천히 승범의 앞으로 다가왔다.

"우리를 봐서 무서운 마음 충분히 이해해. 나라고 뭐 처음부터 이 모습이 좋았겠어? 그런데 자네 우리를 보는 능력 말이야. 원래부터 그랬나? 참으로 탁월해서 그래. 선명하게 보고, 이렇게 대화까지 할 수 있잖아."

"이런 게 무슨 능력이에요? 저주지. 어릴 때 잠깐 그랬는데 약 먹고 나아졌다고요. 아, 진짜 나 약 짓는 실력 떨어졌나?"

승범은 뒤로 물러나며 투덜거렸다. 공실은 눈을 좌우로 굴렸다. 그게 약 먹는다고 해결될 능력이던가.

"언제부터 다시 그 능력이 생겼나?"

공실의 질문에 승범은 전기에 감전됐던 날을 떠올렸다. 그날 처음 발 없는 여자 귀신과 배를 째는 공실을 봤다.

"아주머니 처음 만났을 때?"

공실은 팔짱을 꼈다. 어쩌면 둘이 비슷한 능력을 지녔으니, 잠들어 있던 승범의 영안이 수정의 영향을 받아 다시 뜨였을 수도 있지 않을까. 일반인이 무당 옆에 있다 보면 신기에 감응해서 귀신을 느낄 수 있는 것처럼 말이다.

"알다시피 고 선생도 그렇거든. 잠시 잃었던 능력이 다시 돌아온 건, 그래, 이건 하늘의 계시지. 우화에 영안을 가진 능력자가 두 명이나 있다는 게 놀랍지 않아?"

공실이 손뼉을 치며 말하자 승범이 인상을 찌푸렸다.

"그게 무슨 말이에요."

"쯧쯧. 자네 그걸 저주라고 하는데 잘 생각해 보라고. 고 선생이 그 능력으로 귀신을 데리고 장사를 저렇게 잘하는데, 자네는 아깝게 그 능력을 없는 셈 칠 거야? 이런 바보 같기는. 언제까지 그리 파리만 날리고 있을 거야? 한의사 양반도 저렇게 돈 벌어야지."

"그래서 날 도와주겠다고요?"

"그럼! 내가 귀신들을 소개해 줄 수 있지. 한약방에 오는 손님을 빼돌려 줄게. 대신 가는 게 있으면 오는 게 있어야겠지?"

그의 앞까지 다가온 공실이 히죽 웃었다. 그 모습에 두려움이 일었지만, 돈을 버는 방법을 알려 주겠다는 말에 후들거리는 다리에 힘을 줬다. 마른침을 삼켰다. 악마와 거래하는 게 이런 느낌일까?

"무엇을 바라십니까?"

바람이 서늘하게 불자 바닥에 먼지처럼 뒹굴던 민들레 씨들이 하얗게 날아올랐다.

◇◇◇◇◇

"서울에서 오시는데 힘드셨지요?"

진료실로 들어가자 커피를 마시며 그를 기다리던 장석종 환자가 손을 뻗었다. 승범은 그 손을 맞잡아 악수했다.

"아닙니다. 명의 따라 환자가 와야지요. 서울에 계실 때 덕분에 저희 가족이 많이 건강해지지 않았습니까?"

"사모님 구안와사는 좀 어떻습니까? 제가 끝까지 치료해야 했었는데, 불미스러운 일 때문에 죄송하게 되었습니다."

"많이 좋아졌습니다. 올라갔던 입술이 돌아오고 감각도 없던 얼굴에 신경도 살아나고요. 오늘은 아내에게 늘 처방해 준 약이랑 제 약까지 처방받으러 왔습니다.

다른 한의원과는 정말 안 맞더라고요. 선생님이, 아, 이젠 김 원장님이지요? 원장님이 어디로 가셨는지 찾느라 고생 좀 했습니다, 허허허."

장석종 환자는 3년 전 제일한방병원에 있을 때부터 승범이 진료하던 단골 환자였다. 환자마다 속칭으로 '치료빨'이 잘 맞는 한의원이 있는데, 이를 찾는 건 수월한 일이 아니었다. 그만큼 여기저기 다녀봐야 했고, 다니다가도 조금 마음에 안 들면 자신과 안 맞는다고 여겨 다른 한의원을 찾았다. 이런 단골들은 가족과 친척, 친구, 지인을 데리고 오거나 그들에게 한의원을 소개했으며 봄가을에 보약을, 조금이라도 아프면 치료 약을 찾았다. 승범에게 이 장석종 환자는 메마른 통장에 단비 같은 돈줄이었다. 돈줄.

'귀신 하나당 열 명!'

문득 귀신 공실의 얼굴이 떠올랐다. 귀신 환자를 치료하면 그들이 사람을 홀려 열 명을 이쪽에 보내 준다니 꽤 쏠쏠한 제안이었다. 머릿속의 계산기가 빠르게 돌아가다가 다시 공실의 얼굴이 떠오르자 멈췄다. 승범은 헛기침했다.

그는 정신을 차리고 장석종 환자의 손목에 손을 갖다 대어 맥을 짚었다.

"여기까지 오셨으니 제가 성심을 다해 봐 드리겠습니

다. 일전에 뒤통수에 찌르르한 통증이 있다고 하셨는데
그건 좀 어떻습니까?"

5. 거부할 수 있는 제안

택영은 컴퓨터로 일자리를 찾아보고 있었다.

"소용없다 그러네."

"그런 말 하지 말아요. 사람 구하는 곳 있거든요. 보수도 좋고 복지도 좋네. 그러지 말고 정미 씨도 구해요. 내일 망해도 전혀 이상하지 않을 한의원에 친분만으로 붙어 있다간 퇴직금도 못 받을걸. 왜, 내가 알아봐 줘요?"

정미는 한숨을 쉬며 핸드폰을 내려놨다. 팔에 턱을 괴고 택영을 한심스레 쳐다봤다.

"내가 연초에 방금 신 내렸다고 유명한 꽃 선녀한테 점을 봤거든."

택영도 모니터에서 시선을 떼고 정미를 똑같은 표정으로 바라봤다.

"그런 걸 믿어요?"

"진짜 잘 맞혔거든? 만나는 남자마다 찌질하고 궁상 맞아서 내가 다 뒤치다꺼리한다는 것도 맞혔단 말이야."

"거봐, 내가 두 사람 사귀는 줄 알았어. 역시 나는 이용당한 거야."

택영이 책상을 쳤다. 정미가 그런 택영의 머리를 때렸다. 악 하고 택영이 비명을 질렀다.

"아니라 했다. 하긴, 김 원장도 그러네? 에이, 암튼! 지금 내 옆에 금과 목을 다루는 귀인이 있는데 그 사람한테 붙어 있으면 부귀영화를 누릴 팔자라더라고. 금과 목! 그걸 다루는 게 누구겠어! 김 원장이잖아!! 그러니까 내 말은 택영 씨도 엉덩이 가볍게 움직이지 말고 진득하게 기다리란 말이야."

"정말 그렇게 말했어요?"

"바로 신내림 받은 무당 말은 들어도 돼!"

굳세게 고개를 끄덕이며 말하자 신뢰가 무척 갔다. 관상학적으로도 정미의 얼굴은 참으로 믿음이 가서 그녀가 하는 말에 택영의 마음이 쏠렸다. 귀가 얇아 무슨 말이든 믿어 버려 그렇게 어머니가 남의 말을 함부로 듣지 말라고 당부를 했는데도 눈앞의 유혹이 강했다. 게다가 어디선가 금방 신내림 받은 무당이 족집게란 말을 들은 것도 같았다. 그는 아직도 아픈 머리를 문지르며 모니터에 있는 구인란을 흘깃거리다가 이내 껐다.

딸랑.

"아이고오, 어서 오십시오. 이리로 오세요."

문이 열리고 승범이 들어왔다. 환자와 함께 들어오는 줄 알고 정미와 택영은 자리에서 일어났다. 두 손을 배 위에 공손히 올리고 인사를 하려고 기다렸다. 그러나 곧 문이 닫혔다. 수선스럽게 들어온다 싶더니 허공을 보며 혼잣말을 했다. 그러더니 무슨 마임을 하듯 정중히 원장실 문을 여닫는 승범의 모습에 정미와 택영이 서로를 바라봤다. 그들은 데스크에서 나와 원장실 문을 살짝 열었다. 그 안에서 승범이 생글생글 웃으며 계속 혼잣말을 했다.

"어떡해. 정말 미쳤나 봐."

"설마요."

그렇게 택영은 울상을 짓는 정미의 말을 부정했다. 그녀의 말을 믿기로 한 게 채 몇 분도 되지 않았다. 너무 어이가 없어 이젠 웃음도 나오지 않았다.

원장실에서 승범의 자신감 가득 찬 목소리가 흘러나왔다.

"자, 환자분 어디가 아프신지 제게 말씀해 보십시오."

마치 007작전처럼 승범은 수정의 한약방 앞에서 수정과 공실의 눈을 피해 남자 귀신 환자를 꼬드겨 데리고 왔다. 원장실 안, 책상 옆에 앉은 남자 귀신이 무섭지 않다면 거짓이었다. 딱 보기에도 무섭게 안구가 돌출되었고 입술은 어디서 뜯어 먹혔는지 살가죽이 덜렁였다. 승범은 애써 초점을 흐리며 후들거리는 두 손을 꼭 맞잡았다. 그걸 아는지 모르는지 귀신 환자가 입을 열었다. 말을 하자 뜯긴 잇새로 발음이 샜다.

"저으 죽인 그 노미 죄갑슬 치르게 해 주에요."

응? 이 젊은 남자 귀신은 아픈 곳은 말하지 않고 생뚱맞게 원한을 맺은 사람을 잡아 달라고 했다. 당황했지만, 헛기침을 몇 번 하고 승범은 차분하게 말을 했다.

"환자분, 여기는 침술이나 한약 처방을 하는 한의원이니 아픈 곳이 있다면 말씀하세요."

여기는 경찰서가 아니었다. 귀신이라 맥을 짚을 수도 없는 노릇이었다. 귀신은 똑같은 말을 되풀이했다.

"제 한을 푸어 주에요. 그럼 나아요. 저 한야빵 사장니믄 저희의 한을 푸러 저희를 고쳐 주신다구요. 이곳도 저희를 치료하는 곳이자나요!"

"그딴 건 치료가 아니죠!"

무슨 개소리야! 짜증이 난 승범이 소리를 질렀다. 귀신의 한? 그게 뭔데? 그걸 풀어 주는 게 치료라니, 말도 안 됐다. 이 귀신이 뭘 모른다고 장난치나!

"자꾸 애먼 말씀 하실 거면 나가세요. 여기는 아픈 데

치료하는 곳이지, 한을 풀어 주는 그딴 데 아닙니다."

승범이 귀신을 내쫓으려 하자 남자 귀신이 입을 삐쭉였다.

"내 말을 안 들어준다고? 너도 다른 인간들과 똑같아!!"

'응? 뭐야, 발음이 정확하잖아? 입술이 없어서 불명확한 게 아니었어?'

갑자기 한의원의 조명이 깜빡거렸다. 어두운 기운이 남자 귀신 주위로 퍼졌다. 그의 얼굴이 푸르죽죽하게 변하며 험악해졌다. 승범은 뒤늦게 자신이 크게 실수했음을 깨달았다. 이럴 땐 어떻게 해야 하지?

"저, 환자분. 진정하시고……."

귀신이 짐승처럼 낮게 울부짖자 방 안의 모든 물건이 떨어댔다. 귀신의 몸이 점점 커져 원장실 안을 가득 채웠다. 커지다 못해 구겨진 귀신이 턱에 들러붙은 승범은 몸을 옴짝달싹하지 못했다. 귀신의 피부가 무척 차갑고 풀을 뒤집어쓴 것처럼 끈적였다. 어떻게든 빠져나오려고 하는 승범의 눈이 자신을 내려다보는 귀신의 붉은 눈동자와 마주쳤다. 귀신이 턱을 들썩이며 입을 벌렸다. 너덜너덜한 입술 사이로 검은 동굴이 보였다. 그 안에 삼켜질 것 같아 승범이 몸을 잔뜩 움츠렸다.

"우어어!"

남자 귀신이 승범을 향해 소리를 질렀다. 강력한 바람

에 전구가 터지고 멀쩡하던 유리창이 다 깨져 나갔다.

　지진이 났다.

　책상과 책장의 물건들이 바닥에 떨어지자 정미와 택영은 서로를 붙들었다. 그리고 거짓말처럼 뚝 끊긴 지진에 어안이 벙벙할 때 승범이 비명을 지르며 몸을 숙였다.

　"원장……."

　갑자기 돌풍이 휘몰아쳤다. 정미와 택영은 뒤로 나동그라졌다. 와장창! 전구와 유리창이 깨졌다. 택영이 소리를 지르며 기다시피 일어나 정미를 붙들었다. 그런 그의 손을 뿌리치며 정미는 주머니에서 핸드폰을 꺼내 혼란스러운 내부를 동영상으로 남기기 시작했다. 택영은 한시도 남아 있기 싫어 밖으로 도망치기 시작했다.

　'이 한의원은 진짜 망했어!'

◇◇◇◇◇

　승범이 수정은 그렇다 치고 공실 몰래 남자 귀신을 데려온 이유는 제법 그럴듯한 협상이 결렬되었기 때문이었다. 그날 승범이 무엇을 바라는지를 물었을 때 공실의 잿빛 눈이 반짝였다. 욕망으로 번들거리는, 익히 아는 눈빛이기에 사람이든 귀신이든 다 똑같다고 생각한 승범이었다.

"바깥양반을 만나지 않았나?"

승범은 장 영감을 만난 날을 떠올렸다. 그 집에서 본 가족사진 속에서 눈앞의 공실을 본 기억도 덩달아 났다.

"무슨 얘기가 오갔든 내 상관할 바가 아니고. 그 양반이 들고 다니는 단지 기억하지?"

"아, 예. 그쪽 분의 뼛가루가 들어 있는 거요?"

손으로 공실을 가리키며 조심스레 대답하자 그녀는 깔깔 웃으며 손사래를 쳤다.

"어색하게 그리 부르지 말고, 친근하게 공실 아줌마라고 불러. 그 단지를 기억하다니 다행이구먼. 으응, 내가 원하는 건, 그걸 한의사 선생이 나한테 가져오는 거야!"

"……뭐라고요? 지금 저 보고 그 단지를 훔치라는 겁니까?"

"말이 그렇게 되나? 하긴 아무리 그 단지 안에 있는 게 나라 해도 내 것이 될 수 없는 거지. 그러나 생각해 봐. 귀신인 내가 할 수 없으니까 사람인 한의사 선생한테 부탁하는 거 아니겠어?"

"그래도 범죄를 저지르라니요. 싫습니다. 직접 가서 보시면 되잖아요. 어차피 장 영감님한테 보이지도 않을 텐데. 맞다. 보일 방법이 없습니까? 아주머니를 무척 만나 뵙고 싶어 했습니다."

그 말에 공실이 이맛살을 찌푸렸다.

"진즉에 그랬으면 내 그 인간 모가지를 뜯어 버렸을 거야! 어지간히 남의 눈이 무서워서 하는 짓거리에 속에서 천불이 나. 세상 사람들 눈깔들이 삐었지, 그걸 고대로 믿어 버리냐고!"

공실은 마치 눈앞에 남편이 있는 것같이 허공에 뻗은 두 손을 우악스럽게 비틀었다. 승범은 자신의 목이 뜯겨나갈까 봐 손으로 얼른 감쌌다.

"무슨 사정이 있는지는 잘 모르겠지만, 범죄는 안 됩니다. 누구 앞길 망칠 일 있어요?"

"백 명!"

거절하며 돌아서는 승범에게 공실은 급히 검지를 들어 보였다.

"내가 백 명 넘게 귀신들을 꼬드길게!"

혹하는 제안이었다. 그럼 그 수가 데려오는 사람 환자가 몇 명이야? 머릿속으로 셈을 하다가 승범은 고개를 흔들었다. 어떻게 단지를 가져와? 달라고 하면 그렇구나! 하면서 잘도 흔쾌히 주겠다. 그렇다고 담을 넘어 몰래 훔쳐? 그러다 걸리면? 전과자가 되어 백 명의 귀신은 고사하고 여남은 사람 환자도 못 볼 수가 있었다.

"거절합니다!"

오래 생각할 필요가 없는 제안이었다. 단칼에 거절하

고 돌아섰다. 승범은 공실의 도움 없이도 해낼 자신이 있었다. 수정도 하는데 자기라고 못 할 건 없었다. 그렇게 그는 저들 몰래 귀신 환자를 데리고 오는 데 성공했다. 하지만 이렇게 귀신 환자에게 죽을 뻔했다.

정신을 차려 보니 남자 귀신은 사라지고 핸드폰으로 자신을 찍고 있는 정미만이 보였다. 돈인가, 목숨인가. 눈을 끔벅거리며 생각해 봤다. 깨져 나간 전등과 유리를 보며 헤아려 봤다. 당연히 목숨이지만, 돈이 없으면 죽는 건 매한가지였다. 장 영감인가, 공실 아줌마인가. 개미 똥구멍같이 찔끔찔끔 보내는 친인척이나 지인들을 떠올려 보면 귀신 환자 백 명이 훨씬 나았다. 그래도 범죄인데. 아주 조금 남은 양심이 고개를 들었다. 그러나 자신의 지난날을 회상해 보면 뇌물도 범죄지 않은가?

'그건 그래.'

"못 일어나겠으면 119라도 부를까요?"

동영상을 다 찍었는지 정미가 물었다.

"아직 안 불렀어요?"

"비명을 지르지 않는 걸 보니 아프지 않은 것 같아서요."

승범은 고개를 들어 원장실 밖을 봤다.

"택영이는요?"

"진작에 도망갔죠."

"뭐? 붙잡지 않고 뭐 했어요?"

"간호사 일로 벌어 먹고살지 못할 것 같아서 유튜브로 크게 한 방 노리려고요."

'귀신이 찍힌다면 진짜 대박일 텐데.'

승범은 그녀의 말을 곱씹으며 진지하게 생각해 봤다. 그러면 귀신들 치료에 대한 고민 따윈 하지 않을 테고 이런 포악질에 맥없이 당하지 않을 텐데. 그러나 핸드폰을 들여다보는 정미의 뚱한 표정을 봤을 땐 귀신은커녕 귀신 터럭 하나도 찍지 못한 듯했다.

승범은 자리에서 일어났다. 책과 물건들이 나뒹굴고 유리가 깨져 나간 원장실을 돌아봤다. 어디서부터 손을 대야 할지를 몰라 그냥 유리 파편만이 남은 창 너머를 봤다. 늦봄의 하늘은 가을처럼 푸르렀고 뭉게구름은 천천히 흘러갔다. 높은 건물이 없어 저 멀리 산과 나무들의 신록이 한눈에 들어왔다. 평화로운 그 모습이 이곳과 상반되어 너무나 맥이 빠졌다.

"아까 뭐였어요?"

어질러진 책을 정리하기 시작한 정미가 멍하니 서 있는 승범에게 물었다. 지금까지와는 조금 다른, 걱정이 묻어나는 목소리였다.

"나도 모르겠어요. 내가 지금 뭘 하는 건지."

말해도 믿어 주지 않을 거면서. 승범은 바닥에 굴러다니던 쓰레기통을 들어 부서진 물건들을 담기 시작했다.

딸랑. 어질러진 한의원을 치우고 있는데 문소리가 났다.

"뭐야? 왜 아무도 없어? 여기 누구 없어요?"

혼자 중얼거리던 남자가 부르는 소리에 정미가 손을 털고 대기실로 나갔다.

"안녕하세요."

"안녕하면 여기에 왔겠어? 아가씨가 센스가 참 없네."

퉁명스레 말을 내뱉는 남자에게 정미가 웃어 보였다. 정미는 '그렇군요.'라고 중얼거리며 초진 차트를 작성하기 시작했다. 남자는 원장실과 대기실 사이에 유리벽이 깨진 걸 보고 혀를 찼다.

"아니 개원한 지가 언젠데 아직도 공사 중이야? 진료는 되지?"

"당연히 진료는 됩니다. 갑자기 유리가 깨지는 바람에, 좀 어수선하지요? 죄송합니다."

그사이 승범은 흐트러진 옷매무새를 단정히 하고 침구실로 이어진 다른 문으로 나왔다. 귀신 환자는 치료 못 해도 사람 환자는 달랐다.

'이쪽으로는 내가 전문가지!'

접수를 마친 정미가 환자를 데스크 옆으로 이어진 복도 끝 침구실로 안내했다.

"어서 오십시오. 이쪽으로 오십시오. 이곳에서 아프

신 곳을 봐 드리겠습니다."

64세의 남자는 왜소했다. 깔끔하게 모 유명 브랜드의 등산복을 입었고 왼쪽 손목에선 금색으로 번쩍이는 시계가 잘그락 소리를 냈다. 얇은 입술을 꾹 다물며 그는 절뚝이며 복도를 걸었다. 이내 안내된 곳이 침구실임을 확인하고 눈살을 찌푸렸다.

"여기는 바로 침구실에서 진료를 보나? 다른 데서는 원장실에서 맥도 짚고 그러더니만."

남자가 불만에 가득 찬 얼굴로 침대 위에 앉았다. 오래도록 햇볕에 그을려 검게 탄 피부에 주름진 얼굴이 누군가를 떠올리게 했다.

"죄송합니다. 보시다시피 원장실 유리들이 깨져서요. 걱정하지 마십시오. 이곳에서 꼼꼼하게 맥을 봐 드리겠습니다."

"나, 장영호 어르신의 사돈의 팔촌이외다. 잘 봐주리라 믿고 왔고."

"그럼요."

맥을 짚는 승범은 평소 식습관과 생활 습관에 관해 물었다.

"허리가 아프고 다리가 저립니다. 이거 나이를 먹을수록 아픈 데가 하나둘씩 늘어. 일전엔 이십 대 때에 친구에게 맞았던 뒤통수가 지금 욱신거린다니까."

"세게 맞으셨나요?"

"원한이 실렸으니 꽤 세게 맞았지."

"혈액순환이 잘 안 되는 이유도 있고, 허리의 신경이 눌려 다리까지 아픈 겁니다."

"족저근막염은 아니고?"

"그건 발바닥에 염증이 생겨서 그런 건데 그거와 이건 달라요. 일단 오늘 허리와 다리에 침을 맞고 머리도 사혈해 드리겠습니다. 몇 번 침을 맞으셔야 하니 시간 되실 때 오세요. 자, 누우실게요."

환자가 바지 단추와 벨트를 풀고 엎드렸다. 승범이 바짓단을 접어 올렸다. 뼈밖에 남지 않는 종아리를 보자 소독솜을 바르는 손이 멈칫거렸다. 침을 꺼낸 그는 간신히 혈 자리에 침을 놓고 돌아섰다.

"다른 데는 허리 아프다니까 바로 누워서 다리에 놓더라고요."

"한의원마다 침법이 다릅니다. 반대쪽에 꽂는 침법을 무자법이라고 하는데, 저는 환자에 따라 아시혈이라고, 아픈 데 바로 꽂거나 가까운 데에 꽂는 근위취혈 침법을 쓰고 있습니다."

"아아. 선생님 근데 제가 여기 팔도 아프고 그런데, 거기엔 놓지 않습니까? 다른 데선 다 놔 주더만."

"아휴, 그러십니까. 진작에 말씀하셨으면 놔 드렸지요."

승범이 다시 침을 놓았다.

"악!"

갑자기 남자가 소리를 지르며 몸을 뒤틀었다. 몸에 꽂은 침들이 움직였다. 승범은 몸을 움직이는 남자를 붙들었다. 악! 그 모습 위로 예전의 누군가가 고통에 몸을 버르적거리는 모습이 겹쳤다.

"움직이시면 안 됩니다. 침이 휘어요."

"너무 아프잖아요. 왜 이렇게 아파요? 이상한 데다 놓은 거 아니야? 다른 곳은 이렇게까지 안 아픈데!"

승범은 짜증을 내는 남자의 얼굴을 내려다봤다. 그 얼굴이 예전에 알던 사람과 무척 닮았다.

'나는 괜찮네.'

그 사람은 늘 그렇게 말을 했다. 속에서 울컥 화가 치밀었다. 그놈의 다른 곳, 다른 곳!

"환자분, 이곳에 왔으면 저한테 치료를 맡겨 놓으셔야죠! 왜 이렇게 말이 많으세요?"

남자에게 쏴붙였다.

"뭐, 뭐요? 아니 내가 당신 침 때문에 아프다는데 죄송하다고 못 할망정, 되려 성을 내? 뭘 잘했다고 성질이야?"

"그렇게 말끝마다 다른 병원이랑 비교할 거면 그곳으로 가시란 말입니다! 이 간호사, 이분 침 빼요."

옆에서 눈치만 보던 정미가 침을 뺐다.

"뭐 이런 불친절한 한의원이 다 있어! 내 어르신한테 이 모든 걸 다 말하겠어! 당신 후회할 거야!"

남자가 승범에게 삿대질하고는 한의원을 나갔다. 정미가 황당해하며 승범을 봤다. 정말 망하려고 작정을 했구나! 그녀가 눈으로 욕을 했다. 아무리 환자가 선을 넘었다 해도 이렇게 강압적으로 환자를 대한 적은 없었다. 어떤 환자든 다 돈이라고 생각하고 참아내던 예전의 승범은 어디 갔는지 모르겠고 자기 성질대로 풀어놓고 왜 자기가 상처받은 표정을 짓는지도 모르겠다. 하긴 오늘 큰일이 있었고 평소에도 일이 잘 풀리지 않았으니. 잠시 침묵이 흘렀다.

"여기 내가 정리할 테니까 바람 좀 쐬고 오는 게 좋겠어요."

"고마워요."

잠시의 머뭇거림도 없이 승범은 의사 가운을 벗고 밖으로 나갔다.

◇◇◇◇◇

그날 저녁 정미는 어질러진 한의원을 정리하고 이른 퇴근을 했다. 한의원 홍보 전단지를 들고 가게란 가게를 다 다녔다. 전단지를 내밀며 때론 사장님들의 말동무도 하고, 눈치껏 장사 일도 도왔다.

"저희 한의원에 오시면 제가 원장님께 말씀드려서 물리치료 더 해 드리도록 할게요."

그녀는 보험왕인 엄마한테 배운 실력을 발휘했다. 과일가게 사장님의 어깨를 주무르고 잡화점 가게 사장님의 등에 한의원에서 파는 파스를 붙여 줬다. 며칠 전에 어깨가 결려, 처방받았던 파스였지만 아깝지 않았다. 시장 입구에 좌판을 벌인 할머니들에게 살갑게 굴며 나물이며 채소를 샀다.

"저희 원장님이 상사한테 사기당하고 안 좋은 일도 연달아 일어나서요. 직원이 시골 생활이 힘들다며 도망가니까 좀 벼랑 끝에 몰렸다고 생각했나 봐요. 저는 여기 우화 분들께서 너무 친절하게 대해 주시고 좋은데 요즘 젊은이들은 조금이라도 힘들면 못 참잖아요. 물론 어르신들께 경거망동하게 행동한 건 백번 잘못한 일이지만, 본인도 반성하고 있고요. 잘해 보고자 하니까 저희 한의원 좀 도와주세요."

정미는 인정에 호소하기도 하고 애교도 떨었다. 버스 정류장으로 할머니들의 짐을 옮겨 그들을 일일이 버스에 태우고 손을 흔들었다. 마지막 버스가 출발하자 그 뒷모습을 보던 그녀가 긴 한숨을 내쉬었다. 이제 어둑해져 하나둘 문을 닫는 가게들을 둘러보던 정미는 약국으로 가서 박카스를 샀다.

"실례합니다."

수정 한약방으로 들어선 정미는 손님이 없어 텅 빈 내부를 조심스럽게 관찰했다. 한의원보다 더욱 진한 약 냄새와 건초 냄새가 나는 대기실 앞에서 기웃거리니 사무실에서 수정이 나왔다.

"무슨 일로 왔어요?"

"안녕하세요. 전 요 앞 한의원 직원인 이정미라고 합니다."

인사를 하자 수정이 고개를 끄덕였다.

"알아요. 저번에 개업 떡 줬잖아."

"그때 진짜 저희 원장님이 몹쓸 무례를 저질러서 너무 죄송했어요."

"그게 그 사람 잘못이지, 직원분 잘못인가?"

"사람이 좁고 뾰족해 보이지만, 그렇게 싸가지만 없진 않아서요. 아, 빈손으로 오기 그래서 뇌물 좀 가져왔어요."

정미가 가지고 온 박카스를 탁자 위에 올려놨다.

"뇌물?"

"많은 부분에서 못마땅하시겠지만, 저희 원장님 좀 예쁘게 봐 달라고요. 이웃인데 절친까진 아니더라도 악감정은 없었으면 해서요. 넓은 아량으로 아주 조금만 여지를 주시면 감사하겠습니다. 부탁드립니다."

"아하하하. 아가씨가 당돌하네."

이제껏 의자에 앉아 이 모든 걸 보고 있던 공실이 배를 잡고 웃었다.

"물론 제가 원장님의 정신을 차리게 하겠습니다. 뭘 어떻게 할지는 아직 모르겠지만, 최선을 다할게요."

정미가 허리 숙여 인사하자 수정은 황당해서 본인도 모르게 헛웃음이 나왔다. 마치 자식의 죄를 용서해 달라고 온 부모 같은 모습이었다.

"정미 씨 같은 유능하고 참한 사람이 못난 사람 만나서 고생하네. 혹시 보호자인가?"

"그러네, 둘이 부부인가? 서울에서 같이 왔잖아."

수정의 질문에 공실이 손뼉을 쳤다. 놀란 정미가 두 손을 내저었다.

"아뇨, 보호자라고 할 정도까진 아니고 그냥 친구 사이예요. 서울에 있을 때 같은 병원에서 5년을 같이 일했거든요. 애가 처음엔 정말 실력만 있는 왕재수였는데, 아, 저희 서른세 살 동갑이에요. 어쨌든 그동안 일하면서 부딪혀 보니까 어떤 사람인지 보이는 거예요. 환자를 돈줄로 보지만, 그래도 분명 환자를 생각하는 마음은 있어요. 환자 치료하겠다고 포기하지 않고 매달리는 건 쉽지 않잖아요. 돈밖에 모르는 건 그게 사람을 행복하게 하는 거라고 생각해서 그래요. 짐작하셨겠지만, 저 사람 친구가 별로 없어요. 싸가지는 없지만, 정은 있어서 마음을 연 사람한테는 사소한 부분도 잘해 줘요. 그 사소함이 절 여기까지 데리고 왔어요. 다들 제가 미쳤다고 하는데 이렇게 된 거 어디 한번 끝까지 해 보려고요."

뻔뻔하게 와서 잘 봐 달라느니 말을 했지만, 말이 길어지자 정미의 얼굴이 점점 붉어졌다. 참으로 젊은 패기다. 그런 그녀를 가만히 보는 수정을 공실이 쳐다봤다.

"아니, 저 정도면 거의 부부 아니야?"

6. 귀신들

　　승범은 한약방이 있는 시내에서 시장까지 20분 정도 걸으며 벽이며 정류장에 전단지를 붙였다. 시골 시장은 평소엔 큰 크기에 비해 휑했으나, 장날인 3일, 8일이면 온 마을과 옆 청호시에서도 오일장을 보러 와서 발 디딜 틈도 없이 북적였다. 시장 정문 쪽으로 4차선 도로를 건너면 각 동네로 가거나 시외로 갈 수 있는 버스터미널이 있었다. 그곳은 언제나 사람들이 많았다. 그곳을 지나서 10여 분 걸으면 승범이 정미와 사는 빌라가 나왔다.

　　승범은 '사장님이 미쳤어요, 옷 창고 개방' 전단지 위에 한의원 전단지를 붙이며 주위를 힐끗 쳐다봤다. 차가 활발히 오가고 사람들이 거리를 걸었다. 수정 한약방에서가 아닌 대낮의 시내에선 귀신과 사람을 구별하기 어려웠다. 대체로 귀신들은 죽을 때 어떻게 죽었는지에 따라 그 모습을 유지했다. 가령 팔이 길어지거나 목이 없거나 등등 외형적으로 눈에 띄는 점이 없다면, 그냥 평범한 사람이라 해도 믿을 정도다. 그러다가 무의식중에 귀신이 옆으로 지나가면 드는 한기에 머리가 쭈뼛거리면 그제야 귀신이라고 생각했다.

잠시 관심을 가져 보면 그들은 해가 드는 곳보다 그늘에서 자리했고 사람들에게 관심 없이 자신들만의 세계라 여기며 살았다. 어쩌면 사람들이 자신들을 볼 수 없으니 포기한 걸 수도.

만약 승범이 자신들을 본다는 사실을 알게 되면 어떻게 할까? 호기심을 가질까? 화를 낼까? 수정 한약방의 귀신들처럼 자신의 한을 치료라는 명목으로 풀어 달라고 할까?

"저기 저 그 한의원 원장이지? 방앗간 사장님이 말하던?"

"방앗간 사장님한테만 하대했겠어? 그 앞 한약방 고사장님한테도 첫날부터 드잡이했다며."

환자한테 화를 낸 게 그새 소문이 났는지 사람들이 승범을 보며 수군거렸다. 그 눈빛들을 무시하며 승범은 테이프를 이로 뜯어 전단지 귀퉁이에 붙이고 꾹꾹 눌렀다. 오후의 햇살이 길게 늘어지자 인적이 점점 뜸해지더니 곧 자신을 욕하던 목소리들이 사라졌다. 깍깍. 까마귀가 지척에서 울었다.

정신을 차려 보니 수정 한약방 앞이었다. 손안에 전단지가 몇 장 남지 않았다. 승범은 한약방 옆에 전단지를 붙이며 안을 기웃거렸다. 안에서 인기척이 들리고 사람들이 나왔다. 고개를 홱 돌려 전단지를 붙이는 일에 열중하는 척했다. 무료하게 소파에서 TV를 보고 있던 공실이 창문 너머에서 안을 훔쳐보는 승범을 발견했다. 그녀의 입에서 실실 웃음이 새어 나왔다.

"그렇게 있지 말고 커피나 마시고 가!"

공실이 승범의 뒤로 가서 말을 걸었는데, 승범이 기척을 못 느꼈었는지 화들짝 놀랐다. 그러나 어쩐 일로 도망가지는 않고 슬그머니 눈치를 봤다.

"지금 고 선생 상담 중이라 모를 거야. 들어와서 분위기만 보고 가."

공실이 그를 이끌자 승범은 어쩔 수 없다는 식으로 한약방으로 향했다. 내부는 지난밤에 들어왔을 때와는 다른 분위기였다. 그때보다 협소하고 조금은 어둑했다. 몇몇 사람이 소파에 앉아 있다가 승범의 등장에 그를 알아보고 고개를 내저었다.

"신경 쓰지 마. 저러다 말아."

공실이 이끄는 대로 가 보니 탁자 위에 커피와 약차

가 준비되어 있었다. 기다리는데 지루하니 셀프로 타서 마시라는 주인장의 서비스에 승범은 한의원에도 이렇게 준비해야겠다고 다짐했다. 그러다 어제 자신이 저지른 일을 떠올리고는 금방 울적해졌다.

'왜 그랬을까?'

장 영감은 이제 어떻게 볼 것이며 몇 배로 진화한 싸가지 없다는 소문은 어떻게 할 것인가. 왜 그랬는지 자신도 몰랐다. 그저 화가 났다. 정신을 차리고 보니 말을 내뱉었고, 환자는 성질을 내며 나갔고, 정미는 눈으로 욕했다. 그는 입술을 삐죽 내밀며 약차를 종이컵에 따라 소파에 가서 앉았다. 종이컵을 입에 대니, 계피 향이 코끝에 스쳤다. 한숨이 절로 나왔다. 낡은 소파에 몸을 기대고 차를 홀짝였다. 공실의 말처럼 사람들은 승범에게 신경을 껐다. 조용한 내부에 감도는 익숙한 한약 냄새가 눈에 보이는 듯했다. 진열장 너머 사무실 안에서 수정의 낮고 조곤조곤한 말소리가 들렸다. 잔뜩 힘이 들어간 어깨에서 그제야 힘이 빠졌다.

"정말 감사합니다."

상담이 끝났는지 중년의 여자가 연방 고개를 숙이며 사무실에서 나왔다.

"걱정하지 말아요. 심각한 건 아니니까. 이거 달여서 먹고, 무리만 하지 않으면 돼."

그녀의 어깨를 쓸어내린 수정은 첩약을 환자의 손에 쥐여 주었다. 배웅해 주려던 수정이 제집처럼 소파에 편하게 앉아 있는 승범을 발견했다. 왜 여기에 있는지 몰랐지만, 말도 섞기 싫어 그를 무시했다.

"영자 할머니, 이제 할머니 차례네. 오래 기다렸어요."

"버스가 끊기면 책임져."

승범의 앞에 앉아 창밖을 보던 할머니가 수정의 목소리에 일어났다. 굽은 허리를 두드리며 지팡이를 짚었다. 지팡이 끝이 사무실로 향했다. 다시 수정의 조곤조곤한 목소리가 들려왔다. 그녀가 한 소리 할 줄 알고 잔뜩 긴장했던 승범은 다시 어깨를 늘어뜨렸다. 벽에 붙은 약 광고 포스터와 철 지난 잡지가 꽂힌 책장을 훑었다. 눈꺼풀이 점점 무거워졌다.

수정은 영자 할머니를 무사히 버스 시간에 맞춰 보냈다. 우화시에서 30여 분 거리에 있는 마을 율영리에서 표고버섯 농장을 하는 김 씨가 제 차례임을 알고 그녀가 부르기도 전에 일어났다. 그리고 승범을 힐긋거렸다.

"남의 영업장에 와서 잘도 자네."

그 말에 수정의 시선이 승범을 향했다. 공실이 승범의 눈앞에서 손을 흔들었다. 깊이 잠들었는지 깰 기미가 보이지 않았다.

"아까 방앗간 장 씨가 어제 저 한의원에서 무슨 일이 있었는지 하는 말 들었어?"

김 씨의 말에 수정은 코웃음을 쳤다.

"갑자기 들이닥쳐서 한약방 떠나가라 소리를 질러대는데 내가 귀먹은 것도 아니고."

사무실에서 상담하고 있을 때 갑자기 장 씨가 약방으로 들어와 자기가 어제 갔다 왔는데, 쫓겨났다며 한의원 선생이 정말 싸가지가 없다고 내 살다 살다 그런 불친절은 처음이라고 고래고래 소리를 질러댔다. 기다리는 사람들이 이유를 묻기도 전에 하나하나 나열하더니 제 성질을 못 이기고 나가 버렸다. 며칠 동안 제 분이 풀릴 때까지 온 동네를 다니며 소리치고 다닐 터였다.

사무실 의자에 앉으며 수정은 혀를 찼다.

"장 씨 성격 몰라서 그래? 또 남하고 비교질이나 해대며 속을 벅벅 긁었겠지."

"하긴 여기에 와서 말하는 것도 좀 그렇긴 했어."

"편들어 달라는 거지. 그리고 남의 영업장에 와서 그렇게 소리를 질러대는 것도 글러 먹었어. 저놈 싸가지 없는 거 누가 모르나. 그래, 어떤 약으로 줄까?"

수정의 말에 김 씨는 알 만하다는 미소를 지으며 근래 어깨가 갑자기 아파졌다고 투덜거렸다.

승범은 크게 숨을 들이켰다. 깔깔깔. 의식의 저편에서 웃음소리가 들렸다.

'옛날에 엄마가 저렇게 웃었는데.'

승범의 엄마는 TV를 보면서도, 라디오를 들으면서도 뭐가 그리 재밌는지 박장대소를 했다. 그럴 때면 승범도 그 옆에서 엄마처럼 웃었다. 언젠가 아버지가 그 웃음이 경박스럽다고 타박한 적이 있었다. 그때부터였을까, 엄마가 웃지 않기 시작한 게?

"왜?"

승범은 반쯤 들어 올렸던 눈꺼풀을 감았다가 다시 올렸다. 눈앞에 주황빛 조명을 등진 공실의 얼굴이 보였다.

"왜 엄마가 웃지 않았대?"

"왜냐면…… 아버지가 그 웃음에 반했다고 했었대요. 사랑이 식은 사람과 살아서 뭐 하나 싶었다고…… 엥? 앗!"

정신이 번쩍 들었다. 승범은 소파에 구겨진 몸을 바로 했다. 뒤늦게 이곳이 수정 한약방이며 자신이 깜빡 잠들었다는 걸 깨달았다. 침까지 흘리고. 그는 급히 손등으로 입가를 닦았다. 주위를 보자 손님들은 어디 가고 자신만이 이곳에 홀로 남았다.

"어지간히 피곤했나 봐. 잠꼬대도 하고?"

"제가 자면 빨리 깨우셨어야죠."

"금방 일어날 줄 알았지. 지금 깨웠잖아. 그럼 된 거지. 어서 잠 깨! 이제 곧 시작될 거니까."

"뭐가요?"

큿큿, 그러고 보니 미묘하게 한약 냄새부터가 달라졌다.

"저녁 장사! 낮엔 사람 환자, 밤엔 귀신 환자를 위해고 선생이 규칙을 정해 뒀지. 규칙에 철저한 여자야."

공실이 일어나 문가로 갔다. 유연한 몸놀림으로 닫힌 문을 열고 진열장 뒤로 들어가 서자 하나, 둘 검은 형체가 안으로 들어왔다. 그녀는 들어서는 이들의 면면을 보면서 손가락을 헤아렸다.

"줄을 서시오. 줄을 서! 어이, 거기 머리통 옆에 낀 귀신 놈! 어린놈이 새치기하는 거 내가 다 봤어!"

"이건 제가 거리감이 없어서 그래요."

두 손으로 자신의 머리통을 들어 보이자 공실이 혀를 찼다.

"이번만이야. 좋아, 통과. 저기 소파에 가서 앉아 있어."

한숨을 내쉬며 다른 귀신들과 같이 소파에 빈자리를 찾아 앉던 소년 귀신이 멈칫거렸다. 머리통을 붙든 손이 불쑥 앞으로 나오자 소년의 머리가 승범의 얼굴 앞에 들이 밀어졌다. 양 엄지손가락이 관자놀이를 잡고

검지와 중지를 움직여 머리통의 눈을 높이니, 사색이
된 승범과 눈이 마주쳤다.

"어?"

그가 번쩍 머리통을 승범 앞으로 들이밀었다.

"사람이다."

"뭣?"

어느새 가득 찬 귀신들이 승범을 돌아봤다. 날카로운
눈빛과 서늘한 한기에 몸서리가 쳐졌다. 그들이 승범에
게로 몸을 기울였다. 얼굴이 부었거나, 썩어 들어가거
나, 죽기 전의 모습이 조금은 멀쩡하거나. 남녀노소를
가리지 않은 귀신들의 틈바구니에서 승범은 숨이 막힐
것 같았다. 앞에 있는, 목이 밧줄에 홀쭉해진 남자처럼
금방이라도 쓰러져도 이상하지 않을 만큼이었다.

"우리를 보나?"

"고 선생처럼?"

"그럼 좋은가?"

"나쁜가?"

"고 선생이 하루 일곱만 받으니 그 후계자라면 더블
로 볼지도."

"누가 도박하다 손 잘린 귀신 아니랄까 봐 말본새하
고는."

승범을 두고 서로 얼굴을 맞댄 채 수군거렸다.

"내 감이 맞을 확률이 꽤 높단 말일세. 비록 이렇게 됐지만! 에이, 어떻게 기웠는지 손이 시려 죽겠군."

손목이 기워진 남자가 자부했지만, 누구도 그 말을 듣지 않았다. 그의 손이 힘없이 꺾였다.

"그래서 우리를 보나?"

다시 질문은 처음으로 돌아왔다.

"그런 것도 같고."

"아닌 것도 같고."

승범의 눈앞이 휙휙 돌았다.

"아이고, 사람 좀 그만 괴롭혀! 또 정신 놓겠네."

줄을 세우느라 정신이 없었던 공실이 그 광경을 보고 앞으로 나와 파리 쫓듯 손을 내저었다. 그에 귀신들이 몸을 뒤로 물렸다. 쭈뼛 선 머리카락이 꽁꽁 얼 정도로 서렸던 한기가 함께 물러갔다.

그들의 눈빛이 서로 오갔다.

"또?"

"그럼 본다는 말이군."

"더블로!"

쾅쾅쾅.

사무실에서 나온 수정이 문을 두드렸다. 모두의 시선이 그녀에게로 향했다.

"뭐가 이리 소란스러워? 치료 안 받을 거야?"

"이봐 고 선생, 이 사람 고 선생의 후계자로 데리고 온 건가?"

"용케 이런 인재를 찾아냈네!"

"더블인가?"

쏟아지는 질문에 수정이 승범을 째려봤다. 그 눈빛이 귀신들의 한기보다 더 차가웠다.

"후계자는 개뿔. 쓰잘머리 없는 말들 지껄이지 말어. 자네는 잠 다 잤으면 이만 가 보게! 남의 영업장에서 민폐는 그만 끼치고. 영업 방해야, 영업 방해!"

그 말에 괜히 오기가 생긴 승범은 자리에서 벌떡 일어났다. 오래도록 앉아 있다가 갑자기 움직이는 거라 수정의 앞까지 가는 몸에서 삐걱 소리가 났다.

"그간 우리 사이에서 일어난 불미스러운 사건들은 지나 보내고 앞만 봅시다."

첫 말이 좋게 나갔다. 이에 만족하며 정말 궁금한 질문을 했다.

"그래서 제가 궁금한 게 있는데 귀신 환자를 어떻게 치료해서 돈을 법니까?"

지금 제 꼴이 어떤지도 모르고 말만 번지르르하게 하는 꼬락서니란. 뒤로 넘긴 머리카락은 부스스하게 흩어지고 눈곱에 입가엔 마른침에, 아주 잘 잔 모양이었다. 그러나 귀신 좀 봤다고 얼굴이 허옇다 못해 퍼렇게 떴다.

"내가 미쳤다고 영업 비밀을 알려 줄 것 같아? 그리고 내 충고 하나 하겠는데. 어떻게 귀신을 보게 됐는지는 모르겠지만, 그냥 모르는 척하는 게 자네 신상에 이로울 거야."

"아니, 그렇게 인색하게 굴지 마시고. 일단 하나만이라도 알려 주십시오!"

수정이 미간을 좁혔다.

"아이고, 정신 시끄러워. 잔말 말고 나가기나 해."

그는 눈을 가늘게 뜨며 그녀의 말대로 문으로 향했다.

'그렇다고 내가 못 할 줄 알고? 다, 수가 있지.'

입술을 삐죽거리며 밖으로 나오니 공실이 따라왔다.

"그래서 어쩔 거야?"

"뭘요?"

승범은 공실의 질문의 뜻을 알아챘지만, 일부러 모른 척했다.

이제는 밤공기가 그렇게 차게 느껴지지 않았다. 문이 닫힌 건물 위로 불이 켜진 한의원이 보였다. 정미가 아직 퇴근을 안 한 모양이었다. 택영이도 도망간 마당에 혼자 고생이 많은 정미를 위해 오늘은 맛있는 거라도 사 먹여야겠다. 날벌레들이 가로등 불빛 밑으로 모여들었다.

그 속내를 모를까. 공실이 피식 웃었다.

"내 제안 말이야? 사돈의 팔촌인 방앗간 장 씨를 그렇게 대했으니 끈 떨어진 건 분명하잖아."

잠깐 잊었던 사실이 떠오르자 속이 시끄러워지기 시작했으나 애써 티를 내지 않았다. 허허 웃기까지 했다. 지금 필요한 건 마음의 평화였다.

"어떻게 귀신 치료하는지도 모르는 돌팔이가 귀신 환자가 온들 무슨 소용이랍니까? 이왕 이렇게 된 거, 한의사로 벌어 먹고살지 못할 테니 유튜버로 귀신을 찍어 떼돈을 벌겠습니다."

공실이 눈을 깜빡였다.

"유…… 뭐? 아이, 이 양반 왜 그래? 귀신들 아픈 곳을 긁어 주면 된다니까."

"무작정 하는 건, 사양하겠습니다. 좀 더 고 선생만의 기술 같은 거 없습니까?"

"나는 그런 거 귀찮아서 모르지."

쳇. 보아하니 사무실에서 단순히 상담만 하는 게 아닌 것 같았다.

"귀신 퇴치 그런 것도 해요?"

"글쎄, 대부분 대화로 풀어서."

"그럼 고 선생한테 무슨 신묘한 힘이 있어요? 이렇게 귀신만 보는 거 말고, 초능력 같은 거. 물건을 이쪽에서 이쪽으로 옮긴다든가, 치유력이 있다든가, 불이나 물을 자유자재로 쓴다든가!"

손을 현란하게 움직이며 설명하자 공실이 그를 안쓰럽게 쳐다봤다.

"자네 영화를 많이 본 거 같은데 그럴 리가 있나."

"왜요? 귀신도 보는데 그런 건 안 된답니까? 아, 아줌마 대체 뭘 알아요? 나한테 뭐 이렇다 할 정보를 줄 것도 없어요? 이거 순 자기 바라는 것만 말할 줄 알지. 아니, 어떻게 사람한테 범죄를 저지르란 말은 쉽게 하면서 중요한 고급 정보는 몰라요?"

우물쭈물하던 공실이 손뼉을 쳤다.

"좋아. 어떻게 치료하는지는 고 선생이 잘 알 테니 고 선생이 어디 가는지 내가 알려 줄게. 내가 보면 아나? 한의사 양반이 보고 배워야지. 그 뒤만 졸졸 쫓아다니면 되는 거 아냐?"

"그럼 일단 제가 알아낼 때까지 그 제안은 보류하는 겁니다."

승범의 입꼬리가 올라갔다. 이제야 밝아지는 안색을 보고 공실은 피식 웃었다.

"도시 사람은 계산이 빠르다더니. 좋아, 그러자고. 대신 하나 더!"

"뭘요?"

"정보 하나당, 과자 하나!"

"네?"

지척에서 무언가 타는 냄새가 났다. 한약방 뒤쪽에서 연기가 피어올랐다. 은은한 약재 탄 냄새 속에 뭔가 매캐한 냄새가 섞여 있었는데, 무슨 냄새인지 알 수 없었다. 약을 달이다가 태웠나? 승범이 코를 살짝 찡그렸다. 그때 한약방에서 밖으로 남자 귀신이 나왔다. 도박장에서 손목을 잃었다는 아저씨 귀신의 발걸음이 무척 가볍다.

"오늘 하루 일진이 좋더니만. 땡잡았지 뭔가! 내가 감히 말하는데 자네는 복덩이일세!"

그는 달랑거리는 손에 어울리지도 않는 분홍색 장갑을 끼고 있다. 아까는 없었던 장갑을 소중히 만지작거리며 남자가 계속 승범을 칭찬했다.

"도박하다 죽은 귀신의 말은 듣지 마."

공실의 경고에 승범은 귀를 닫았다. 과자 하나 적립.

"그러거나 말거나. 아디오스!"

뭐가 그리 기분이 좋은지 노랫가락을 흥얼거리는 귀신은 뒤도 돌아보지 않고 어둠 속으로 사라졌다.

7. 프라다 구두

승범은 틈만 나면 한약방으로 향했다. 방앗간 장 씨의 입지가 꽤 커서인지 불친절의 소문으로 환자는 거의 없었다. 어차피 파리 날리는 한의원에 앉아만 있으니 차라리 한약방에서 수정의 비기를 뭐 하나라도 훔쳐 듣거나 찾아내기 위해서였다. 가끔 수정이 환자들과 상담을 어떻게 하는지 한약방 내 사무실 밖을 기웃거렸다. 한약업사는 진료가 법적으로 불가능하니 복약 상담이 아닌지도 슬쩍 감시했다. 비기든 뭐든 캐면 뭔가가 더 나오지 않을까 싶어 매일이다시피 한약방에 갔다. 오늘도 문을 열고 들어서는 승범을 보고 수정은 혀를 찼다.

"또야? 한의원은 일 안 해? 환자가 있든 없든 사장이 진득하니 자리에 있어야지, 쯧쯧. 글렀어."

"저에겐 유능한 간호사가 있습니다!"

승범은 수정의 타박에 얼렁뚱땅 대답했다. 그는 지정
석에 앉아 있는 공실에게 가지고 온 비닐봉지를 흔들었
다. 과자를 꺼내 봉지 입구를 열어 주자 공실은 과자를
한 움큼 집어 입안에 넣었다. 소파와 바닥에 우수수 과
자 쪼가리가 떨어졌다.

"아이고, 천천히 드시라니까. 또 있어요."

승범은 비닐봉지에서 다른 과자를 꺼내 보였다. 공실
이 고개를 끄덕였다.

"내가 먹고 싶은 것 맘껏 못 먹어서 그래. 툭하면 배
나왔다, 살쪘다, 그만 처먹어라 하면서 굶기고."

그러면서 다시 한 움큼 집어서 입에 밀어 넣었다. 채
씹지 않아 입에 가득한 과자를 보자 문득 회를 먹던 제
일한방병원 원장이 떠올랐다. 이내 그 기억을 지우고
승범은 과자 한 봉지를 더 뜯었다.

"아이, 천천히 드시라니까."

승범은 한약방을 분주히 오가며 청소를 하고, 천장
에 매달았던 소쿠리에서 마른 약재를 꺼내는 수정의 행
동을 유심히 봤다. 애엽과 익모초 그리고 인삼을 작두
로 자르고 빈 약장에 넣었다. 될 수 있으면 직접 약초꾼
이 캐 온 약재를 쓰고 손수 말리고 보음보혈에 좋은 숙
지황도 직접 생지황을 술에 구증구포로 만들었다. 한약
재만으로 효과가 보증된 셈이었다. 게다가 전해 내려온

가문의 비법으로 한약을 달였다.

　손님들이 몰려드는 시간엔 수정은 거의 사무실에만 있었다. 그 안까지 들어가지 못해 무척 아쉬울 뿐이었다.

　처음엔 사람들이 한약방에 있는 한의사인 승범을 보고 경계를 했다. 여기에서 뭘 캐려고 하는지 두 눈을 부릅뜨고 그를 지켜봤다..그런 그들에게 승범은 수정이 있는 사무실을 힐끗 보고는 품에 숨겨 놓은 한의원 전단지를 나눠 줬다. 열에 여덟은 전단지를 버리거나 그를 욕했지만 둘은 영문도 몰라 받거나 당사자 앞에서 당장 버리지 못하는 마음이 약한 사람이었다.

　그렇게 황당해하던 손님들도 몇 날 며칠 계속 한약방에 승범이 있으니 이제는 그러려니 했다.

◇◇◇◇◇

　TV를 보며 승범은 공실의 과자를 뺏어 먹었다. 여자 엠씨들이 게스트 한 명과 함께 음식을 먹으면서 대화를 했다. 공실은 대화보다는 나오는 음식에 관심이 보였다.

　"맛있겠다."

　"먹어 봤는데 맛없습니다."

　"저 음식 색깔 봐. 아니 무슨 빈대떡 색깔이 저렇게 고와?"

　"색소, 색소 넣은 거죠."

공실이 화면에서 시선을 뗐다. 못마땅하게 승범을 보다가 자신의 과자를 집는 그 손을 때렸다.

"그만 먹어. 내 거야. 히익, 이렇게나 많이 먹었어?"

"내가 사 왔으니 나도 좀 먹을 수 있잖습니까. 어? 저 사람 꽃게처럼 춤춘다!"

"어머, 아악! 어떻게 어떻게 몸이 저렇게 접혀? 깔깔깔."

승범도 배를 잡고 따라 웃었다. 그사이 과자를 뒤에 앉아 있는 할아버지와 할머니에게 권했다.

"이것 좀 드십시오. 오랜만에 먹어서 그런가, 진짜 맛있습니다."

할아버지가 내미는 과자를 멀뚱히 바라봤다.

"헛흠."

무시하는 남편의 행동에 민망해진 할머니가 대신 과자를 집었다.

"잘 먹을게요. 며칠 전부터 봤는데, 여기 있는 게 편해 보여요. 차라리 한의원 정리하고 이곳에서 일하는 게 어때요?"

"사장님이 싫어하실 겁니다."

"나 같아도 싫어하겠다."

할아버지가 끼어들었다. 할머니가 옆구리를 찌르자 입을 꾹 다물고 연신 헛기침을 했다. 그때 젊은 남자가 들어왔다. 남자는 진열장 안을 들여다보며 여러 종류의 약봉지를 유심히 봤다. 그 모습에 승범이 일어났다.

"아이고, 뭘 찾으십니까?"

"약 좀 살까 해서."

남자는 우물쭈물 대꾸했다. 그 말에 승범은 진열장 뒤로 들어갔다. 그리고 유리 속에 진열된 약을 훑었다. 사람들이 호기심에 그런 그를 봤다.

"어디 보자, 피곤해 보이고 진땀까지 흘리고 있으니. 혹시 신혼이라면 대추와 황기를 팍팍 넣은 쌍화탕이 있고, 과중한 업무 스트레스로 위장이 뒤틀린다면 향부자가 팍팍 들어간 향사평위산이 있고, 남자의 어? 거기에, 어? 무척 좋은! 약은 요 앞 한의원에서 문의하시면 됩니다."

"하하하."

갑자기 조용하던 한약방에 웃음보가 터졌다. 그 소란에 수정이 사무실에서 나왔다.

"대체 무슨 일이……."

"이크."

진열장 뒤에 서 있던 승범이 대기실로 달려갔다. 늘 손님이 많아도 조용한 내부가 요 며칠 승범 때문에 시끄러웠다. 정신이 사나워 상담 시간이 길어지고 그럴수록 짜증이 났다. 수정과는 달리 다른 이들의 얼굴에 웃음과 생기가 돌았다. 갑자기 욱하고 화가 났다. 수정은 대기실로 가 승범의 뒷덜미를 잡아당겼다.

"어, 어?"

"이 인간이 왜 자꾸 와서 귀찮게 해? 영업 방해하지 말고 나가!"

"영업 방해라니요! 이래 봬도 서울에서 탁월한 언변과 침술로 잘나갔습니다!"

"그건 그쪽 한의원에서나 하라고!"

승범은 속에서 울화가 복받쳤다. 그러고 싶다! 그러나 환자가 없어서 지금 이 지랄을 하는 게 아닌가! 그러나 치미는 말을 삼키고 밀리는 대로 밀렸다. 오늘은 여기서 끝이었다.

"어허, 밀지 마십시오. 나간다고요! 노인이 힘도 세시네!"

"뭐어? 노인? 야! 가!"

승범은 문을 붙들었다. 오래된 나무 미닫이문이 덜컹거렸다. 승범은 수정의 뒤에서 이 모습을 즐겁게 보는 손님들을 향해 소리쳤다.

"기억하세요, 저는 오래 여러분들의 곁에 남을 수 있습니다."

"안 꺼져!"

일주일 뒤, 매일 낮부터 밤까지 한약방에 앉아 있던 승범을 참아내지 못한 건 수정뿐만이 아니었다. 한의사가 일은 하지 않고 낮부터 한약방에 앉아 있으니 없던 평판도 더 떨어진다며 정미가 잔소리했기 때문이다.

"불쌍한 것도 정도가 있지!"

그럴 땐 정미의 말을 잘 들어야 했다. 그녀마저 도망가게 둘 수는 없으니까. 그래서 타협점으로 낮에는 한의원에 있고 퇴근 후에 한약방에 가기로 했다. 해가 지고 불 켜진 한약방 앞에 검은 형체들이 벌써 줄을 길게 서 있었다. 자기가 먼저라고 입씨름을 벌이다가 이내 한 귀신이 주먹을 휘둘렀다. 머리채를 붙잡아 당기고 손톱으로 할퀴다가 서로의 몸이 들러붙어 하나의 커다란 검은 형체로 변했다. 진득한 액체처럼 그들의 몸이 바닥에 눌어붙었다. 이를 지켜본 다른 귀신들이 환호했다. 딱히 누구를 지지하는 것도 아닌 "아무나 이겨라!"를 연호하며 손을 흔들었다. 승범은 그런 그들과 부딪힐까 피하며 한약방 안으로 들어갔다. 진열장 뒤에 있던 공실이 사무실을 가리켰다. 수정이 그곳에 있다는 뜻이었다.

'무사히 입성이군.'

요즘 뭣 때문에 한껏 예민해진 수정이 출장을 간다며

이틀간 문을 닫았었다. 그래서인지 평소보다 한약방 앞에 귀신들이 많았다.

"어디서 아들 소식을 들었나 봐."

"아들이 있었어요?"

"어? 맞아, 그랬지. 허허허."

"뭐예요? 그걸 잊어버렸어요?"

"허허허."

못 할 말을 한 것처럼 공실이 억지로 웃어댔다. 승범은 눈을 가느스름하게 뜨다가 이내 자신과 상관없다고 생각했다. 그래서 더는 캐지 않고 수입 과자점에서 산 고급 과자를 공실에게 건넸다.

문이 열리고 귀신들이 하나둘 들어왔다. 오늘도 일곱의 귀신이 들어와 자리에 앉았다. 그중엔 아까 싸움을 하던 남자 귀신 둘도 있었다. 그들은 서로 떨어져 앉아서 팔짱을 끼고 다른 곳을 봤다. 어깨를 들썩이고 콧김을 팽하고 뿜는 걸 보니 아직도 흥분이 가라앉지 않은 모습이었다. 승범은 소파에 구겨지듯 몸을 웅크렸다. 괜히 걸렸다간 자신의 뼈가 남아나지 않을지도 몰랐다.

그는 눈을 굴려 젊은 남자 귀신을 봤다. 상대적으로 멀쩡하게 보이는 다른 곳에 비해 상처가 잔뜩 난 발이 보였다. 그 옆에 있던 할머니 귀신이 혀를 찼다.

"아니, 발이 그게 뭐야?"

"이거요?"

남자 귀신이 발을 들었다. 승범이 고개를 들어 남자 귀신의 어깨 너머로 그 발을 자세히 봤다. 발바닥이 헤져 뼈가 드러났는데 아프지도 않은지 그 상처에 손가락을 넣어 박힌 돌멩이를 긁어냈다. 그 모습에 질색하여 승범은 제자리로 돌아와 목을 움츠렸다.

"깨어나 보니 구두가 없지 뭡니까? 그거 없으면 출근을 못 하는데, 사장이 또 한 소리 할 걸 생각하니 눈앞이 암담해지더라고요. 이곳저곳 찾아 헤맸어요. 산도 가고 강도 가고. 내가 갔던 곳을 짐작해서. 빨리 구두를 찾아 거래처에 가서 영업해야 하는데. 요즘 제 성적이 그리 좋지 않거든요. 그 구두, 어머니가 취업 기념으로 사 준 건데……. 어디로 갔는지."

그가 어깨를 늘어뜨렸다.

"흥, 그깟 구두가 뭐라고."

승범의 뒤에 앉은 남자가 투덜댔다. 그러자 앞에 있는 남자가 홱 몸을 돌렸다. 험상궂은 얼굴로 승범 어깨 너머에 있는 덩치가 큰 남자 귀신을 노려봤다. 잔뜩 힘을 준 사각턱이 흔들렸다. 까득. 앙다문 이에서 소리가 났다. 승범은 눈에 띄지 않게 몸을 될 수 있는 대로 구겼다.

"뭐요? 아까 당신이 새치기하는 바람에 출근 못 할

뻔했잖아! 사장한테 잘리면 당신이 책임질 거야?"

"뒈진 놈이 출근은 무슨. 구두가 어딨겠어? 네놈 죽은 자리에 있겠지! 어디서 본 건 있어서 그 옆에 가지런히 벗어 놨지?"

"그러는 당신은? 냄새나는 운동화나 신는 당신이 그런 고결한 행동을 어떻게 알겠어?"

"뭣? 고겨얼? 웃기시네. 내 운동화야말로 고결이다, 인마. 택배 상자 나르며 집마다 뛰어다니는 고된 노동의 흔적이란 말이다! 냄새난다고? 그것이야말로 피땀의 흔적이며 고결 아니겠어?"

"어이구, 고결하시다는 놈이 새치기를 그렇게 해?"

"뭐, 인마?"

뒤의 남자 귀신이 벌떡 일어났다. 그는 작업 잠바를 걷어내며 툭 튀어나온 배를 더욱 내밀어 몸체를 키웠다.

"그 구두는 어머니가 사 준 거란 말이야! 내가 낭떠러지에서 떨어질 때 그걸 신어 더럽혔다면! 어머니가 얼마나 속상하시겠어?"

"그럼 그 낭떠러지에 네놈 신발이 있겠네. 출근이 중요한 거야, 그놈의 구두가 중요한 거야. 아니면 네놈 어머니가 중요한 거야?"

"아! 출근!!"

젊은 남자 귀신이 자리에서 일어나 공실에게 다가갔다.

턱을 괴고 있던 공실이 무료한 표정으로 다가오는 그를 봤다.

"저기……."

그가 허리를 숙이며 손을 비볐다.

"뭐?"

"제가 출근 때문에 급해서 그러는데, 빨리 좀 고 선생님을 뵐 수 있을까요?"

"뭔 말이 저리 두서가 없어? 에이, 말을 말지."

뒤에 있던 남자 귀신이 손을 내저으며 자리에 앉았다. 공실은 앞의 귀신을 위아래 훑었다.

"그 발 고치려면 시간이 걸릴 테니 오늘 출근은 못 하겠는걸?"

"안 되는데. 사장이 지랄할 텐데. 가뜩이나 거래처에 실수해서 회사 손해가 크다고 그걸 다 나한테 갚으라고 했거든요. 가서 싹싹 빌어야 하는데."

중얼대는 말에 할머니 귀신이 혀를 찼다.

"아이고, 저걸 어쩌누. 마음고생이 심해서 젊은 나이에 저리된 것 같은데 고걸 새치기하려 하고."

승범은 뒤를 힐끗 봤다. 푸르락누르락한 얼굴의 남자 귀신과 눈이 마주쳤다.

"내가 뭐! 그렇게 따지면 여기에서 안 불쌍한 귀신 있는가?"

그가 버럭 성을 냈다.

"같이 불쌍한 처지에 지킬 건 지켜야지. 싸우지 말고, 서로 위해 주어야 하는 게 아니겠어."

할머니 귀신이 한마디 하자 다른 귀신들이 고개를 끄덕였다. 그때 사무실에서 수정이 나왔다. 그들의 말이 사무실 안까지 들렸던 듯했다. 그녀는 주위를 보더니, 대기실을 가로질러 소파에 앉아 있는 승범 앞에 섰다. 조용해진 내부에서 승범은 애써 수정의 눈길을 피했다.

"자네 또 왔는가?"

나지막한 목소리가 마치 송곳처럼 승범의 양심을 쿡쿡 찔렀다. 계속 몸을 구겼더니 더는 몸이 움츠러들지 않았다. 또 쫓겨나겠구나.

"아니, 그게 지나가다가 아는 얼굴도 있고 해서 인사차……."

"그렇게 여기에 오고 싶은가? 그렇다면 그 구두 벗게."

"네?"

승범은 자신의 프라다 구두를 내려봤다.

"벗으라니까."

"왜요……?"

그렇게 물으면서도 그는 순순히 신발을 벗었다. 수정은 벗은 그의 신발을 주웠다.

"내 집에 그리 오고 싶으면 자릿세는 받아야 하지 않

겠나. 젊은이는 나 따라오고."

"자릿세라니, 어디 가요?"

젊은 남자 귀신이 얼떨떨해하다가 수정의 뒤를 따라 갔다. 승범은 양말만 신은 채로 수정을 따라 한약방의 뒷마당으로 나갔다. 상쾌한 밤공기가 폐부로 스며들었다. 수정이 벽에 붙은 스위치를 켜자 처마 밑에 달린 백열전구에 불이 들어왔다. 장독대와 건조대가 놓인 마당, 그 중간에 그을음이 잔뜩 낀 드럼통이 있었다. 수정은 작은 구멍이 숭숭 뚫린 드럼통 안에 장작불을 지폈다. 잠시 뒤 작은 불꽃이 큰 불꽃으로 변했다. 승범은 그 불꽃을 물끄러미 보는 수정의 옆모습을 불안 어린 시선으로 살폈다. 자릿세라는 말이 저 구두를 말하는 것인가? 설마.

"사장님은 모르겠지만, 그 구두가 프라다라고 유명한 명품이란 말입니다. 무척 비싼…… 어, 어?"

수정은 승범의 말을 채 듣지도 않고 구두를 불길 속에 집어 던졌다.

"아악!"

놀란 승범이 달려가 구두를 꺼내려고 했으나 뜨거운 불에 가까이 가지 못했다.

"주면 된 거지. 말이 많아."

"저게 얼마짜린데! 제가 언제 줬습니까? 달라고 해

서! 어? 얼떨결에! 어? 저게 얼마짜린데에!"

"시끄럽고. 어이 젊은이, 이거 신고 출근하게."

"뭘 신어요. 불에 태워놓고…… 어?"

어느 순간 승범의 구두가 남자 귀신 앞에 놓였다. 승범은 드럼통 안에서 재가 되어가는 구두와 바닥에 놓인 멀쩡한 구두를 번갈아 봤다.

"어머니가 사 주신 것만은 못하겠지만, 신고 가서 어깨 딱 펴! 그런 실수는 누구나 다 해. 사장의 성정이 화가 많아 참지 못하고 나오는 대로 뱉은 것 같은데, 그런 말에 상처받을 필요 없어. 돈은 무슨, 배 째라고 해. 사장이 책임지라고 해. 그런 거 책임지라고 있는 게 사장이야. 주눅 들 필요 없어. 직원 귀한 줄 모르는 그런 회사는 사표 쓰고 나오게. 그만두는 것에 아쉬워하지 말게. 타인을 아끼지 못하는 사람 밑에 있을 필요가 없어. 그리고 집에 가서 어머니를 만나게. 어머니가 자네를 기다리고 있을 테니까."

수정의 말에 남자 귀신이 고개를 숙였다. 흑흑. 주먹 쥔 손으로 눈물을 닦아냈다.

"그깟 회사 내버려 두라 하고 싶으나 자네가 그리 중하게 생각하고 있다면 출근해서 살아생전 못 했던 마무리를 지으란 말일세."

남자 귀신은 소리 내어 울었다. 승범은 형체만 남은

구두를 가만히 들여다봤다. 저게 얼마짜린데. 귓가에서 울음소리가 크게 울렸다. 명품이라고, 명품!

"에이 씨."

승범은 성질을 내면서 양말을 벗었다. 그리고 불길 속에 던졌다. 수정이 눈썹을 들어 승범을 쳐다봤다.

"명품 맞춤! 프라다 구두에는 프라다 양말이지! 그것도 모르면서 구두만 달랑. 아, 슬리퍼라도 줘요. 이러고 집에 어떻게 가요?"

승범은 두 손을 주머니에 넣고 한약방 안으로 들어갔다.

◇◇◇◇

다음 귀신 환자가 사무실로 들어가자 공실은 자신의 자리로 돌아왔다. 그녀가 앉자마자 승범은 그 옆에 딱 달라붙었다. 귀신들이 승범을 신기하게 쳐다보다 공실의 등장에 눈길을 돌렸다.

"이거 미제 거네!"

뒤늦게 과자를 꺼내 든 공실이 환호성을 내질렀다.

"비싼 미제! 다음엔 일제로 사 올게요."

승범이 사 온 깡통 뚜껑을 열었다. 공실은 실실 웃으며 그 안에 든 쿠키를 집어 입에 넣었다. 귀신들이 기웃거리자 슬쩍 눈치를 보던 승범이 과자를 그들에게 건넸다.

"좀 드시겠습니까?"

"고맙소. 내 이런 것도 먹어 보고."

앞에 앉은 할머니 귀신이 과자를 건네받았다. 승범은 사무실을 힐끗 보고는 몸을 앞으로 숙였다.

"할머니는 어디가 아프셔서 오셨습니까?"

"나야 마음이 꽉 막힌 것 같아서. 혼자 두고 온 양반 생각에."

"근데 그런 걸 왜 물으쇼? 알아서 뭐 하게?"

뒤에 있던 남자 귀신이 불퉁스레 물었다. 승범이 하하 웃었다.

"혹시나 해서 말입니다. 제가 이렇듯 고 선생처럼 여러분들을 보니 작게나마 도움이 되지 않겠나 해서요. 누가 압니까? 젊은 제가 좀 더 빨리 여러분의 아픈 곳을 고칠지?"

흥. 남자 귀신은 팔짱을 낀 채 콧방귀를 뀌었다.

"귀신도 프라이버시가 있지. 모르는 사람에게 말하고 싶지 않아."

"모르시겠지만, 때마침 제가 요 맞은편 한의원의 한의사입니다. 서울의 유명 한방병원에서 5년! 아픈 곳을 척척 맞추고 고치는!"

"그러고 보니 이놈 우리 고 선생님께 막 대했다는 그놈 아니야? 싸가지 없는 그놈!"

"뭐?"

그 말에 할머니 귀신이 들고 있는 과자를 집어 던졌다.

"어른 공경할 줄 모른다는? 네놈이 여기에 왜 왔어?"

상황이 이상하게 돌아가자 승범은 두 손을 들었다. 남자가 소리쳤다.

"왜 오긴요. 고 선생님 때문에 망할 것 같으니까 환자 빼돌리려고 하는 거지. 말본새 보세요. 딱 그거잖아요."

승범은 억울했다.

"그거 아닙니다. 아까 못 보셨어요? 제가 신발로 자릿세를 내는 걸."

"썩 꺼져! 고 선생님이 괜찮다고 해도 내가 안 돼!"

"이놈 버릇을 내가 고치리다! 장유유서가 왜 있는지. 평소 마음 씀씀이를 어떻게 해야 하는지!"

남자가 소매를 걷어붙였다. 그 모습에 승범은 입술을 삐죽였다.

"아니, 새치기하는 그쪽한테 들을 말은 아닌 것 같은데요."

"입은 살아서! 몇 대 맞고 죽는지 보자!"

남자 귀신이 벌떡 일어나 소매를 걷었다. 순식간에 분위기가 험해졌다. 따뜻했던 한약방에 한기가 돌고 남자는 금방이라도 승범을 잡아먹을 것처럼 달려들었다. 소스라치게 놀란 승범이 공실의 옆을 파고들었다.

"어허, 그만! 내 손님이야. 고 선생도 인정한 손님이

기도 하지."

공실이 손을 들어 그 귀신을 막았다.

"손님은 무슨! 그놈은 스파이라고!"

"분란 조장하면 퇴장시킨다."

공실의 말에 남자 귀신은 더는 달려들지 않았다. 못마땅한 듯이 눈살을 찌푸리며 자리에 가 앉았다. 할머니 귀신이 혀를 찼다. 여전히 냉랭한 분위기에 공실은 과자 통을 옆에 놓고 일어났다.

"다른 게 먹고 싶어졌어."

승범은 그 뒤를 급히 따라나섰다.

텅 빈 거리를 걸었다. 건물들 뒤로 펼쳐진 논에서 개구리가 울어댔다. 그들을 지나치는 용달차 전조등이 불 꺼진 가게 안을 훑었다. 그림자가 벽으로 물러났다가 이어지는 어둠에 쓸렸다. 가게와 가게를 잇는 골목에서 길고양이가 나왔다. 공실을 보고 따라오다가 사거리에서 길을 건너자 그 자리에서 멈췄다. 그들은 가로등을 지나 이곳의 유일한 편의점으로 향했다.

"봤다시피 나는 뱃속이 헛헛해서 계속 먹어야 해. 나의 고견을 듣고 싶어?"

편의점 안으로 들어선 공실은 보이는 과자마다 손가락으로 가리켰다. 세 개가 넘어가고 네 개째에 승범은 계산대로 가서 비치된 장바구니를 꺼냈다. 공실의 손가락질은 멈추지 않았다.

'대체 얼마나 먹는 거야?'

승범은 매대를 한 바퀴 돌고 나서 과자로 가득한 장바구니를 계산대에 놓았다. 계산을 끝낸 승범은 밖으로 나와 공실에게 과자 하나를 꺼내 건넸다. 히죽 웃으며 과자를 집어 먹는 공실이 큰 조언이랍시고 말했다.

"그렇게 막 구한다고 해서 구해지는 귀신들이 아니지. 진실성을 보여 줘 봐."

"진실성이요?"

"한의사 양반, 환자한테 비싼 약 팔 때 어떻게 하나? 간이고 쓸개고 다 빼 줄 것처럼 굴지 않아?"

음, 진실성이라. 팔아 본 지 좀 오래되어, 감이 떨어졌다지만 얼추 그녀가 무슨 말을 하는지 알 것도 같았다. 길 건너에서 기다리고 있던 고양이가 공실의 뒤를 따르며 바닥에 떨어지는 과자를 입에 물었다.

한약방으로 돌아온 그들은 불만스럽게 쳐다보는 귀신들 사이로 갔다. 승범은 든든한 공실의 옆에서 목을 가다듬고 말했다.

"저기, 제가 지난날 고 사장님께 그러한 결례를 저지른 건 사실이지만, 저 완전히 반성하고 있습니다. 사장님도 이런 저를 용서해 주셨으니 자릿세를 받으시고 이곳에 남게 하지 않았습니까? 저 그렇게 나쁜 놈 아닙니다.

한 번만 믿어 주십쇼! 대신 제가 여러분들의 한을 싼값에 들어 드리겠습니다. 치료 한 건당 사람 다섯! 어떻습니까?"

"용서했으면 자릿세를 받았을까."

"저런 생각을 하는 것부터가 글러 먹은 거지."

거짓과 진실을 적당히 섞어 내놓은 대안이 비웃음으로 전락해 버렸다. 파격적인 제안에도 그들은 듣지 않았다. 무슨 말을 해도 무시당하는 것 같아서 화가 치밀었다.

"대체 뭐가 필요한데 그렇게들 튕기는 겁니까?"

승범의 말에 남자 귀신이 몸을 벌떡 일으켰다. 몸을 앞으로 하며 금방이라도 튀어나올 자세를 취했다. 순식간에 그 주위가 검게 물들었다.

"뭐가 필요하냐고? 너의 그 신선한 육체!"

승범은 화들짝 놀라, 고개를 내젓는 공실의 뒤로 가서 숨었다. 하하하. 그를 비웃는 소리가 한약방 벽을 넘었다.

8. 귀신의 한

온화한 밤바람이 불면 도시는 네온사인으로 반짝이고, 낮과 같은 밤부터 아침이 되도록 많은 사람이 거리를 활보했다. 그러나 승범이 사는 이곳은 달랐다. 해가 떨어지기 전부터 사람들은 마을을 순환하는, 하루에 몇 대 안 되는 버스를 타려고 부지런히 움직였다. 가게들은 일찍 문을 닫았으며 가로등은 최소한으로 불을 밝혔다. 술 취해 휘청거리는 이도 손에 꼽을 정도였다. 시내를 벗어나는 도로는 이미 어둠에 먹혔다. 여기에 온 지 두 달이 다 되어 가지만, 승범은 이 풍경이 익숙해지지 않았다.

무슨 일에선지 한의원에 환자가 오기 시작했다. 사람 환자가! 지난 방앗간 사장과의 불미스러운 사건으로 동네방네 불친절하다는 소문이 났을 텐데 오히려 늘었다.

정미가 그들에게 공짜로 파스라도 하나 더 붙이고 물리치료도 더 해 주어서일까. 평소보다 더 기합이 들어간 정미의 모습에 조금 짜증이 났다. 우화로 내려올 때 고생쯤은 각오했다. 하지만 그건 자신이 해결할 일이었지, 정미가 짊어질 책임은 아니었다.

"조금만 기다려 봐요."

"뭘요?"

"내가 조만간 큰 거 한방 해내면 우린 곧 부자가 될 거예요."

"성실하게 일할 생각은 없는 거예요?"

"그걸로는 한참이나 부족해요. 그러니까 조금만 기다려 줘요."

그러고선 승범은 퇴근하라는 말과 함께 한약방으로 달려갔다.

세상에 만만한 일이란 건 없다. 큰 거 한방을 위해서 승범은 얼굴에 철판을 깔고 수정의 눈치를 이겨내면서 뻔뻔하게 귀신 치료술을 하나라도 더 얻기 위해 노력했다. 남들이 뒤에서 자신에게 무어라 손가락질을 해도 아무렇지 않았다. 저들이 한의원에 와서 뭘 팔아 주는 것도 아니고, 그들보다 눈앞의 대출 이자가 더 무섭기도 했다.

그로부터 며칠 뒤, 승범은 흥얼거리며 집으로 향했다. 한약방으로 가지 않은 이유는 토요일 밤이었고 조금은 쉬고 싶은 마음도 있어서였다. 가벼운 발걸음으로 시장을 지나는데 요란한 웃음소리가 들려서 봤더니 그곳에 정미가 있었다. 승범보다 일찍 퇴근했던 그녀는 잡화점의 매대를 정리 중이었다.

'뭐 하는 거지?'

사장님이랑 친해졌는지 서로 무슨 얘길 하면서 깔깔 웃었다. 가게 문을 닫고 손을 흔들며 나온 정미는 이내 그 맞은편 옷가게로 가 주인이 내놨던 옷걸이를 가게 안으로 가지고 가는 걸 도왔다.

"안녕히 계세요. 퇴근 잘 하시고. 허리 아프시면 저희 한의원 오세요. 침 맞으면 금방 나을 거, 괜히 귀찮다고 참지 마시고요. 제가 잘해 드릴게요."

"알았어. 내일 쉰다니까 월요일에 젤 먼저 나 예약해 줘."

"시작할 땐 예약 안 받는데 사장님이니까 특별히 예약해 드릴게요."

"고마워."

"이 간호사, 이거 가져가."

불 꺼진 과일가게에서 사장님이 나와 정미에게 봉지를 건넸다.

"사장님 뭘 이런 걸 주시고 그래요."

"단골한테 서비스."

"어머, 자두네! 맛있겠다. 감사해요. 제가 너무 좋아하는 건데. 잘 먹겠습니다."

"그래, 조심히 들어가."

"네."

승범은 냉장고에 잔뜩 들어 있는 과일과 채소들을 떠올렸다. 그제야 정미가 일찍 퇴근하면 뭘 하는지 깨달았다. 매일 그녀가 하는 일 없이 피곤하다고 중얼거릴 때면 가서 전단지라도 돌리라고 타박했던 승범이었다. 자신은 한약방에서 스파이 짓한다고 매일 가서 앉아 공실과 농땡이 피우고 있을 때 정미는 가게를 돌며 그들의 일을 돕고 있었다. 한의원 살리겠다고. 너무도 현실적으로. 뭘 믿으라고 당당하게 그녀에게 말했을까? 정미는 그런 자신을 왜 한심하게 여기지 않았을까. 민망함을 넘어서 수치스러웠다.

"어? 김 쌤!"

정미가 승범을 발견하자 활짝 웃으며 그 앞으로 뛰어왔다.

'왜 말을 안 했어요?'

불퉁한 말이 목구멍까지 치밀었지만, 아무렇지 않게 생글거리는 정미의 얼굴을 보니 말이 나오지 않았다.

어디서 뻔뻔하게.

"지금 퇴근해요? 퇴근이 늦네."

"신 거 싫어하면서."

"응? 아, 이거? 서비스를 왜 마다해요? 그리고 원장님이 좋아하잖아."

그렇게 얘기하며 앞서 걷던 정미가 갑자기 멈춰 서더니 깔깔거리며 웃었다.

"갑자기 왜 웃어요?"

"갑자기 옛날 생각나서요. 우리 처음 만나서 회식할 때였나? 기억나요? 2차 때 과일 안주가 나왔잖아요. 청포도 몇 개 집어서 먹었는데 너무 셔서 버리기도 아까워서 옆에 앉은 김 쌤 앞접시에 슬쩍 놨는데 맛있게 드셨잖아."

그랬나? 승범이 고개를 갸웃거리자 정미가 이어 말했다.

"그게 그렇게 좋았어요."

가로등의 주황빛 불빛 아래서 해사하게 웃는 정미를 승범은 멍하게 바라봤다. 정미가 아무렇지 않게 걸음을 옮겼다.

"아, 배고프다."

승범은 주먹을 꽉 쥐었다가 폈다.

"가요. 이 쌤 좋아하는 파스타 해 줄 테니."

승범이 말하자 앞서던 정미의 웃음소리가 그의 귓가

를 간질였다. 가슴 안쪽이 따끔거렸다.

◇◇◇◇◇

얇은 커튼이 쳐진 창이 어스레하게 빛났다. 반쯤 연 창문에 바람이 들어 커튼이 흔들렸다. 그 너머에서 검은 형체가 방 안을 기웃거렸다.

침대 위에 엎드렸던 승범이 몸을 들썩였다. 모로 누워 고개를 들었다. 열린 창문을 봤다. 전날 잠이 들기 전까지는 더웠는데 새벽이 되니 추웠다. 가서 닫자니 귀찮았다. 이불을 머리까지 끌어올렸다. 그리고 숨을 고르다가 이불을 걷어 다시 고개를 들어 창밖을 봤다. 잘 떠지지 않는 눈을 끔뻑였다. 흔들리는 커튼 자락이 눈에 밟혔다. 그는 자리에서 일어났다. 차가운 방바닥에 발을 대고 몸서리를 쳤다. 눈을 반쯤 뜬 상태로 이불을 어깨에 걸쳤다. 창가로 가서 커튼을 걷었다. 몇 안 되는 회백색의 건물 너머 어둠이 채 걷히지 않은 산이 보였다. 축축한 바람에 코를 훌쩍이던 승범은 창문을 닫으려고 손을 뻗었다. 그의 뒤로 검은 그림자가 소리 없이 다가왔다. 허연 얼굴이 그의 귓가에서 속삭였다.

"다시 자려고?"

"으악!"

화들짝 놀란 승범이 그 자리에서 펄쩍 뛰다가 이불을

밟고 뒤로 나자빠졌다. 잠이 싹 달아난 눈으로 앞에 선 공실을 봤다. 넘어진 승범을 보고 그녀가 키득거렸다.

"아씨, 갑자기 뭐예요?"

"지금 잘 때인가?"

공실은 엄숙한 표정을 지었다.

"남의 방에 그렇게 들어오는 거 실례라고요."

이불을 걷어내며 승범은 바닥을 짚고 일어났다. 넘어진 충격 때문에 끙 소리가 절로 났다.

"그건 나도 미안해. 하지만 급했단 말이야. 갑자기 고선생이 나갈 채비를 하잖아."

"오늘 한약방 쉬는 날이니까 어디 마실이라도 나가나 보죠."

"이렇게 둔해서야. 남의 기술 훔치려고 하는 것도 눈치가 있어야 해 먹는 거지. 고 선생이 만나서 수다 떨 친구나 친척이 있는 것도 아니고, 무슨 일이겠어?"

"치료하러 가는 거라고요?"

"이제야 말이 통하는군. 빨리 나가야 할 것 같아."

승범은 우왕좌왕하며 황급히 셔츠를 걸쳤다. 화장실로 가다가 쫓아 들어오려는 공실을 째려봤다. 대충 세수를 한 승범은 바지와 양말을 신고 방문을 나섰다. 거실에선 일찍 일어난 정미가 매트를 깔아놓고 요가 동작을 하고 있었다. 왼쪽 팔을 앞으로 뻗고 왼 다리로 몸을 지탱하며 오른손으로 오른 다리를 붙잡았다. 그 옆에서 이를 빤히 쳐다보고 있던 공실이 물었다.

"이게 무슨 해괴한 동작이고?"

"벌써 일어났어요?"

승범의 등장에 정미가 자세를 풀지 않고 물었다.

"저게 가능한 몸짓인가?"

신기한지 공실이 그를 따라 했다. 그러나 몸이 마음처럼 따라 주지 않는지 휘청거렸다.

"그만해요. 다치겠네."

아, 맞다. 귀신이라 다치진 않겠지.

"응?"

정미가 승범을 봤다.

"어쩐 일로 걱정을 다 해 주고? 걱정하지 말아요. 내가 이거 몇 년째 하는 건데."

이번에 반대로 자세를 잡았다.

"아이고, 젊은 처자가 몸이 아주 예쁘게 잘 빠졌네. 나도 처녀 적에 한 몸매 했는데 말이야. 이거 하면 나도 요 몸매로 되려나?"

빨리 고 선생에게로 가야 하는데 공실이 요가 동작에 정신이 팔렸다. 짝짝. 승범이 박수로 공실을 자신에게 집중하게끔 했다. 공실이 알았다고 손짓을 했다. 정미가 고개를 돌렸다.

"왜요?"

"아니, 너무 잘해서."

"잘한다니까."

정미가 콧대를 세웠다. 승범은 발을 재게 놀려 현관으로 갔다. 공실은 정미의 다음 자세를 보며 현관에서 신발을 신는 승범에게 물었다.

"내가 궁금해서 그러는데 한의사 양반 혹시 이 아가씨랑 사귀어서 둘이 같이 사는 거야?"

"아니거든요!"

"뭐라고요?"

정미가 승범을 째려봤다.

"으응, 아무것도 아니라고요. 혼잣말이에요, 혼잣말."

그는 대충 둘러대고 도망치듯 집에서 나왔다. 앞서는 공실이 키득거렸다. 사람 곤란하게 만들고 즐기시기는.

새벽 거리는 일요일이라도 문을 여는 상점으로 분주했다. 이미 수정 한약방은 문이 굳게 닫힌 상황이었다. 늦었나? 승범은 조급함에 주위를 둘러봤다.

"어, 저기 가네."

공실이 한 곳을 가리켰다. 그러고는 승범의 등을 밀었다.

"어서 뛰어."

"같이 안 가요?"

"내가 뭐 하러? 정보를 다 줬구먼. 치료술 훔치는 건 한의사 양반이 해야지."

"네네."

뒷짐을 지는 공실이 얄미웠으나 그 말이 맞았다. 승범은 지체하지 않고 뛰기 시작했다. 왜소한 수정의 모습이 금방이라도 사라지기 전에.

◇◇◇◇

수정은 버스터미널로 갔다. 낡은 버스 한 대가 터덜거리며 들어왔다. 차가 멈추고 문이 열리자 승객 몇 명이 내렸다. 수정은 바닥에 내려놨던 묵직한 보따리를 들고 버스에 탔다. 승범은 주춤거리다가 상의를 끌어올려 얼굴을 가리고 버스에 올랐다.

좌석 밑에 보따리를 내려놓고 자리에 앉으려던 수정은 옆에 지나가는 양복을 보고 눈길을 돌렸다. 이곳에서 저렇게 입고 돌아다닐 인간은 하나밖에 없었다. 그녀는 미간을 찌푸렸다. 대체 어떻게 알고 쫓아온 건지. 그녀는 헛기침하며 자리에 앉았다. 일일이 반응하기도 귀찮으니 무시하기로 했다.

버스는 시골길을 한참을 달렸다. 모내기가 끝난 논들이 끊임없이 펼쳐졌다. 가로수를 지나치면 아침 해가 버스 안으로 가득 들어찼다. 눈이 부셔서 눈을 찡그렸다. 오래된 버스의 차체는 부실하게 덜컹거렸다. 승범은 등받이에 몸을 기댔다. 그리고 보니 이곳 우화에 와서 한 번도 제대로 된 구경을 하지 못했다는 생각이 들었다.

승범은 창밖을 봤다. 거기서 거기 같은 풍경들. 논과 밭, 아까 봤던 것과 같은 집들. 어쩌다 사람과 어쩌다 개. 그것들을 보던 그의 눈꺼풀이 점점 무거워졌다. 감겼다 뜬 눈앞이 흐릿했다. 애써 힘을 주지만, 수정의 뒷모습이 두 개가 되더니 번져서 사라진다. 그는 의지를 잃고 눈을 감았다.

덜컹. 차체가 크게 움직였다. 놀란 승범이 눈을 떴다. 눈을 빠르게 깜빡이며 졸음을 떨쳐냈다. 하품이 나왔다.

'이럴 때 진한 커피 한잔 마시면 원이 없겠…….'

승범은 자리에서 벌떡 일어났다. 수정이 있어야 할 자리가 텅 비었다. 그는 버스 뒤편의 창으로 멀어지는 수정을 발견했다.

"잠, 잠깐만요! 기사님!!"

버스가 멈추자 급히 내린 승범은 마을로 이어지는 농로를 걷는 수정을 향해 뛰었다. 길게 뻗은 콘크리트 길에 흔한 가로수도 없어서 햇볕이 바로 머리 위로 쏟아졌다. 수정의 뒤까지 뛴 승범은 적당한 거리에서 잠시 멈추고 거친 숨을 몰아 쉬었다. 이렇게 뛴 게 얼마 만인지 가늠하다 내일부터 당장 운동을 해야겠다고 다짐하고 허리를 폈다. 흐르는 땀을 손등으로 닦아내며 다시 걷기 시작했다. 수정은 벌써 저만치 앞섰다.

동네의 집 중 한 군데일 거로 생각했는데 수정은 동네를 가로질렀다. 또 밭과 논이 펼쳐진 오르막길이 나왔다. 대체 어디로 가는 건지 수정은 좁은 길을 올라갔다. 중간중간 멈춰 서서 숨을 몰아쉬던 승범은 뒤를 돌아봤다. 몇 가구 없는 동네의 지붕이 한참 밑에 있다. 당장이라도 내려가고 싶었다. 그는 수정의 뒷모습을 야속하게 바라봤다.

"하아, 노인네 힘들지도 않나."

길 끝엔 산으로 들어가는 길이 나왔다.

이 정도 올라왔으면 뭐라도 나와야 하지 않나? 혹시 이 노인네가 나를 엿 먹이려는 수작을 부리는 게 아닐까? 공실과 짜고 개고생을 시키는 거지. 합리적인 의심이었다. 그나저나 이 길은 언제 끝나는 거야?

"허억, 허억."

승범은 하나, 둘 벗기 시작했다. 양복 상의를 벗고, 넥타이를 풀고, 목까지 채운 단추를 풀었다. 구두를 신은 발바닥이 아팠다. 이럴 줄 알았으면 운동화를 신고 오는 건데. 구시렁거리며 가파른 산길을 올랐다.

높게 솟은 울창한 나무가 해를 가렸다. 햇볕을 피하

니 기분이 한결 좋아졌다. 서늘한 바람이 불어와 붉게 익은 그의 얼굴을 식혔다. 땀에 젖은 옷자락에 시원한 공기가 들러붙었다. 기분 좋은 축축함이 느껴졌다. 그러나 그것도 잠시뿐 끝나지 않는 산길의 연속이었다. 저 오르막을 올라가면 끝이겠지. 저 능선을 지나면 도착하겠지. 매번 희망을 품었지만, 오르막을 올라가면 또 다른 오르막이, 능선을 지나면 다른 능선이 펼쳐졌다. 주르륵. 구둣발이 미끄러졌다. 승범은 아카시아 나무를 힘껏 잡았다.

"으으!"

그는 저만치 앞에서 날다람쥐처럼 재빠르게 오르는 수정의 뒷모습을 봤다. 하나도 힘들지 않은 모습이었다. 어쩌면 땀 한 방울 흘리지 않았을지도 몰랐다. 구둣발이 계속 미끄러졌다. 땀이 비 오듯 흘렀다. 그는 참지 못하고 소리쳤다.

"아, 쫌 기다려요! 노인네가 무슨 발이 우사인 볼트야."

몰래 따라가는 것도 잊은 승범의 외침에 수정이 힐끗 뒤돌아봤다. 쯧쯧쯧. 혀를 차는 소리가 메아리가 되었다.

깊이 들어갈수록 점점 어두워졌다. 축축함은 끈적끈적함에 잊혔다. 서늘한 바람이 불었으나 묵직한 습기를 머금었다. 낙엽이 썩는 냄새가 코끝에 붙었다. 승범은 귓가를 간지럽히는 날벌레 소리에 손을 흔들었다. 어느

새 팔에 앉은 모기를 내리치자 붉은 피가 하얀 셔츠에 번졌다. 또 미끄러질까 봐 낙엽이 앉은 자리를 피해 발을 옮겼다. 목 언저리가 간지러워서 손을 대자 언제 물렸는지 봉긋하게 오른 자리를 손톱으로 긁었다.

바스락. 아까부터 수풀이 움직이는 소리가 들렸다. 어둡고 스산한 산길에 달리 보이는 게 없었다. 괜스레 기분이 이상해져 수정의 뒤를 바짝 따랐다. 아까부터 심장이 빨리 뛰고 있었지만, 불안감에 더욱 빨리 뛰는 것 같았다. 뭔가가 따라오는 게 아닐까? 뭐가? 설마, 귀신?

그때 수풀이 움직이고 그 속에서 뭔가가 튀어나왔다.

"으아아악!"

놀란 승범이 수정의 팔을 잡고 그 뒤에 가서 숨었다.

"이 친구가 왜 이래?"

승범이 미친 듯이 날뛰자 수정의 몸이 휘청거렸다. 승범이 비명을 지르며 한 곳을 가리켰다. 그곳엔! 산토끼 한 마리가 깡충깡충.

승범은 민망해졌다.

"대체 어딜 가는 겁니까?"

창피하고 수치스럽지만, 승범은 절대 수정의 팔을 놓지 않고 물었다.

"말한다고 알아?"

"모르지만, 말이라도 해주세요. 무서우니까."

"왜 쫓아와서 사람 귀찮게 해? 그렇게 무서우면 당장 내려가!"

"그게 더 무서운걸요."

승범은 그 상황을 떠올리고 진심으로 울먹거렸다. 쯧 쯧쯧, 수정이 혀를 찼다. 들러붙는 승범이 귀찮아 손을 털어내려고 몇 번을 휘적거려도 승범은 더욱 찰싹 달라 붙었다.

"아이고, 내 팔자야. 이 짐짝을 데리고 가야 하니."

투덜대는 수정이 자신보다 훨씬 무거운 짐을 끌고 우거진 산을 벗어나자 너른 터가 나왔고 그곳에 오래된 집이 한 채 있었다. 울타리도 없고, 사람 손이 오래 안 탔는지 웃자란 잡초들이 마당에 무성했다. 한쪽에 반쯤 허물어진 빈 외양간이 있었고, 그 옆에 아궁이와 녹슨 가마솥이 보였다. 빛바랜 슬레이트 지붕 밑으로 거미줄 처럼 금이 간 흙벽은 금방이라도 쓰러질 것 같았다. 콜 록, 콜록. 집 안에서 기침 소리가 들렸다. 수정은 익숙 한 듯 찢어진 창호지에 신문지를 덧바른 문을 열었다.

"계세요?"

"어이구, 이게 누구야? 이렇게 산골까지 어떻게 왔 대? 들어와, 들어와!"

누워 있던 노파가 일어나 반갑게 맞이했다. 두꺼운

솜이불을 걷어내며 콜록, 콜록 기침했다. 왜소한 몸에 허리가 잔뜩 굽은 할머니는 흰머리를 대충 묶어 칙칙한 빛깔의 은비녀로 고정했다. 안으로 들어가니 오래된 집 특유의 냄새가 났다. 어정쩡하게 앉으려고 하니 수정이 그를 불렀다.

"난 못 하니까 온 김에 이분 맥 좀 봐 드려."

"예?"

"놀러 왔어?"

"그건 아니지만."

"뭔데?"

할머니는 수정을 보며 이가 거의 없는 입으로 물었다. 수정이 웃었다.

"으응, 우리 한약방 앞에 한의원이 새로 들어왔는데 거기 한의사 양반이야. 궁금해서 따라왔어. 잘됐지. 이렇게 맥도 보고."

"어이구, 이렇게 감사할 데가."

놀러 온 것도 아니지만, 그렇다고 이렇게 맥 보러 온 것도 아닌데. 그렇게 생각하며 승범은 무릎으로 기어가 할머니의 손목을 잡았다. 뼈밖에 남지 않은 손목은 무척 가늘었다. 약하게 뛰는 맥을 가만히 짚다가 탁한 눈을 들여다봤다.

"혀 내밀어 보세요."

승범의 말에 선생님 말을 잘 듣는 학생처럼 얌전히 내민 할머니의 혀는 누런 빛깔이었다.

"열이 있네요. 머리도 아프세요?"

승범은 그녀의 목과 어깨 등을 만졌다. 굳어 있다.

"춥다가 덥다가 그래요."

"속이 답답하시죠? 구토감 있어요? 명치 부분이 답답하고 콧물 가래가 목 뒤 쪽으로 넘어가세요?"

할머니가 고개를 끄덕였다.

"명치에 수기가 있는 감기인데 연세도 있고, 몸도 약하니까 조심해야 해요. 식사는 잘하고 계세요?"

"입맛이 없어서……."

살집이 별로 없어, 뼈만 만져졌다. 이렇게 될 정도니, 하루 이틀 입맛이 없던 건 아닐 것이다. 그에 대한 답을 하듯 팔짱을 끼고 있던 수정이 할머니에게 말했다.

"내가 밥 잘 챙겨 먹으랬잖아."

"귀찮아서."

"그럼 없던 병도 생긴다고 내가 누누이 주의를 줬건만. 봐, 일주일 사이에 병 생긴 거."

그 말에 승범이 눈썹을 들었다. 그럼 일주일 전에도 이곳에 왔단 말인가?

크흠. 승범은 헛기침하고 할머니의 손목을 다시 만졌다.

"여기 손목 기준으로 조금 아래 팔의 바깥쪽 이 부분

이 외관혈, 안쪽 이 부분이 내관혈이거든요. 지금 침이 없으니 지압으로 하겠습니다. 자극만으로도 좀 괜찮아지실 거예요. 그리고 약을 드셔야 하는데…….”

승범은 가만히 보고 있는 수정을 올려다봤다. 수정은 가지고 온 보따리를 풀었다. 그러고 보니 저 보따리 안이 궁금했다. 풀어 헤친 보자기 안에 첩약과 한약이 든 상자, 밑반찬 통과 검은 봉지 몇 개가 있었다. 승범은 숨을 삼켰다.

'저렇게 무거운 걸 들고 여기까지 왔다고?'

그 반대편엔 그가 매달렸으니. 도대체 체력이 얼마나 센 거야? 승범은 입을 떡 벌렸다. 모르면 몰랐지, 자신보다 더 셀지도. 감탄하는 승범에게 수정은 첩약을 건넸다. 그걸 멀뚱히 보던 승범은 물었다.

“이거 뭐요?”

“약 필요했잖아.”

“제가요?”

“아니야?”

“그건 아니지만.”

생각은 했으나 그렇다고 이렇게 주면 어쩌라고. 그는 투덜거리면서 자리에서 일어섰다.

“방이 차네. 부엌 아궁이에 불 좀 때고, 그건 밖에 있는 아궁이에서 달이면 될 거야.”

"제가 불을 어떻게 붙입니까?"

승범이 불퉁하게 대꾸했다.

"어떻게 그러나. 귀한 분이 그런 걸 하게 할 수 없지."

할머니가 일어나려고 했다. 바닥을 짚고 일어나려는 몸이 파르르 떨렸다.

"귀하기는 뭐가 귀해. 일어나지 마. 그 몸으로 어떻게 일한다고."

수정이 할머니의 어깨를 잡아 만류했다.

"그거 뭐 어렵다고요. 제가 합니다, 해요."

승범도 급히 손을 내저었다.

"우리가 온 김에 다 해 줄 테니까, 좀 쉬어요."

수정이 뒤따라 나왔다. 부엌으로 가더니 집 옆으로 갔다. 신발을 신으며 승범은 어두운 산 너머를 봤다. 저길 혼자서 갈 용기가 있을까? 잠시 고민을 하는데 풀을 밟는 소리가 들렸다. 집 옆에서 나온 수정이 그를 불렀다.

"뒤에 장작이 있는데 얼마 안 되네. 불붙이기 전에 땔감 좀 주워 와야겠어. 지척에 떨어진 게 죄다 나무니 어렵지 않지?"

"어렵거든요!"

콜록, 콜록. 방 안에서 기침 소리가 들리자 승범은 입술을 삐죽였다. 집이 시야에서 사라지지 않는 거리에서 그는 나뭇가지를 주웠다. 부러진 나무들이 많았다. 길거나 두꺼운 나무를 가지고 몇 번을 오갔다.

"이럴 줄 알았으면 쫓아오지 않는 건데. 일부러 그러나? 어떻게 이렇게 일을 부려 먹지? 마치 딱 준비되어 있던 것 같잖아. 둘이 짰어. 나 개고생시키려고 작당을 한 거지. 내가 미쳤지, 이런 걸 하겠다고. 얼씨구나 좋다, 하고 쫓아오고."

"아, 뭐 해! 약 안 달일 거야?"

마당에서 수정이 그를 소리쳐 불렀다.

"가요, 가."

계속 투덜거리는 승범은 저만치에 쓰러진 나무 밑동을 끌어안고 집으로 걸었다. 말라비틀어진 잎이 수풀에 쓸려 떨어졌다.

승범은 불을 붙인 신문지를 아궁이 속 장작에 얹고 입바람을 불었다. 검게 타들어 가는 종이가 회색의 재를 남기고 허무하게 사라졌다. 붉은 불은 장작에 붙을 생각이 없어 보였다. 매캐한 연기만 날렸다. 승범은 손등으로 눈물을 훔쳤다. 다시 성냥 대가리를 성냥 상자 옆구리에 문지르자 화르르 불이 붙었다. 잽싸게 구긴 신문지에 불을 옮기고 다시 아궁이에 쑤셔 넣었다. 거셌던 불길이 사그라들었다.

부엌에서 수정이 고개를 내밀었다.

"아이고, 아직이야? 답답해서 숨넘어가겠네."

다가온 그녀에게서 구수한 밥 냄새가 났다. 그러고 보니 온종일 뭘 먹지도 못했다. 배에서 꼬르륵 소리가 났다. 그 소리를 들은 수정이 승범을 흘겨봤다.

"얼마나 일했다고 뱃속에서 아우성을 쳐."

"이 정도면 많이 일한 거죠! 오늘 아무것도 못 먹었습니다."

"그러게 누가 쫓아오래?"

이렇게 고생할 줄 알았으면 쫓아오지도 않았다. 그러나 침대에서 뭉그적거리면 빚은 누가 갚고 돈은 언제 버나? 입술을 삐죽이면서도 싫은 소리를 내지 않는 건 다 그 이유 때문이었다. 그는 눈앞에 흘러드는 연기를 손으로 내저었다. 형체 없는 연기가 허공으로 흩어졌다. 수정은 익숙하게 장작 몇 개를 빼고 그 틈에 마른 낙엽과 잔가지를 넣었다. 신문지에 불을 붙여 넣고 가지고 온 부채로 부채질을 했다. 바람에 불씨가 일어 장작에 옮겨붙었다. 몇 번 부채질하던 수정이 부채를 바닥에 내려놨다.

"약 달일 줄은 알지?"

"당연하죠. 그것도 못 할까 봐요."

승범은 씻은 가마솥에 물을 넣고 첩약의 종이를 펼쳤다. 마황, 백작약, 세신, 건강, 계지, 감초, 오미자, 반하. 안에 든 약재를 손으로 헤아렸다. 소청룡탕이었다. 그는 어이가 없어서 부엌에 있는 수정을 돌아봤다. 할머니의 감기 증세에 정확한 처방 약이었다. 미리 알고 있었으면서 자신한테 맥을 보게 한 건 시험하기 위함이었던가? 아니, 근데 일주일 전에 왔었고 감기 걸린 줄도 몰랐을 텐데 어떻게 약을 가지고 올 수 있었지? 일주일이 넘은 건가?

고개를 갸웃거리며 승범은 약을 가마솥 안에 넣었다. 뚜껑을 닫고 부채를 주워 들었다. 부채질하며 곰곰이 생각해 보지만, 마땅한 답이 떠오르지 않았다.

"이리 와서 밥 먹어."

상을 들고 방으로 들어가는 수정이 승범을 불렀다. 밥 소식에 승범은 재빨리 방으로 갔다. 자리를 잡고 앉자 수정은 죽을 들고 누워 있는 할머니 옆으로 갔다.

"자네는 빨리 먹고 뒷마당에 있는 장작들 좀 패."

"장작이요?"

"밥값 해야지. 힘센 젊은 총각 두고 노인네들이 팰까? 왜? 그것도 못 패겠어?"

'미친 듯이 굴리는군.'

승범은 한숨을 쉬었다.

밥을 먹고 수정이 시킨 대로 도끼로 장작을 했다. 녹슬고 끝이 뭉툭한 도끼를 내리치길 수천 번. 땀은 비 오듯 쏟아지고 시야가 몽롱해졌다. 승범은 문득 정신을 차렸다. 내가 왜 이걸 다 하고 있지? 나무토막에 맞지도 않는 도끼를 매번 휘두르고, 열에 두세 번은 발을 쪼갤 뻔했다.

"에이."

그는 도끼를 내던졌다. 못 해! 안 해!!

"허이고, 뭘 시키면 함흥차사야. 집에 안 갈 거야?"

힘을 어찌나 썼는지 얼굴이 시뻘게져 있는 승범의 얼굴을 본 수정이 피식 웃다가 입술을 꾹 다물어 표정을 지웠다. 바닥에 굴러다니는 장작을 정리하고 승범은 끙 소리를 내며 집 앞으로 향했다. 그런 승범을 보며 수정은 생각했다. 어쩐 일로 대들지도 않고 시키는 일마다 꾸역꾸역 해냈다. 그렇다고 야무지지 않아 번번이 손이 갔는데 휘적거리며 걷는 승범의 뒷모습을 보니 참으로 10년 묵은 체증이 내려가는 느낌이 들었다. 이렇게 된통 당했으니 다시는 자신을 쫓아오지 않겠지.

어느새 볕은 시들해졌고 더위도 한풀 꺾였다. 승범은 수돗가에서 세수를 했다. 지하수라서 그런지 물이 꽤 찼다. 팔과 얼굴을 닦다가 머리까지 감았다.

"약이랑 밥 꼬박꼬박 챙겨 먹고. 내가 확인할 거야. 이 약 다 먹고 몸 좀 괜찮다 싶으면 상자에 있는 한약 챙겨 먹어. 보약이니까."

"매번 고마워서 어쩐담."

"고마우면 아프지나 마."

그 뒤에서 승범은 손수건으로 물기를 닦아냈다. 말을 마친 수정이 길을 나섰다.

"같이 가요."

"한의사 선생님, 오늘 감사해요."

"아, 네. 몸조리 잘하시고요. 약 잘 챙겨 드세요. 식사도요."

재빨리 말하고 그는 수정에게로 향했다.

"조심히 가요."

"네, 들어가세요."

문밖까지 배웅하는 할머니와 인사를 나누고 승범은 잰걸음으로 앞서는 수정을 쫓았다.

"같이 가자니까요."

"더워. 들러붙지 마."

수정은 옆에 서는 승범을 피했다. 그는 손수건으로 여전히 물기가 떨어지는 머리카락을 문질렀다. 눅진한 바람에 물기 묻은 부위가 시원했다. 할머니는 들어가셨을까. 산에 들어가기 전, 그는 뒤를 돌아봤다. 할머니는 여전히 그 자리에서 손을 흔들었다. 승범은 어서 들어가시라고 손을 흔들었다. 그러다가 멈칫거렸다. 할머니 옆에 여자 귀신이 있었다. 지난 한약방에서 처음으로 본 눈이 없고 다리 없는 여자 귀신이었다.

심장이 덜컥 내려앉았다. 왜 저 귀신이 여기에 있지? 창백해진 승범이 수정을 붙들었다. 그녀는 미간을 찌푸리며 뒤돌아봤다. 한숨을 쉰다.

"너는 지금 저 귀신의 한을 풀어 준 거야."

그 말에 승범은 수정과 여자 귀신을 번갈아 봤다. 귀신이 허리를 숙여 인사를 했다.

"……네?"

며칠 뒤, 승범은 수정과 함께 봤던 여자 귀신을 거리에서 다시 보게 됐다. 한의원에서 점심을 먹고 커피를 마시며 밖을 내다보고 있을 때였다. 처음엔 그녀인지 몰라볼 정도로 말끔하게 단장한 모습이었다. 귀신이 아니라 좀 더 사람 같은 모습? 피 묻은 옷가지는 새 옷으로 바뀌어 있었고, 더 이상 피눈물도 흘리지 않았다. 슬프고 아픈 표정이 아닌 안온한 모습이었다.

그런 그녀가 사람들을 우르르 몰고 걸어왔다.

'아, 귀신 하나당 사람 열 명.'

그 값을 치르는 거구나. 차가운 커피를 들이켜면서 수정 한약방으로 들어가는 사람들을 봤다. 배를 문질렀다. 차가운 커피 때문이 아닌 질투로 인해 배가 쿡쿡 쑤셨다. 잘 생각해 보면 수정의 말마따나 저 귀신의 한을 풀어 준 건 자신 아니던가? 뭐 둘이 같이 했다지만, 좀 더 육체적인 노동을 훨씬, 많이, 했는데!

'너무하네!'

입술을 삐죽이며 돌아서는데 그 여자 귀신이 사람 열 명 중 다섯을 데리고 길을 건너고 있었다.

"어?"

저도 모르게 소리를 내자 여자 귀신과 눈이 마주쳤다. 그녀가 미소를 지으며 눈인사를 했다. 사람들은 마치 처음부터 아픈 곳 때문에 방문하는 것처럼 한의원으로 향하는 계단을 올랐다.

9. 소라

"이루지 못해 원통하고 억울한 그 마음을 한이라고 하지."

승범은 한약방 소파에 앉아 공실의 말을 듣고 있었다. 점심때가 되어서야 손님들로 북적거리던 한약방이 잠시 소강상태가 되었다. 이번엔 초코파이를 한입에 털어 넣고 우물거리던 그녀가 피식 웃었다.

"예를 들면 승범이의 돈을 벌지 못한 지금의 마음이 한이라면 한이겠지."

"그것, 참 와닿네요."

승범은 팔짱을 끼고 소파 등받이에 기댔다. 눈은 TV 화면을 보고 있지만, 머릿속은 수정이 했던 말을 되뇌었다. 여자 귀신의 한을 풀어 줬다. 그 한을 풀어 주는 게 귀신의 치료와 관계된 일일까. 공실이 손을 내밀었다. 승범은 손을 움직여 초코파이 포장지를 뜯었다.

"어제 이웃 소기리에 사는 소라 엄마가 왔어."

"소라 엄마가 누군데요."

초코파이를 건네자 공실은 한입에 꿀꺽했다.

"천천히 씹어 먹으라니까요."

"히히. 얼마 만의 초코파이인지 좋아서 그래."

공실이 이를 드러내어 웃었다. 이에 초콜릿이 잔뜩
끼었다.

"이 썩을 걱정은 없어서 좋겠네. 그래서 그 소라 엄마
가요?"

승범은 다시 포장지를 뜯었다.

"아! 소라 엄마가 누구냐면, 고 선생이 치료하지 못하
는 귀신이랄까."

"치료하지 못한 귀신도 있어요?"

무척 의외였다. 귀신도 모두 치료할 수 없다니. 공실
은 손에 묻은 초콜릿을 핥았다.

"치료에 백발백중이 어딨어. 누가 승범이한테 자기
죽인 사람 똑같이 죽여 달라면 들어줄 거야?"

"그건, 그렇네요."

일전에 몰래 한의원으로 데려왔던 남자 귀신이 떠올
랐다. 험상궂게 돌변하여 진료실을 반파했었지. 다시
고치는 비용이 생각나, 입이 썼다. 그는 초코파이를 자

신의 입에 넣었다.

"너는 먹지 말라니까."

"내가 샀잖아요. 그래서요?"

"고 선생이 소라 엄마의 부탁으로 몇 번 소기리 집으로 간 모양인데 그때마다 퇴짜 맞아서 손을 든 모양이야."

"무슨 일인데요?"

"그 집 딸이 아프대."

초코파이를 건네자 공실이 잡으려고 하는 걸 뺏었다. 그녀가 눈을 동그랗게 떴다.

"무슨 짓이야?"

"천천히 씹어 드세요."

"알았어!"

그녀는 다시 뺏길까 봐 낚아채고는 코를 찡그렸다. 그리고 한 입 베어 물고 씹었다. 승범은 공실이 들썩거릴 때마다 바닥에 떨어지는 초코파이를 봤다.

"붕대를 감아 봤어요?"

"응?"

"아줌마 배요."

"아, 이거?"

그녀가 웃옷을 끌어 올리자 세로로 갈라진 배에서 방금 막 먹은 초코파이가 비죽 나왔다. 처음엔 그 모습이 끔찍했으나 지금은 그렇지 않았다. 잘린 단면을 들여다

보니 검게 말라붙은 자리가 깔끔했다. 생전 육체에 난 수술 자국 같았다.

"차 사고로 내장이 파열됐다나? 손쓸 사이도 없이 죽어 버렸으니 뭐 찢어진 것들을 잘 꿰맸겠어? 붕대도 감아 보고 코르셋으로 고정도 해 봤지만, 원 답답해서."

손사래를 치며 옷을 내렸다. 승범은 이제야 공실의 모습을 위아래 훑어봤다. 깡마른 몸에 크다 싶은 화려한 꽃무늬 반소매 티셔츠에 반바지. 발목 위까지 오는 검은 양말에 검은 운동화를 신었다. 그의 눈길을 알아차린 공실이 운동화 코끝을 맞부딪혔다.

"이것들 다 고 선생이 사 준 거야. 매달 새 옷도 사 준다. 승범이는 알랑가 모르겠지만, 고 선생 부자야. 부럽지?"

"그렇게 보이지 않지만, 그렇다면 부럽습니다."

"그렇다면 이 일을 승범이가 하는 거지!"

"사장님도 하지 못한 일을 제가요?"

"고 선생도 못 한 걸 승범이가 해낸다면 우화시 귀신들이 다 뭐야? 전국적으로 모든 귀신한테 순식간에 그 소식이 퍼질걸? 발 없는 말이 천 리 간다고, 발 없는 귀신들은 만 리를 갈 수 있으니까."

듣고 보니 그럴듯했다.

"딸이 아프다고요?"

"그 딸을 병원에 데려갔으면 한대."

"그런데 못 데려갔고요?"

"소라 엄마가 감기 기운이 있어 병원에 갔는데 죽어서 나왔으니 그 남편이 병원 놈들을 절대 믿지 않는 거야. 애는 아파 보이는데 고 선생이 자기가 고쳐 주겠다고 나서도 남편은 손도 못 대게 했다더군."

그건 아동학대 아닌가? 어쨌거나 그 고집 센 아버지를 설득하면 된다는 거로군. 승범은 히죽 웃으며 고개를 끄덕였다. 별거 아니었다. 그리 쉬운 걸, 수정은 해내지 못했다고? 또 자기가 맞다 우기고 꼰대질을 했겠지.

"거기가 어디라고요?"

"적어 보게."

승범은 옆구리에 낀 전단지 한 장을 꺼냈다.

◇◇◇◇◇

승범의 승용차가 소기리 입구에 섰다. 쨍한 햇살에 눈이 부셨다. 선글라스를 쓰고 차에서 내린 그는 전단지를 꺼내어 주소를 들여다봤다. 작은 슈퍼를 지나며 번지수를 확인했다. 매미 소리가 요란한 느티나무를 지나갔다. 느티나무 그늘 밑으로 텅 빈 의자들만이 덩그러니 자리했다. 주소를 물어볼 사람이 길에 한 명도 없었다. 더워서 모두 집에 있는지 고요했다.

일전에 고생한 경험이 있어서 오늘은 검은 반소매 티셔츠에 가벼운 면바지와 하얀 운동화를 신었다. 체력을 기르기 위해 며칠 전부터 정미를 따라 요가도 시작했다. 그런데 오늘따라 바람 한 점 불지 않았다. 습도가 높은지 얼마 걷지 않았는데도 숨이 찼다. 그는 본인 키보다 높은 담을 따라 걸었다. 대문에 적힌 숫자를 보고 집마다 기웃거렸다. 동네 끝에 이르렀을 때 공기 중에 옅게 났던 퀴퀴한 소똥 냄새가 짙어졌다. 곧 넓은 축사가 보였다.

"소가 몇 마리야. 하나, 둘, 셋, 넷……. 저거 마리당 얼마야?"

축사 군데군데서 선풍기가 돌아갔다. 높게 쌓인 짚더미를 지나서 길 한가운데에 쪼그리고 앉아 하얀 분필로 바닥에 그림을 그리는 아이를 발견했다. 땀에 젖은 분홍 옷이 들러붙어 날개 죽지와 등뼈가 도드라졌다. 긴 머리를 하나로 묶은 아이는 강렬히 내리쬐는 해가 뜨겁지도 않은지 바닥에 이상한 도형을 그렸다. 승범은 선글라스를 벗었다. 동그라미 밑에 세모를 그리고 그 밑에 뒤집어진 콩나물을 그렸다. 대체 뭘 그리는 거야? 가까이 다가서자 그림 위에 그림자가 졌다. 아이가 고개를 들었다. 맑은 두 눈이 승범을 봤다. 파리한 얼굴에 땀이 송골송골 맺혔다. 그는 아이에게 전단지를 내밀었다.

"아저씨는 이런 사람. 한의사 알지? 아픈 곳 고쳐 주는 사람. 그러니까 위험한 사람 아니라는 거야. 아저씨가 몇 가지 물어볼게. 콜? 네가 소라야?"

아이가 고개를 끄덕였다. 소라는 받아 든 전단지를 만지작거렸다. 앞을 보다가 뒤를 봤다. 뒤엔 이곳 주소가 적혔다.

"야, 너희 아빠 어딨어?"

그 질문에 소라가 한 곳을 가리켰다. 작은 손가락 끝에 소에게 여물을 주고 있는 아버지가 있었다. 승범은 쨍한 햇볕에 눈살을 찌푸렸다.

"안 더워? 그림은 그늘에서 그려도 되잖아."

소라는 고개를 흔들었다.

"그럼 더우면 바로 그늘로 가는 거다."

끄덕이는 모습을 보고 승범은 축사 안으로 들어갔다. 낡은 선풍기가 털털거리며 돌아가는 소리가 요란했다. 소 울음이 들리는 축사 안에서 사료를 여물통에 붓는 소라 아버지에게 다가갔다.

"안녕하십니까, 소라 아버님."

깍듯하게 허리까지 숙이며 인사를 하자 소라 아버지는 하던 일을 멈추고 승범을 봤다. 흐르는 땀을 목에 건 수건으로 닦아냈다.

"누구십니까?"

"저는 시내에서 한의원을 하는 한의사입니다. 서울 제일한방병원에 있다가 물 맑은 이곳에 내려왔지요. 아시다시피 우화시가 공기 좋고, 산 좋고, 인심 좋은 곳이 아닙니까? 서울에 소문이 다 났다니까요."

"한의사가 무슨 일이십니까?"

수다스럽게 떠벌리는 승범의 말을 자른 소라 아버지가 잔뜩 날이 선 목소리로 물었다. 한의사란 말에 대화하기 싫어하는 표정이었다. 원하는 대로 승범은 본론으로 들어갔다.

"애가 아파 보이는데 제가 진료를 보고 싶습니다. 어머님의 부탁도 있고."

"누가 아프다는 겁니까? 우리 애는 멀쩡해요. 그리고 아내는 죽었는데 무슨 부탁이랍니까? 할 말 없으니 가세요."

"아이가 요즘 몸이 마르고 아프다고 하지 않습니까?"

"아, 우리 소라는 아프지 않다니까요!"

"그럼 맥이라도 짚게 해주세요."

"소라에게 손 하나 대는 날에 가만두지 않을 거야!"

버럭 소리를 지르자 승범은 그 기세에 뒷걸음질 쳤다. 아내를 병원에서 잃었다더니, 그 때문에 그와 관련된 것에 대해 불신이 꽤 깊어 보였다.

"부인의 죽음은 애석한 일이지만, 이렇게 고집을 부리시면 금방 고칠 병도 손쓸 수 없습니다."

"당신이 뭘 알아? 의사 놈들이 뭘 아냐고! 내 아내는 단순한 감기였다고. 그렇게 말해 놓고 당신들의 실수로 죽여 놓고선 또 내 자식까지 넘보려고!"

"아버님 진정하시고, 의사 모두가 같지는 않습니다. 저는 서울에서 유명한 제일한방병원을 다녔고 그곳에서 유능한 인재였……."

"같잖은 소리 그만 지껄이고 꺼져!"

"아버님, 제 말을……."

"안 꺼져?"

그가 주위를 보더니 기둥에 기대 놓은 삽을 집어 들었다. 삽 대가리를 높이 치켜드는 모습에 화들짝 놀란 승범이 뒷걸음질 쳤다.

"꺼져!!"

삽을 휘두르며 금방이라도 달려들 것처럼 소리치자 승범은 뒤돌아서 달렸다.

마을 초입에 있는 슈퍼까지 쉬지 않고 달린 승범은 숨을 헐떡거렸다. 뒤를 연방 돌아보며 소라 아버지가 삽을 들고 쫓아오지 않는지 살폈다. 느티나무 그늘에서 숨을 고른 그는 휘적거리며 슈퍼로 갔다. 열린 문 안으로 들어가니 컴컴한 내부는 조용했다. 오래된 수납장에 가짓수가 적은 과자와 라면, 조미료 등등이 보였다. 퀴퀴한 냄새가 나는 내부를 가로질러 요란한 소리를 내는 냉장고에서 생수를 꺼냈다.

"사장님! 손님이요!"

병뚜껑을 열어 물을 벌컥벌컥 마셨다. 날은 덥고 아버지란 작자는 답답했다. 자신의 유려한 말을 싹둑 잘라 내고 듣지도 않으려 하다니. 생수 한 통을 다 들이켰다. 냉장고 온도를 약하게 했는지 아니면 고장이 났는지 물이 미적지근했다. 승범은 문 옆에 있는 아이스크림 냉동고로 갔다.

"손님이요!"

"어어!"

뚜껑을 밀어 올리자 찬기가 얼굴에 닿았다. 그 안을 뒤적여 자신이 좋아하는 수박바를 찾았다. 슈퍼 안쪽에서 덩치가 큰 아저씨가 나왔다. 승범은 주머니에서 지갑을 꺼냈다.

"물하고 이거요."

"소라네 왔나 보지?"

현금을 꺼내는데 아저씨가 아는 척을 했다.

"그걸 어떻게 아십니까?"

수박바 포장을 뜯으며 묻자 아저씨가 그의 뒤를 가리켰다. 뒤를 보니 문 옆에서 소라가 고개를 내밀었다.

맴 맴맴맴. 매미가 우는 소리에 귀가 먹먹했다. 승범과 소라는 나란히 서서 아이스크림을 먹었다.

◇◇◇◇◇

승범은 차에서 내리며 목덜미를 주물렀다. 요 며칠 왕진을 핑계로 환자가 없는 시간대에 소기리로 갔다. 심심한 소라가 아버지 몰래 나와 있으면 승범은 밤사이 안녕했는지 아이를 살폈다. 아이는 말이 없는 대신, 고개를 끄떡이거나 내젓는 행동으로 승범과 소통했다. 원래 말을 못 하는가 싶었으나 아빠를 여러 번 부르는 소리를 들었으니 괜히 욕심이 났다.

"한의사 선생님, 이라고 불러 봐."

사탕이나 과자로 꼬드겨 보지만 아이는 고개를 내저었다.

"왜, 아빠가 모르는 사람이랑 말하지 말라고 해서?"

승범의 질문에 이번엔 고개를 끄덕였다.

"이 정도 만났으면 친한 거지, 뭘."

꼬드기지는 못했어도 과자를 건네며 투덜대자 소라는 봉지를 뜯어 먼저 승범에게 권했다. 승범은 아이의 머리를 툭 쓰다듬었다.

"아빠가 이런 건 잘 가르쳤네. 그래서 이번엔 아빠가 어디 계시니?"

승범이 귀찮은 소라 아버지는 그를 피해 매번 다른 곳에 있었다. 어느 날은 우사에, 뒷산 옥수수밭에, 비닐하우스에, 양상추밭에. '소라 아버지는 부자다!'라는 소리를 절로 내뱉으며 승범은 그를 찾아냈다. 변죽 좋은 승범은 자신을 보며 인상을 찌푸리는 소라 아버지를 붙들고 자신이 얼마나 유능한지 읊으며 병원에 대한 반감을 완화시키려고 무던히 애썼다. 물론 얼마 안 되어 소라 아버지는 버럭 화를 내고 삽을 들어서 승범을 쫓아냈다. 이 정도면 그 집 소도 여물을 씹으며 그의 능력을 한 번 시험해 보고 싶어질 만한데, 소라 아버지는 소라의 털끝 하나도 허락하지 않았다.

승범은 퇴근 후 집에서 저녁을 먹고 다시 한의원으로 향했다. 소라의 증상에 대한 자료와 치료법을 찾느라 한동안 한약방에도 발길을 하지 않았다. 그만큼 이번 일은 승범에게 기회였다. 수정의 도움 없이 귀신 환자의 한을 해결하면 귀신계에서 자신의 명성이 올라갈 것이었다. 게다가 소라의 병을 치료한다면 우화시에서도 번듯한 한의원으로서 입지를 굳힐 것이었다. 소라 아버지는 오래도록 그 마을에 살았고 부자니까 이를 널리 알릴 게 분명했다. 비록 오늘도 설득이 실패로 돌아갔고 하릴없이 소라와 메뚜기나 잡으며 시간을 보냈지만,

치료에 성공하는 건 시간문제였다. 그렇기에 언제든 소라를 치료하기 위한 준비가 되어 있어야 했다.

"자네 요즘 뭘 하고 돌아다니는 거야?"

갑자기 뒤에서 수정의 목소리가 들리자 승범은 그 자리에서 튀어 올랐다. 움찔해서 돌아보니 한약방 앞에서 뒷짐을 진 수정이 있었다.

"아이, 깜짝이야."

"뭔 죄를 지었기에 그리 놀래?"

"죄는 무슨, 또 물벼락을 맞을까 봐 놀란 거죠."

놀란 자신이 수치스러워서 움츠렸던 어깨와 목을 폈다. 그러나 수정의 표정은 꽤 매서웠다.

"어딜 그렇게 다니냐고."

"그냥 바람 좀 쐬고 다녔습니다. 그리고 제가 왜 그런 것까지 얘기해야 합니까?"

"그냥 바람은. 허튼짓하지 말게."

"허튼짓이라뇨?"

"자네라면 뻔하지. 괜히 어설프게 해서 그들의 화만 돋울걸?"

어설프다니. 아무리 귀신에 대해 모른다지만, 너무 심한 말이었다. 모든 일엔 처음이 있기 마련이고 처음엔 실수가 있다. 그러나 소라를 병원으로 데려가기 위해 노력하고 있는 지금 어설프다는 말이 섭섭했다.

"저는 뭐 귀신 환자 치료도 못 합니까? 이건 뭐 사장님만 하라는 법 있어요? 있으면 가져와 보십시오! 아니면 나한테 이래라저래라 하지 마세요."

그녀를 두고 계단을 오르며 승범은 입을 삐죽였다.

"아니, 자기만 알면 다야? 무시무시 상무시를 하네."

잠긴 한의원 문을 열고 컴컴한 내부를 가로질렀다. 창문 너머로 가로등 불빛이 비쳐 들었다. 조명 스위치가 있는 데스크로 향했다.

"내가 꼭 이번에 성공해서 그 높으신 콧대를 콱 하고 눌러 주겠어!"

탁. 대기실의 조명이 켜졌다. 승범은 밝은 빛 아래에 선 여자와 눈이 마주쳤다.

"으아악!"

갑자기 등장한 귀신의 존재에 혼비백산한 승범은 구석에 몸을 숨겼다. 책상 모서리에 무릎과 골반을 부딪치고 벽에 머리를 박았다. 눈앞에 별이 보일 만큼 아팠다. 눈물을 찔끔 흘리며 구석에 섰는데 옆으로 다가온 여자 귀신의 존재가 느껴졌다.

"아니, 누구신데, 저한테, 도대체 왜 그러세요."

"소라 엄마입니다."

"네?"

◇◇◇◇◇

　다음 날, 승범은 어제와 같이 슈퍼 옆에 차를 세웠다.
차에서 내리는 발걸음이 무거웠다. 간밤에 부딪힌 골반
과 무릎이 움직일 때마다 쑤셨다. 그는 슈퍼에서 과자
를 사서 소라네 집으로 갔다. 소라는 짚 더미에 기대어
있다가 그에게로 달려왔다. 내딛는 발걸음이 위태롭다.

　"뛰지 마라. 넘어진다."

　과자를 꺼내 봉지를 뜯었다. 소라에게 건네자 작은
손이 허공을 그러쥐었다. 몇 번 그러다가 겨우 과자봉
지를 잡았다. 승범은 아이의 얼굴 앞에서 손가락을 움
직였다. 그 움직임을 따라 소라의 눈동자가 뒤늦게 움
직였다. 이번에 그는 손가락 한 개를 세우고 물었다.

　"이거 몇 개?"

　아이가 손가락 두 개를 세웠다. 좋지 않은 신호였다.
아이는 시야가 흔들려 하나의 사물을 두 개로 보고 있
었다. 승범은 주위를 둘러봤다. 소라 아버지는 보이지
않았다.

　"아버지 없을 때, 어서 먹어. 저번처럼 혼날라. 소라
얼굴 좀 보자."

　승범은 소라의 얼굴을 봤다. 전보다 많이 창백했다.

　"언제부터 코피가 났는지 아저씨가 알 수 있을까?"

　그 말에 소라는 축사 뒤편을 봤다. 그 어떤 질문에도

말하지 말라고 아버지가 단단히 경고한 듯했다.

"괜찮아. 말 안 해도 돼. 과자 먹어."

승범은 소라의 눈빛이 향했던 곳으로 발걸음을 옮겼다. 축사 뒤편으로 가자 이륜차에 소똥을 퍼 담고 있는 소라 아버지를 발견했다.

"아이고, 소라 아버님. 오늘도 고된 노동을 하시는군요. 많이 힘드시지요?"

"그만 오라고 하지 않았습니까?"

승범을 본 소라 아버지가 삽 대가리를 소똥 더미에 꽂았다. 저 삽으로 맞으면 굉장히 치욕스러울 것이다. 왜인지 모르게 머리가 간지러웠다. 머리를 긁적이며 승범은 일단 늘 읊었던 대로 자신의 능력을 말했다.

"제가 딱 짚으면 어디가 딱 하고 아픈지 알 수 있다니까요. 제가 말했던가요? 제가 일했던 서울 제일한방병원은 한국에서 유명한 암 전문 한방병원으로서 몇 번 들어 보셨을 겁니다. 그곳에 취직하기 얼마나 어려운 곳인지 짐작하시겠죠? 그 명성에 어울리는 전문 한의사와 의사가 있고 그곳에서 단연 으뜸은 누구겠습니까?"

"당신이라고요, 몇 번을 들었는지 다 외울 정도요!"

"아주 잘 아시는군요. 그러니 제가 고칠 수 있습니다. 왜냐, 저는 유능하니까요."

"그렇게 유능하신 한의사는 필요 없다는 내 말을 왜

자꾸 까먹는 거요?"

승범은 삽자루에 손을 얹는 소라 아버지를 슬쩍 봤다. 전날 소라 엄마가 전한 소라의 상태를 떠올렸다. 계속 미룰 수 없었다. 오늘은 저거에 맞고 합의 명목으로 소라를 데려간다!

"이렇게 두면 쟤 어떻게 될지도 모른다고요. 며칠 전부터 코피가 나고 몇 번 쓰러졌다면서요. 당신의 욕심으로 작은 병을 크게 만들지 마세요."

"그걸 당신이 어떻게 알아?"

"그건……."

차마 아이의 엄마가 말했다고 할 수 없어 승범은 우물쭈물했다.

"소라야! 정소라!"

그때 소라가 축사로 뛰어왔다.

"너 가만히 집에 있으라니깐!"

소라가 말했다고 생각했는지 아이에게 말하는 목소리가 날카로웠다.

"아버님, 그건 소라가 말한 게 아니고……."

소라 아버지는 대꾸도 없이 승범을 남겨 두고 소라를 데리고 집으로 가 버렸다.

◇◇◇◇◇

저녁노을이 지는지 한의원 대기실은 불그스름했다. 환자도 없어 한의원은 무척 조용했다. 승범은 어제 수정과 싸운 터라 바로 한약방에 가기도 뭐했다. 진료실 책상에 엎드려 붉은 하늘만 올려다보고 있는데 어디서 유리가 깨지는 소리가 들렸다. 승범은 고개를 들어 정미를 불렀다.

"지금 우리 한의원에서 나는 소리예요?"

"전 가만히 있는데요?"

책장을 넘기던 정미가 이어 들리는 소리에 고개를 들었다.

"한약방에서 나는 소리 아녜요?"

"뭐요?"

정미의 말에 승범이 자리에서 벌떡 일어나 창문 밖을 봤다. 아니나 다를까, 지나가는 사람들이 한약방 안을 기웃거리고 열린 문 바깥으로 한약과 약재들이 튀어나왔다. 그는 한약방으로 달려갔다. 달려오는 차가 갑자기 길에 튀어나온 승범을 향해 경적을 길게 울렸다.

"당신 제정신이야? 당신이 우리 딸 아픈 거 동네방네 떠들고 다녔지!"

소라 아버지였다. 그는 한약방의 물건들을 집어 던지며 수정에게 화를 내고 있었다. 한약방이 부서지는데도 표정 하나 바뀌지 않고 수정은 가만히 그가 하는 모습을 바라봤다.

"갑자기 와서 무슨 말을 하는지 모르겠는데."

"당신이 몇 번이나 우리 집에 와서 소라를 고치자고 했잖아. 그런데도 모르겠다고? 당신처럼 그놈의 한의사가 와서 소라를 고치겠다고 호언장담한 사실을 몰랐다고? 내 딸은 아프지 않아!"

그는 저울을 들어 벽에 집어 던졌다. 이를 지켜보던 철물점 사장이 한약방 안으로 들어갔다. 커다란 덩치가 소라 아버지 옆에 서자 고라니 앞에 선 곰 같았다. 곰 사장은 이번에 절구를 집어 드는 고라니 아버지의 손을 붙들었다.

"이제, 그만하지. 아무리 화가 나도 그렇지, 남의 영업장을 이렇게 때려 부수는 건 아니지. 그리고 이게 다 그쪽을 위해서 하는 일인 것 같은데 말이야. 성질도 적당히 부려."

"최 사장이 뭘 알아? 이 사람들이 우리를 적당히 괴롭혔다고 생각하나? 게다가 내 딸을 병자 취급하는데! 내 딸은 아프지 않다고!!"

소라 아버지는 수정의 얼굴에 대고 고래고래 소리를 질렀다. 승범이 수정의 앞을 막아섰다.

"아니 아버님, 나 때문에 열받았으면 나한테 와서 풀

생각을 해야지 왜 여기에서 난리입니까? 여기 사장님하고는 전혀 상관없이 내 마음대로 한 일입니다. 그리고 생각을 제대로 하셔야지. 그렇게 아이를 생각하신다면서 아이가 엄마 따라가도록 내버려두시는 건 제정신입니까? 내가 살려 주겠다는데!"

"못 하는 말이 없어. 그만하지 못해!"

수정은 손바닥으로 승범의 등을 내리쳤다. 철썩 소리가 꽤 크다. 연달아 그 등을 때리자 승범은 그 손에서 벗어나려고 했다.

"아파, 아프다고요!"

수정은 우악스럽게 승범의 팔을 붙들고 밖으로 끌고 갔다.

"아이 아빠가 아프지 않다고 하잖아. 우길 걸 우겨야지."

"그럼 사장님은 왜 우겼는데요?"

"이제 안 우기니까 나가!"

"아이 씨."

승범은 자신의 팔을 붙잡은 수정의 손을 뿌리쳤다. 놀란 수정의 눈이 동그래진다.

"애가 며칠 전부터 코피가 나기 시작했고 머리가 아프다고 하고 기절한대요. 애 엄마가 그랬다니까요. 제가 보니까 애가 안구진탕도 있어요. 시야를 제대로 잡지 못한다고요. 구토도 하고 걸음걸이도 이상하고요.

이건 분명······."

"그만!"

수정이 소리를 질렀다. 말을 멈춘 승범은 자신에게로 쏠린 구경꾼들의 시선을 그제야 의식했다. 여기에서 저 남자의 아내가 죽은 걸 모르는 사람이 있을까.

"저 사기꾼 자식이 이제 죽은 내 아내를 들먹여?"

소라 아버지가 소리치며 달려들자 최 사장이 그를 붙들었다. 사람들이 다시 수군거리기 시작했다.

"에이 씨."

승범은 모든 걸 뒤로하고 한의원으로 향했다. 수군거림은 길게 이어져 여전히 그의 뒤를 따랐다.

175

◇◇◇◇◇

"마셔요."

정미가 캔맥주를 내밀었다. 대기실에 앉아 어두운 하늘을 멍하니 바라보던 승범은 눈앞에 들이민 캔맥주를 가만히 보다가 받아 들었다. 정미가 그 앞에 과자며 오징어를 깔았다. 언제 나갔다가 왔는지 바닥에 내려놓는 비닐봉지에 캔맥주와 소주가 가득했다.

"오늘 내가 쏜다!"

그녀는 캔맥주를 따서 승범이 들고 있는 캔에 부딪혔다. 꿀꺽꿀꺽 시원하게도 마셨다.

"크흐, 좋다. 뭐 해요? 마시지 않고?"

승범은 시키는 대로 맥주를 마셨다. 차가운 맥주를 삼키자 목구멍이 따끔거렸다. 정미처럼 꿀꺽꿀꺽 마시고 내려놓자 그녀가 승범의 입에 오징어 몸통 하나를 물렸다. 소주 뚜껑을 열어 캔 입구에 부어 빈자리를 채웠다.

"흔들어 마셔요!"

"소맥 싫다면서요."

"으응, 너무 맛있으니까 필름 끊길 때까지 마시게 돼서요."

그녀는 오징어 다리를 씹으며 자신의 캔에도 소주를 따랐다.

"이거 다 마시면 다시 어깨 펴는 거예요!"

"내 어깨가 처졌어요?"

"네, 많이."

승범은 술을 마셨다.

"사람들 참 웃겨! 도와줘도 뭐라고 하고 말이야. 그렇게까지 때릴 필요도, 소리 지를 필요도 없었잖아요. 사람 무안하게 그게 뭐야. 애가 아프니까 검사 한 번 받자는데 그게 그렇게 싫어? 우리 원장님 눈썰미는 정확한데."

"내가 거기서 애 엄마 얘기를 꺼내는 게 아니었어요."

"그러게요. 작년에 죽었다면서요?"

과자 하나를 집어 입에 넣으며 아무렇지 않게 말을 하는 정미를 그가 바라봤다.

"작년이래요? 아니 그걸 어떻게 알아요?"

"편의점에 가니 알바생이 알려 주던걸요?"

"그래요?"

걱정해 주는 정미를 보니 괜스레 코끝이 찡했다. 그녀라면.

"나 꼭 하고 싶은 말이 있어요. 정미 씨를 믿으니까. 내가……."

"잠깐!"

오징어를 씹던 그녀의 입이 멈췄다. 눈을 깜박거리다 가 입에 문 오징어를 뺐다.

"무슨 그런 진지한 얘기를 오징어 씹을 때 해요?"

그녀는 소맷으로 입가심을 한 뒤, 진지한 눈빛으로 고개를 끄덕였다.

"그래요. 이제 말할 때가 됐어. 말해요. 준비됐어요."

그 허락에 힘을 입어 승범은 침을 꼴깍 삼키고는 그동안 참아 왔던 말을 했다.

"나, 귀신이 보여요."

예상했던 말과는 전혀 다른 그 말에 정미는 멍하니 승범을 봤다. 귀신이 보인다고? 이내 말뜻을 제대로 알아차린 정미가 말했다.

"와······. 미쳤나 봐."

"진짜야, 그 애 죽은 엄마가 어제 찾아왔어요."

"진짜 귀신을 본다고요?"

정미는 입을 떡 벌렸다. 승범은 손을 흔들었다. 손짓과 발짓을 하며 어제 있었던 일을 설명하려고 노력했다.

"진짜예요. 어제 소라 엄마 귀신이 여기에서 딱 하고 나를 기다리고 있었다니까! 내가 그 아이 증상을 어떻게 그리 잘 알았겠어요?"

"그래서 그걸 아까 사람들 앞에서 말한 거예요? 그러니 사람들이 미쳤다고 수군거리지. 그걸 누가 믿어요? 나도 미쳤다고 생각하는데. 한약방 사장님이 뭐라고 할 만하네! 잠깐, 여기에 왔을 때, 얼마 안 됐을 때. 한약방에서 귀신 봤다고 했잖아요. 거기서 한약방 사장님이 막 귀신이랑 얘기했다고 하지 않았어요? 그럼 뭐야. 그럼 한약방 사장님도 귀신 봐요?"

"아, 그거. 이제야 말하는 거지만 그래서 내가 계속 한약방에 갔던 거예요. 그 사장님이 귀신들을 치료하는데······."

"근데 진짜 귀신 맞아요? 심령사진 찍히려나? 그럼 유튜브 시작하기에 딱인데."

승범의 말을 끊고 묻는 정미의 눈빛이 반짝거렸다.

입술을 뻐끔거리던 승범이 단호하게 말했다.

"말해 두는데 핸드폰엔 귀신 안 찍혀요!"

그 말에 그녀는 집었던 과자를 던졌다. 못마땅한 얼굴로 맥주캔을 입에 댔다.

"해 보셨구나."

10. 이 아이를 살려 주세요

쾅쾅쾅. 누군가가 한의원 문을 두드렸다. 소파에서 잠을 자고 있던 승범은 연이어 들려오는 소리에 눈을 떴다. 아직 밖은 여명이 채 밝아오지 않았다. 몸을 일으키니 눈앞이 핑 돌았다. 아직 술과 잠에서 깨지 못해 시끄러운 소리에도 쉽게 움직이지 못했다. 대체 누구야? 술에 취해서도 소라의 병에 대한 치료법을 공부하기 위해 한의원에 혼자 남은 승범은 그대로 소파에서 잠들어 버렸다.

"누구세요?"

계속 이어지는 소리에 머리가 울렸다. 울컥 화가 나서 물었다. 쾅쾅쾅.

"그만 좀 두드려요. 문 부서진다고!"

겨우 자리에서 일어나 문을 열자 그 앞에 수정이 있

었다.

"이 새벽에 무슨 일입니까?"

물음에도 답하지 않고 새파랗게 질린 채로 뒤를 향해 손을 흔들었다. 그 뒤로 소라를 업은 소라 아버지가 들어왔다. 정신이 번쩍 들었다. 그의 등은 토사물로 흥건히 젖었고 힘겨운 숨을 내쉬는 아이는 의식이 없었다.

"아이가 갑자기 머리가 아프다며 토하더니 깨지 않아요."

"아니, 이러면 병원 응급실로 가셔야지요."

"당신이 살려 준다고 하지 않았습니까? 제발 살려 주십시오."

"이 와중에도 병원을 믿지 못합니까?"

"죄송합니다."

"원장님, 부탁드려요."

언제 왔는지 그의 옆에 선 소라 엄마까지 부탁한다. 승범은 머리를 긁다가 뒤로 넘겼다.

"일단 침구실로!"

승범은 누운 아이의 얼굴을 봤다. 감긴 눈꺼풀을 밀어 올려 확인한 뒤, 젖은 수건으로 아이의 입가를 닦아 냈다.

"구토나 두통은 뇌압이 상승해서 발생한 겁니다. 일단 뇌압을 떨어트려야 하니 십선혈을 찌를 겁니다."

승범은 아이의 손끝에 소독솜을 문지르고 사혈기로 손끝을 땄다. 열 개의 손가락에서 피가 났다. 이어 차갑고 뻣뻣해진 아이의 몸을 주물렀다. 피를 빼며 승범은 아이의 맥을 살폈다. 기혈순환이 되면서 날뛰던 맥이 조금씩 가라앉기 시작했다.

　승범은 잠이 든 소라의 얼굴을 봤다. 창백한 아이의 얼굴에 속이 꽉 막힌 것처럼 먹먹해졌다. 병의 진행이 생각보다 깊었다. 자신이 고치겠다고 호언장담했으나 시간이 너무 없었다. 단 하루라도 빨리 더 좋은 시설에서 치료받아야 소라가 편했다. 함께 아이스크림을 먹고 과자를 건넬 때 웃던 아이의 맑은 눈이 떠올랐다. 수정이 옆에서 미지근한 물수건으로 피 묻은 소라의 몸을 닦아냈다. 울었는지 코끝이 빨갰다.

　"그래서 자네의 소견은 어떤가?"

　"수모세포종이요. 몇 번 이 증상을 봤거든요."

　"고칠 수 있나?"

　그 질문에 승범은 입을 꾹 다물었다. 이날을 위해 공부와 치료법에 매진했지만, 처음부터 소용이 없는 짓이었다. 그는 파리한 아이의 얼굴을 봤다.

　"자세한 건 검사를 해야 해요. 제 소견이 맞는다면 바로 수술해야 합니다. 이런 작은 곳에선 턱도 없죠."

"그럼?"

승범은 뒤에 앉아 있는 소라 아버지를 봤다.

"여기보다 유능한 의료진과 설비가 잘 되어 있는 큰 병원이 아픈 아이에게 적합합니다. 제일한방병원. 그 병원장이 이 방면에 명의입니다. 한방병원이라고 다 한 의학으로만 치료하는 건 아닙니다. 양방과의 협진으로 체계가 잘 구축되어 있습니다. 병원장은 몇 번이고 이 병을 완치시킨 능력자입니다. 종양이 크지 않다면 충분히 가능성이 있습니다. 당신, 정말 아이를 살리고 싶습니까?"

"그 사람이 봐 줄 수 있단 말인가? 당장 시급한데. 그런 사람이라면 치료받겠다고 대기하는 사람도 많지 않겠나?"

수정이 물었다. 그 말을 무시하고 승범은 다시 물었다.

"말해 보세요. 소라를 살리고 싶습니까?"

소라 아버지는 고개를 들었다. 눈물을 흘리는 그가 소라를 봤다.

"정말로 소라는 살 수 있습니까?"

"제가 어떻게든 살리게 하겠습니다."

승범은 결연한 의지가 담긴 얼굴로 고개를 끄덕였다. 소라 아버지가 고개를 숙였다.

"……부탁합니다."

말이 떨어지자마자 승범은 차 키를 챙겼다.

밖은 어느새 아침이었다. 승범은 소라를 데리고 차로 가 뒷좌석에 눕혔다. 수정도 그 옆에 앉아 아이의 머리를 자신의 무릎 위에 조심히 올려놨다. 승범이 건네는 담요를 소라에게 덮자 뒷문이 조심히 닫혔다.

일찍 일어나 해장국을 만들어 가지고 오던 정미가 차에 타려는 승범을 발견했다. 심상치 않은 분위기에 그에게로 얼른 달려갔다.

"다들 무슨 일이에요?"

정미에게 다가온 승범의 셔츠엔 피와 더러운 얼룩이 묻어 있었다.

"소라가 생각보다 병이 깊어서 서울에 갈 거예요. 오늘 한의원 예약하신 분들 잘 부탁해요."

"설마, 제일한방병원에?"

놀란 정미가 그의 팔을 붙잡았다.

'거기서 쫓겨난 사람이 거기를 자기 발로 간다고? 가면 그들이 환영합니다! 하고 반겨 주나? 어떻게든 물고 뜯으려고 할 텐데. 가뜩이나 여러모로 힘든 사람이.'

그녀의 표정에 드러난 속내를 읽은 승범이 자신의 팔을 잡은 정미의 손을 가만히 붙들었다.

"괜찮을 거예요. 소라도, 나도."

승범은 소라 아버지를 돌아봤다.

"절 따라오시다가 길을 잃었을 경우 제일한방병원으로 바로 오십시오."

"네."

"정신 바짝 차리세요. 사고라도 나면 곤란합니다."

"네."

승범은 그의 어깨를 두드리고는 운전석에 올랐다. 소라 아버지도 1톤 용달차에 올랐다. 그 옆에 소라 엄마가 있었다. 승범은 시동을 걸었다. 그리고 서울로 가는 방향으로 차를 몰았다.

◇◇◇◇

아침 일찍 출발해서 서울에 도착했을 때도 아직 오전이었다. 도심은 출근하는 차들로 복잡했고 승범은 그 사이를 잘 빠져나가거나 익숙한 골목길로 가로질렀다. 그렇게 서울 제일한방병원에 도착했다. 수정은 으리으리한 건물을 올려다봤다. 이곳에서 승범이 잘나갔다는 사실이 믿어지지 않았다. 한방병원 입구에 차를 세우자 경비가 뛰어나왔다.

"여기에 이렇게 차를 세우시면 안 됩니다. 어? 선생님?"

"급한 환자가 있어서 이해해 주십쇼."

"그래도 이렇게 세우시면."

뒷좌석에서 소라를 조심스레 안아 들며 그는 차 키를

경비원한테 던지듯 건넸다.

"죄송합니다. 대신 주차해 주시면 감사하겠습니다."

"아니, 선생님!"

승범은 자신을 부르는 소리에도 대답하지 않고 달렸다. 원무과와 예진실이 있는 1층 로비는 이미 환자들로 북적거렸다. 밖의 소란에 안을 지키던 몇몇 경비들이 승범을 발견하고 그를 막았다.

"선생님, 진료를 받으시려면 접수를 먼저 하십시오."

"잠깐 병원장님을 뵈면 됩니다."

"병원장님이요? 약속하셨습니까?"

"그럼요. 김승범이 병원장님을 기다린다고 전해 주십시오."

그 말에 경비원 중 한 명이 전화하러 원무과 안으로 들어갔다. 전화를 받으면 궁금해서라도 내려오겠지. 그렇다면…….

"뭐가 이렇게 소란스러워?"

귀에 익은 목소리에 승범은 인상을 썼다. 그의 앞으로 부원장이 된 송기윤이 왔다. 건들거리는 모습으로 보아 아까부터 이 상황을 본 것 같았다. 앞에 선 송기윤은 승범과 눈이 마주치자 어설프게 놀라는 척했다.

"아니, 이게 누구야. 여기서 일하다 잘린 김승범 전문의 아니야? 어쩐 일로 이곳에 왔대? 다시는 안 올 것처럼 나가더니."

기윤의 말에 대기실에 있던 사람들의 이목이 몰렸다.

'아주 병원이 떠나가라 소리를 지르시지?'

승범은 속에서 치미는 말을 얼른 짓씹었다. 안고 있는 소라의 몸이 찼다. 송기윤이 그가 안은 아이를 힐끗거렸다. 송기윤에겐 여러 능력이 있는데, 하나는 눈치가 빠르고 하나는 승범의 속을 어떻게 긁을지를 잘 안다는 것이다. 히죽 웃는 꼴을 보니 둘 다 활용하려고 각을 재는 듯했다. 송기윤이 입을 열었다. 순간을 놓치지 않고 승범은 말을 가로챘다.

"한 번만!"

송기윤은 입을 연 채로 고개를 갸웃했다. 승범은 재빨리 이어 말했다.

"한 번만 봐 줘."

"뭐라고?"

"그때 내가 널 때린 거 정말 미안하게 생각해. 진짜야. 그땐 네가 내가 부모님이 없다고 해서 제정신이 아니었어. 너도 알다시피 나한텐 그게 트리거잖아. 참을 수가 없었어."

당황한 송기윤은 눈동자를 굴려 사람들의 시선을 의식했다.

"야, 너 그것 때문만이 아니었잖아."

"그래, 그것 때문만은 아니었지. 인정해. 난 늘 네 부모님이 부러웠어. 아들을 위해서 어디든 돈을 흔쾌히 쾌척하시는 분들이 부럽지 않다면 바보지, 안 그래? 그래서 그랬어. 아무것도 없는 우리 부모님과 모든 걸 가진 너의 멋진 부모님. 질투가 나서 늘 널 앞서고 싶었어. 결국 그럴 수는 없었지만. 내가 미안해."

승범은 어깨를 늘어뜨렸다. 송기윤이 한걸음 뒤로 물러났다. 이 녀석 뭘 잘못 먹었나. 이렇게 쉽게 사과할 놈이 아닌데, 왜 이러나 싶었다. 낯선 모습에 당황하던 송기윤은 수군거리는 사람들을 봤다.

"이 자식, 돌려 까기냐?"

"비록 나는 이 한방병원에 발을 들여놓아선 안 되겠지만, 아픈 이 아이만이라도 진료를 봐 줘. 환자들이 뽑은 유능한 너라면 이 아이를 치료해 줄 수 있잖아, 그렇지?"

"무슨 수작이야?"

송기윤은 참지 못하고 소리를 질렀다. 따르릉. 그때 원무과의 전화가 울렸다. 직원이 전화를 받았다. 그가 고개를 숙이며 대답하는 모습에 승범은 위층으로 이어지는 테라스를 봤다. 그곳에 병원장 김진태가 핸드폰을 귀에 댄 채 그들을 내려다보고 있었다. 승범과 눈이 마주친 그가 올라오라는 손짓을 했다. 직원이 나와 승범 앞에 섰다.

"올라오시랍니다."

"뭐? 누가?"

송기윤이 성질을 냈다. 승범은 몸을 숙여 그만이 들릴 만한 목소리로 말했다.

"야, 얼굴 펴. 너 지금 붉은 면상에 목과 눈까지 빨개. 현기증도 나지 않아? 너 급성 고혈압 의심돼. 약 먹어. 알지? 삼황사심탕이야."

승범은 목덜미를 잡는 송기윤을 두고 몇 발자국 떨어져 있는 수정에게 다가갔다. 별꼴을 다 보인다 싶었다.

"여기서 기다리세요. 제가 어떻게든 소라 입원시키고 연락드릴게요."

그렇게 말하고 승범은 엘리베이터로 갔다. 때마침 열리는 엘리베이터를 타고 맨 위층 버튼을 눌렀다. 문이 천천히 닫혔다. 황금빛으로 빛나는 엘리베이터 문에 자신의 얼굴이 비쳤다. 몇 달 전 이걸 타고 위로 올라갔던 때가 기억났다. 그때는 번지르르한 모습이었다면 지금 저 얼굴은 후줄근하고 피곤함에 절어 있었다. 그런데 웬일인지 마음은 편했다. 품에서 아이의 작은 몸이 꼼지락거렸다.

◇◇◇◇◇

엘리베이터 문이 열렸다. 순식간이었다. 승범은 열린

병원장실 문을 바라봤다. 비서가 인사를 하고 들어가라고 했다. 고급 카펫이 깔린 내부로 들어가자 귀를 때리던 구둣발 소리도 더는 들리지 않았다. 상석에 앉은 김진태가 찻잔을 입에 갖다 댔다.

"이렇게 요란하게 오기 전에 미리 연락할 생각은 하지 못했나?"

후루룩. 뜨거운 차가 입속으로 사라졌다.

"정말 급해서요."

"뭐가 그리 급했나?"

"7세 여아입니다. 드러난 증상으로 수모세포종이 의심됩니다."

"검사는 안 했나?"

"그럴 만한 장비가 없습니다."

김진태는 고개를 끄덕거렸다. 그가 손가락을 들었다.

"내가 자네라도 나에게 달려왔을 거야. 그러나 그렇다는 말이지, 내가 봐 주겠다는 의미는 아냐. 지금 나한테 진료를 받으려고 기다리는 환자들이 얼마나 많은 줄 아는가? 굳이 분란을 만들고 해고된 자네를 위할 만큼 내가 한가하고 마음이 넓지 않아."

다시 차를 후루룩 마셨다. 쩝쩝. 입맛을 다시는 소리가 참으로 귀에 거슬렸다. 승범은 소라를 잠시 소파에 내려놨다. 김진태의 작은 눈이 승범을 따라 대굴대굴

굴렀다. 승범은 김진태 앞에서 무릎을 꿇었다.

"내신 뉴스 봤습니다. 저 때문에 심란하셨을 텐데 정말 죄송합니다. 깊이 반성하고 있습니다. 별것도 아닌 제가 높으신 병원장님께 감히 대든 점 사죄드립니다. 다시는 절대 그 권위에 도전하는 일은 없을 겁니다. 부디 노기를 풀어 주십시오."

승범은 허리까지 숙였다. 찻잔을 내려놓은 김진태는 소파에 몸을 기댔다. 다리를 꼬고 자신의 앞에 엎드린 젊은이를 내려다봤다. 동영상이라도 찍고 싶은 마음이 들었지만, 품위에 어긋나는 짓이기에 참았다. 그는 소파 위에 누운 아이를 봤다. 이미 이곳까지 올라오는데 많은 눈과 귀가 보고 들었다. 참으로 요란했다. 이것도 저놈이 세운 계획일까? 약삭빠른 놈. 들어주지 않는다면 저 아이를 이용해서 자신을 바싹 쥘 것이었다. 크흠. 김진태는 꼬았던 다리를 풀고 헛기침을 했다.

"내 그 사죄를 받아들이지. 아이의 소중한 목숨을 가만히 두고 볼 수만은 없지. 내가 직접 진료할 테니 걱정하지 말게."

관대한 그 말을 듣자 승범의 얼굴에 화색이 돌았다. 처음 보는 표정이라 김진태는 궁금했다.

"이 아이와 무슨 사이인지 물어도 되겠나?"

"무슨 사이요? 어, 그게…… 제 첫 환자입니다."

허헛, 웃음이 터졌다. 김진태가 웃자 승범은 영문을
몰라 한다.
 "자네 무슨 일이 있었던 건가? 많이, 변했군."
 "네?"

 병원장실에서 나온 승범은 마지막 병원장의 말에 여
전히 고개를 갸웃거렸다. 자신은 그대로인데 많이 변
했다니? 자존심 다 버리고 무릎까지 꿇은 모습에? 원
래 승범은 그렇게까지 할 생각이 없었다. 자신의 잘못
을 사죄하며 인정에 호소하거나 뇌물에 대한 값을 봐서
라도 아이를 치료해 주십사 간곡히 요청할 생각이었다.
그 정도가 적당하다고 생각했으나 소라의 작은 몸을 안
고 병원장을 마주한 그 순간 자신이 가장 바라는 게 무
엇인지 깨달았다. 아픈 소라의 치유. 그거에 비하면 무
릎 꿇는 것쯤 아무것도 아니었다. 그 생각에 미치자 비
로소 자신이 많이는 아니더라도 조금은 변했다고 인정
했다.
 1층 엘리베이터에서 내리자 사이렌 소리가 크게 들
렸다. 제일병원은 한방병원에서 출발해 양방병원까지
갖춘 양한방 협진 병원이었다. 한방병원 후문 너머 양
방병원 건물 사이, 응급실 앞으로 구급차가 소란스럽게
들어왔다. 차에서 구급대원과 환자가 내리자 응급센터

에서 의사와 간호사가 나왔다.

그때 승범의 앞에서도 의사가 달려왔다.

"비켜요, 비켜!"

의사가 요란을 떨며 어깨를 스치고 지나가자 승범이 그 자리에서 펄쩍 뛰어올랐다. 한기로 저릿저릿한 어깨를 문지르며 뒤를 돌아봤다.

"어휴, 병원이라서 그런가, 의사도 죽은 귀신이네."

그렇게 투덜대며 1층 로비로 가니 그를 발견한 소라 아버지가 달려왔다.

"선생님, 소라는요? 어떻게 되었습니까?"

승범은 소라 아버지를 데리고 접수처로 갔다.

"다행히 병원장님께서 손수 봐 주시기로 약속하셨습니다. 그러니 이쪽에서 입원 수속을 하시면 됩니다."

그렇게 말하며 그 옆을 보자 내내 그들을 뒤따르던 귀신인 소라 엄마의 얼굴도 밝아졌다. 소라 아버지는 울먹거렸다.

"이게 다 제가 어리석어서입니다. 어린 딸이 그렇게 아픈데도, 눈 막고 귀 막고, 괜찮을 거라고, 금방 나을 거라고. 죄송하고 고맙습니다. 선생님이 아니었다면 저는 정말이지."

"아직 울 때가 아닙니다. 완치까지는 시간이 얼마나 걸릴지 알 수 없습니다. 두 분 다 마음을 굳게 먹으시고."

"……네?"

"네?"

잠시 승범과 소라 아버지 사이에 침묵이 흘렀다. 소라 엄마가 옆에 있는지 소라 아버지는 모르겠구나.

"소라 어머니께서도 하늘에서 걱정하고 있을 테니 함께 힘을 내시라는 말이었습니다. 그런데 고 사장님은 어디에 계십니까?"

승범이 얼렁뚱땅 말하며 주제를 돌렸다.

"아, 잠시 바람 좀 쐬신다고 저기 밖으로 가셨습니다."

"저도 그곳에 가겠으니 어서 접수하세요. 그럼."

◇◇◇◇◇

불안에 떠는 소라 아버지를 로비에 남겨 두고 수정은 잠시 밖으로 나왔다. 작은 정원에서 사람들이 산책하거나 수다를 떨었다. 비가 오려는지 흐린 하늘에 습기를 실은 미지근한 바람이 불었다. 그녀는 나무 벤치에 앉아 회색빛 빌딩 숲이 펼쳐진 도심을 바라봤다. 바로 앞도 흐릿해서 잘 보이지 않고 공기마저 탁했다.

"김승범 선생 왔다며? 로비에서 부원장님이랑 한바탕했다는 말 들었어?"

"정말?"

"김승범 선생이 누군데요?"

수정의 옆에서 세 명의 흰 가운을 입은 사람들이 수군거렸다.

"아, 자기는 들어온 지 얼마 되지 않아서 모르겠다. 실력이 있는 한방 전문의였는데 얼마나 빤질거리는지 명품 아니면 안 입었어. 아주 까칠해서 환자들의 컴플레인이 장난 아니었지. 그런데 실력은 있어서 성격이 더러워도 환자들이 찾으니 자연히 자리도 오르고 콧대도 오르고. 한도 끝도 없이 오르다가 지 주제도 모르고 뇌물로 부원장 자리 꿰차려다가 걸려서 잘렸대. 뉴스에도 났잖아."

"정말요? 어쩐지 부원장님이 그 사람 앞에서 꼼짝도 못 하시더라. 근데 그런 사람이 여기에 왜 왔대요?"

"모르지. 병원장님과 약속이 되어 있댔으니 병원장님이 부르셨나?"

"설마 다시 여기에 오는 건 아니겠지?"

"뉴스에도 난 사람을 뭐가 아쉬워서?"

"쉿!"

수정의 앞으로 승범이 달려왔다. 그의 얼굴이 밝다.

"소라 아버지가 여기에 계신다고 해서요."

그녀는 자신의 옆에서 떠들던 사람들을 봤다. 그들은 사색이 되어 도망쳤다. 그런 그들의 뒷모습을 보자 승범이 그 시선을 좇았다. 꽁지가 빠지라고 사라지는 모습에 고개를 갸웃거렸다.

"왜요? 쟤들이 시비 걸었어요?"

"소라는?"

"잘됐어요. 병원장님이 직접 봐 주시기로 했습니다. 지금 소라 아버지는 입원 수속 밟고 있고, 소라는 검사 준비하고 있고요. 지금부터 시작입니다."

"다행이구면."

수정은 자리에서 일어났다. 가슴이 답답했다. 주먹으로 퍽퍽 가슴을 쳤다.

"갑자기 왜요? 목마르십니까? 저기 정수기가 있는데."

"……."

수정은 옆에서 수다를 떠는 승범을 두고 앞서 걸었다. 역시 서울의 모든 것은 자신의 마음에 하나도 들지 않았다. 툭툭. 궂은 하늘에서 기어이 비가 쏟아졌다.

11. 의사 조근우

서울 제일병원.

아직 진료 시작 전인데도 컴컴한 대기실에 사람들이 모였다. 모두 새벽부터 준비하고 병원에 왔으리라. 약품 냄새가 진동하는 병원에서 저마다 웅성거리는 대기실 의자에 앉아 있으려니 접수대 안에서 직원들이 나왔다. 그들이 자리를 잡자 대기실에 불이 켜지고 사람들은 그들 위 숫자판에 자신의 숫자가 켜지길 기다렸다.

예약 환자들은 저마다의 증상에 따라 각 과로 향했다. 가정의학과, 감염내과, 신경과, 외상외과, 순환기내과, 신경과, 안과 등등 층마다 가서 그 앞에 준비된 의자에 앉았다. 화면에 이름들이 나열됐다. 딩동 소리에 이름이 깜빡이면 그 주인이 일어나 방 옆에 앉아 있는 간호사 앞으로 갔다. 간호사의 안내로 열린 방문 안으

로 들어가는 사람들. 나오는 시간은 대중없다. 빠르거
나 늦거나. 예약했어도 한참을 기다렸다.

그사이 병원 안에는 많은 소음으로 가득했다. 아이의
울음소리, 기침 소리, 두런두런 수다를 떠는 소리, 방송
으로 누군가를 찾는 소리 그리고 저 멀리서 울리는 구
급차 소리. 수많은 창으로 해가 들고, 졌다.

구급차에 실려 온 위중 환자가 응급실 안으로 들어섰
다. 누군가가 교통사고 환자라고 소리를 질렀다. 침대
는 팔다리의 뼈가 으스러진 남자가 흘린 피로 흥건했
다. 부푼 복부를 본 의사가 소리를 질렀다.

"어서 빨리 수술실을 잡아야 해! 마취과 김 선생님한
테 연락하고, 지금 수술 없는 선생님은 누구 있지?"

의사가 간호사를 향해 물었다. 비쩍 마른 몸에 머리
카락은 감지 못해 떡이 졌으며 안색은 병약해 보여 하
얀 가운을 입고 있지 않았으면 그가 환자 같아 보일 지
경이다. 간호사는 그의 물음에 대꾸하지 않았다. 오히
려 다른 선생님을 불렀다. 간호사의 부름에 달려온 선
생이 그를 지나쳐 환자 상태를 살폈다.

"뭐 하는 거야? 빨리 수술해야 한다고!"

그는 기계를 들여다보며 촉진을 하는 의사와 그 옆에
서 보조하는 간호사를 보고 고래고래 소리를 질렀다.
그들은 그를 가볍게 무시했다. 몇 번 그 자리에서 분개

하던 의사가 어깨를 늘어트렸다. 그는 슬리퍼 신은 발을 질질 끌며 응급실을 나왔다. 그 앞에서 깊은숨을 내쉬었다.

"들을 리가 없지."

가운 주머니에 두 손을 찔러 넣으며 고개를 숙였다. 곧 어깨가 파르르 떨리고, 그는 주머니에서 손을 빼 들었다.

"눈앞에서 사람이 죽어 가는데도 살리지 못하는 의사."

길고 울퉁불퉁한 손가락을 빤히 들여다보며 중얼거렸다. 그는 머리를 쥐어뜯었다.

"죽어라 공부했건만, 급사라니. 자괴감 들어!"

의사는 주저앉아 울부짖었다. 톡톡. 그때 누군가가 그의 어깨를 두드렸다. 화들짝 놀란 의사가 뒤를 돌아봤다. 병원에 많은 귀신이 있었다. 그들이 너무 무서워서 최대한 마주치지 않으려고 했는데, 이목을 끌었나? 명품 정장을 차려입은 한 남자가 그를 보며 싱긋 웃었다.

"아이고, 선생님. 안녕하십니까. 성함이 조근우 님?"

승범은 의사 가운 왼쪽 가슴팍에 달린 이름을 들여다봤다. 놀란 의사가 황급히 가슴을 가렸다.

"저, 저승사자십니까? 봐주세요. 저는 아직 저승에 갈 마음의 준비가…… 흑흑. 저는 억울합니다. 어렸을 적부터 의사가 꿈이었고 이 길만을 바라보며 놀지도 않고 죽어라 공부만 해서 겨우 외상외과에서 다친 사람들을 살리는 일을 하게 되었는데, 겨우 이국종 교수님의 뜻을 받들게 되었는데, 이렇게 허망하게 죽다니요. 너무, 억울합니다."

그는 팔로 눈물을 닦았다. 눈물 대신 피가 팔에 묻어났다. 그의 앞에 있던 남자가 주위를 살폈다. 무언가에 쫓기는 듯이 두리번거리더니, 한 발자국 다가섰다. 고개를 숙여 누가 들을세라 목소리를 줄였다.

"내가 당신의 한을 풀어 주겠소."

◇◇◇◇◇

어두운 밤, 한약방의 불이 꺼진 거리는 고요했다. 저 멀리서 누구네 집의 개가 짖어 메아리처럼 울렸다. 산업도로에서 간간이 내달리는 차 소리와 시간이 되면 지나가는 기차 소리가 까마득히 들리면 지척에서 들리는 풀벌레가 숨을 죽였다.

한의원 건물 옥상에서 승범은 캠핑용 화로대에 장작불을 지폈다. 불꽃이 점차 커지고 매캐한 연기에 콧물을 훌쩍이며 승범은 준비한 상자에서 비닐에 쌓인 것들을 꺼냈다.

"정말 태우면 다 이쪽으로 넘어오는 겁니까?"

승범 옆에 있던 의사 조근우가 믿음이 가지 않는다는

표정을 지었다.

"제 눈으로 다 보았습니다."

단호하게 얘기했지만, 승범도 불안했다. 서울에서 귀신 의사 조근우와 스치듯 지나치고 돌아서니 문득 한 생각이 들었다. 한의사가 귀신을 치료해 주는 건 한을 풀어 주는 건데, 귀신 의사가 진짜 귀신을 치료할 수 있지 않을까? 이 가설을 증명하기 위해 둘은 비장한 각오로 불 앞에 섰다.

포장을 뜯지도 않은 수술용 실과 바늘인 봉합사를 불길 속에 집어넣었다. 그리고 이어 수술용 옷과 장갑 그리고 마스크. 이건 조근우가 특별히 청한 물건이었다.

"아니, 이게 굳이 필요합니까?"

귀신의 겉으로 보이는 상처를 봉합하는 치료를 하기 위해 의료 용품을 태우는데, 승범은 '굳이 이런 것까지 필요한가?'라는 생각이 들었다. 귀신들이 바이러스나 세균으로 인해 감염될 일이 있을 리가 없잖은가.

"의사의 하얀 가운처럼 귀신들에게 보이는 믿음과 신뢰라고 생각하세요."

승범의 불만에 조근우는 차분히 대꾸했다.

오옷. 집어넣은 물건들이 검은 재가 되자 가만히 보고 있던 조근우가 탄성을 내뱉었다. 그가 불길 속에 손을 넣어 무언가를 움켜쥐어 꺼냈다. 하나둘씩 태웠던

물건들이 저세상의 물건이 되어 나왔다. 허억. 승범은
숨을 들이켰다. 다시 봐도 놀라운 광경이었다.

"첫 번째 실험은 성공적이군요."

조근우가 중얼거렸다. 그걸 본 승범이 상자에 있는
것들을 쏟았다. 불길 속에서 메스와 겸자, 가위, 솜, 헤
드라이트 등이 타올랐다.

밤공기에 섞인 장작을 태운 냄새가 옅어졌다.

옥상 계단에서 내려온 승범은 2층 유리문을 밀었다.
딸랑. 한의원 문에 단 종이 울렸다. 조심히 문을 잠그고
스위치를 켜자 전류가 도는 소리와 함께 한의원에 불이
켜졌다.

승범은 복도를 지나 침구실로 향했다. 길게 쳐진 커
튼을 젖히자 침대 위에서 배를 까고 누워 있는 공실이
있었다. 그녀는 눈을 감고 죽은 듯이 누워 있다. 승범의
뒤로 조근우가 나타났다. 불에 태워 보낸 온갖 장비를
찬 의사 귀신이 수술복까지 갖춰 입고 침구실 안으로
들어왔다. 공실의 옆에서 기도하던 조근우는 길게 심호
흡을 하고 눈을 떴다. 그가 승범을 봤다. 마주 보던 승
범이 고개를 끄덕였다.

"그럼 수술 시작하겠습니다."

결연하게 조근우가 말하자 공실이 눈을 번쩍 뜨고 다

리 밑에 선 승범을 봤다.

"다 죽어서 수술이 뭐야? 이걸 꼭 해야 해?"

"내가 아줌마 한, 다 풀어 줄게. 그러니 나만 믿고, 아니, 이 의사 귀신 선생님까지 믿고 가만히 누워 있으세요."

승범의 말에 조근우가 다시 고개를 끄덕였다.

"그래요, 공실 귀신 환자분. 저만 믿으세요. 자, 개복하겠습니다."

공실이 다시 고개를 들었다. 이미 째진 배를 뭘 또 개복한다는 건지 불만스러운 얼굴이었으나 조근우는 공실의 이마를 눌러 눕게 했다. 그는 배를 열어 고정하고 찢어진 부분을 봉합하기 시작했다.

"오, 된다! 한의사님! 이걸로 두 번째 실험, 아니, 성공!!"

'정말 이게 될까?' 의심했던 조근우가 소리쳤다. 승범은 그 모습을 보고 헤벌쭉 웃었다.

'나는 역시 천재다!!'

"아줌마, 뭐 먹고 싶다고 했지? 짜장면? 짬뽕? 갈비? 말만 해요. 내가 다 사 줄게요."

"아니, 돈이 어딨다고 다 사 준대."

"으응, 걱정하지 마요. 땡잡았으니까."

승범은 수술에 열중하고 있는 조근우를 정말 사랑스

럽게 쳐다봤다. 이제까지 귀신을 보면서 사지가 멀쩡한 귀신보다 멀쩡하지 않은 귀신들이 많았다. 그들에게 펼칠 이 아이템!! 앞으로의 사업 계획이 머릿속에 펼쳐졌다.

귀신들이 사람 환자를 끌고 몰려올 생각에 벌써부터 행복했다. 입술로 실실 바람이 빠지는 것처럼 웃음이 새어 나왔다. 게다가 이제 무엇을 먹어도 흘리지 않을 공실은 오랜만에 포만감을 느낄 것이다.

"공실 귀신 환자분, 아프세요?"

조근우가 헤진 배를 꿰매며 물었다.

"그럼 귀신이 아니게?"

따스한 말이었지만, 괜스레 불안해진 공실은 고개를 들어 입술을 삐죽였다. 갑자기 부르더니 웬 의사 귀신을 데리고 와서 자신의 배를 꿰매겠단다. 먹고 싶은 거 마음껏 먹게 해 주겠다고.

'괜히 이걸로 내 한 들어준 거라며 나와의 약속을 모르쇠로 하는 건 아니겠지?'

승범이 소라 엄마의 한을 풀어 주자 귀신들 사이에서 그에 대한 소문이 빨리 돌았다. 수정도 해내지 못한 일을 해내니 공실과 승범이 예견했던 것처럼 한의원에도 귀신 환자가 치료를 위해 대기할 정도였다. 그가 더 바빠지기 전에 공실은 승범이 자신의 한을 풀어 주길 바랐다.

날이 지날수록 수정의 병세는 깊어졌다. 그런 수정을 보며 더는 기다릴 수 없었다. 그녀에게서 기대하느니 이제 하루라도 더 빨리 승범이 유골 단지를 남편에게서 가져와야 했다.

그런 공실의 마음도 모르고 승범은 대박의 단꿈에 젖어 실실거렸다.

12. 공실의 한

태풍이 지나갔다. 거센 바람과 비에 숨죽이고만 있었던 매미가 울어댔다. 아직 해가 뜨지 않은 새벽부터 밤늦게까지 우는 게 참으로 그악스러울 정도다.

탁.

정미는 청소가 끝나자마자 창문을 닫았다. 먼지가 바람결에 쓸려나가는 대신 후끈한 여름의 열기가 밀려들어 대기실은 찜통이었다. 이중창이 닫히자 매미의 울음도 아득히 멀어졌다. 그녀는 에어컨을 작동시켰다.

"오늘도 앞집 가실 거예요?"

정미가 신문이 흩어지지 않게 가운데에 스테이플러로 심을 박으며 물었다. 진료실 의자에 몸을 깊숙이 묻고 있던 승범은 고개를 들었다. 그리고 한숨을 내쉬었다. 그 소리에 신문을 접던 정미가 그를 봤다.

"뭐예요, 그 한숨은?"

서울에 다녀온 뒤로 얼굴이 꽃 핀 것처럼 환하더니 요 며칠 또 기운이 없다. 본인 손으로 고치지 못해서 자존심이라도 상했나 살펴도 전혀 그런 내색은 없었다. 병원에 간 소라는 조금씩 말을 하기 시작했고, 하루에 한 번은 승범과 전화 통화까지 하면서 어딘가 아프진 않은지, 밥은 잘 먹는지 등 사사로운 대화를 했다. 그 순간만큼은 온갖 짐을 다 내려놓은 듯 경쾌하더니 어느 순간부터는 죽상이다.

"혹시 가서 자리 없나 알아봤다가 까였어요?"

"공과 사는 명확하시더라고요."

"물어는 봤네."

"흐흠."

승범은 팔짱을 꼈다. 신문을 멀찍이 밀어 놓고 정미는 데스크에 턱을 괴었다.

"왜 그러는데요?"

천장을 보던 승범은 다시 한숨을 쉬었다.

"여자들은 왜 그래요?"

"왜요? 한약방 사장님이 뭐라고 했어요? 아니면 그 귀신 아줌마?"

아무렇지 않게 묻는 정미의 말에 의자에서 미끄러진 승범은 자세를 고쳐 잡았다. 그녀를 놀란 눈으로 쳐다봤다. 가끔 정미는 승범의 머릿속을 들어갔다가 나온 것처럼 굴었고 그때마다 그는 놀랐다.

"어떻게 그렇게 잘 알아요? 혹시 내가 속에서 하는 말을 입 밖으로 냈나?"

"원장님한테 여자라고 해봤자 그분들밖에 더 있어요? 왜요? 또 뭘 잘못했는데요?"

"몰라서 그게 문제예요. 사장님이 치료해 달라고 해서 했고 서울로 갔을 때만 해도 그렇게 나쁘지는 않았거든요."

"그런데 병원에 다녀오고 나서부터 쌀쌀맞으시다?"

정미가 팔짱을 끼며 승범의 말을 이어 말했다. 승범이 의자를 붙잡고 하소연했다.

"공실 아줌마도 그렇다니까요! 뭔가 데면데면해. 나한테, 나한테 막 귀신 환자도 소개해 줘야 하는데! 이번에 내가 얼마나 잘했는데. 비록 내가 고치지는 못했지만, 그래도 내가 그 재수탱이 송기윤한테 설설 기고! 원장 앞에서 무릎까지……."

"무릎까지 꿇으셨어요?"

'지 모가지가 날아가는 순간에도 그 존심 때문에 고개 빳빳이 들던 인간이 뭐가 어쨌다고?'

자리에서 벌떡 일어난 정미 앞에서 승범은 입을 꾹 다물었다.

"크흠, 그건 됐고요. 암튼 난 잘못한 게 없어요! 그런데 돌아와서 둘 다 나한테 찬바람을 날리다 못해 냉기를 흘리고."

얘기는 끝났다는 듯 승범은 의자에 몸을 구겼다. 이마를 짚은 정미는 다시 자리에 앉았다. 뇌물을 먹튀하고 자르기까지 한 원장에게 승범 스스로 무릎까지 꿇으며 부탁을 했다니. 너무 충격이었다. 저렇게 자존심 강한 인간이 아무리 환자 때문이라지만, 갑자기 무슨 심경의 변화가 있어서? 정말 돈 때문만일까? 아니라면 뭔데?

거기까지 생각하던 정미는 다시 늘어진 승범을 힐긋거렸다. 그리고 이야기에 전염이라도 된 듯 승범처럼 한숨을 쉬었다.

딸랑, 11시 30분 예약 환자인 이불집 사장님이었다.

"오셨어요?"

정미의 인사에 승범도 인사했다.

"두통은 좀 어떠세요?"

"통증은 좀 줄어들었는데, 그래도 계속 아파요."

"이쪽으로 오세요. 침부터 맞으시죠."

"근데 머리에 사혈하면 괜찮아요? 내가 당뇨라 염증 생길까 봐."

"표피 자극이라 괜찮습니다."

환자들은 점점 많아졌다. 정미의 홍보 효과가 빛을

발하고 있었다. 게다가 이번에 소라의 일까지 소문이
나서, 안 좋은 이미지를 잊고 제 발로 찾아오시는 분들
도 계셨다. 9시엔 배달하다가 교통사고로 후유증이 남
은 쌀집 아줌마, 10시엔 수선으로 어깨와 손목이 아픈
수선집 사장님. 시간마다 예약 환자들이 다 찼다. 분명
즐거워야 하는데 승범은 가슴 한구석이 모가 난 것처럼
꺼끌꺼끌 거슬렸다.

"왜 그런지 궁금해요?"

침을 놓고 나온 그에게 정미가 대뜸 물었다. 승범은
천장을 봤다. 수정은 거의 맨날 자신을 쌀쌀맞게 대했
으니 그렇다 치고, 공실까지 갑자기 화난 듯 행동했다.
어서 찝찝한 이 기분에서 벗어나고 싶었다. 그는 고개
를 끄덕였다.

"그럼 물어봐요."

"응?"

"단도직입적으로 왜 그런지, 왜 화가 났는지. 들어 보
고 잘못했으면 정중하게 사과하세요. 이렇게 끙끙 앓기
만 해선 답이 나오지 않아요. 누가 알아요? 사실은 정말
아무것도 아닌 사소한 이유일지도?"

그럴듯했다. 만약 사소한 이유가 아니면 사과하면 된
다. 정미의 말에 용기를 얻은 그는 구겨진 가운을 벗었
다.

"모르면 물어보라! 오케이, 좋았어!"

머리를 한 번 쓸어올리고 숨을 크게 내쉬었다. 공실이 좋아하는 과자를 사 들고 가서 물어보자. 다짐하고 문으로 가는데.

"잠깐!"

정미가 팔을 뻗어 그를 세웠다.

"왜요?"

"또 막 재수 없게 굴지 말고, 숨 크게 들이쉬고 내쉬고 릴렉스하면서……."

◇◇◇◇◇

"저한테 뭐 화난 거 있어요?"

한약방에 갑자기 들이닥친 승범은 사람들이 없는 대기실 지정석에 앉아 있는 공실의 앞에 서서 물었다. 정미가 일러준 대로 숨 쉬고 내쉬다가 이게 뭐라고 긴장이 되어서는 호흡이 엉켜 숨도 쉬지 못하고 내뱉은 말은 쏘아붙이는 말이 되고 말았다. 재방영되는 드라마를 보고 있던 공실의 눈이 화등잔만큼 커졌다.

"아니, 서울에서 돌아온 후로 저한테 막!"

쌀쌀맞게 대한다? 냉정하게 대한다? 무시한다? 뒤에 할 말을 고르다가 갑자기 속에서 뜨거운 뭔가가 울컥거렸다. 뭐지?

"저한테 왜 그러시는 거예요?"

목소리가 떨렸다. 허리에 두 손을 올리고 심호흡을 했다. 뒤늦게서야 마음이 차분해지자 빈손이란 것이 떠올랐다.

"아이 씨, 과자도 안 가지고 왔네."

"승범이, 일은 이제 좀 할 만해?"

"할 만하긴요. 이 시간에 여기에 온 거 보면 모르세요?"

"소라 엄마 한도 풀어 주고, 소라 생명도 구했잖아?"

"그건 그렇죠. 그건 할 만했죠."

그깟 무릎이 뭐 대수라고. 승범은 공실의 옆에 앉았다. 잠시 한약방은 TV에서 나오는 드라마 속 대화들로 수선스러웠다. 그러나 침묵이 불편한 승범은 공실을 흘깃거리며 손톱으로 바지를 긁어댔다. 계속 화가 난 공실이 갑자기 귀신 환자 소개를 하기 싫다고 할지도 몰랐다. 이제는 승범 꼴도 보기 싫다고 할지도 모르지. 그렇다면, 대체 무슨 핑계를 대고 한약방에 온다지? 그 생각만으로 모든 게 다 처음으로 돌아간 것 같았다. 아직 돈도 못 벌었고.

'아직 난 혼자인데?'

마지막으로 든 생각에 승범은 소스라치게 놀랐다. 지금 무슨 말도 안 되는 생각을 한 거야? 급히 고개를 내저었다.

"이제 내 한도 들어줘. 내 배 꿰맨 게 다는 아니잖아."

승범은 고개를 들어 공실을 봤다.

"그거예요?"

"할 만하다며?"

"아니이. 안 들어줄까 봐 화나신 거예요?"

"들어줄 거야?"

"하, 하하."

모든 게 정미 말대로였다. 듣고 보니 정말이지.

"당연하죠. 아, 쫌! 그거라면 말만 했으면 됐잖아요! 그거 가지고 왜 화를 내요? 내가 다른 귀신들은 몰라도 아줌마 한은 꼭 풀어 준다!"

"범죄라서 싫다며?"

"아줌마 거라면서요? 주인 찾아주는 거지 뭘. 꼭 갖다줄 테니 이제 화내면 안 돼요!"

"나 화 안 났어. 근데 내 과자는 언제 갖다주는 거야?"

공실의 타박에 승범은 곧 사 오겠다며 얼른 한약방을 나왔다. 시장에서 좋아하는 한과 세트를 사다 드릴까, 고민하는 승범을 철물점의 최 사장이 불렀다.

"어이, 한의사 선생!"

철물점 앞에서 어정쩡한 상태로 서 있는 모습이 어딘가 불편해 보였다. 길을 건너 다가가자 커다란 덩치가 움찔거린다.

"허리 다치셨어요?"

승범이 팔을 뻗자 최 사장이 허허 웃으며 그 팔을 붙들었다. 억센 손길이 흔들리자 덩달아 승범도 휘청거렸다.

"역시 한의사 선생은 척하면 딱이구먼. 내 눈이 틀리지 않았어."

"침 맞으시게요?"

"2층까지 갈 수 있을까? 나 원. 고추 말리다가 삐끗하지 않겠소."

부들거리며 다리를 내딛는 것이 불안했다. 승범은 그가 넘어지면 같이 넘어지지 않게 다리에 힘을 줬다.

"그러게 진작 엘리베이터를 설치해 주셨음 서로 편하지 않습니까?"

"허허허, 고작 고추 말리다가 허리를 다칠 줄 누가 알았겠소?"

"네네, 고추 말리다가 그렇게 된 거 잘 알아들었고요. 다리에 힘 좀 더 주세요. 아니, 아니다. 철물점에 들어가 계세요. 제가 침이랑 가지고 올게요."

그 말에 최 사장의 눈가가 붉어졌다.

"이렇게 힘들 때 도와주는 인사라는 것을 모르고 싸가지 없다고 욕해서 미안하오."

더한 욕도 했겠지. 승범은 그처럼 허허 웃었다. 그저 함께 계단을 뒹구는 걸 피하고 싶었을 뿐이다.

"걱정하지 마세요. 왕진비 받을 겁니다."

◇◇◇◇◇

공실은 창밖을 봤다. 한 늙은 남자가 본인처럼 오래된 양복을 입은 채 철물점을 지나고 있다. 오늘도 어김없이. 말라비틀어진 제 몸에 맞지 않은 양복은 그가 움직일 때마다 흐느적거렸다. 그리고 딱 하고 멈췄다. 그 앞에 승범이 서 있다. 승범은 남자를 보고 인사를 했다. 남자는 못마땅한 표정을 짓다가 잽싸게 감췄다.

"아이고, 어르신 그간 안녕하셨습니까?"

특유의 넉살로 대하자 남자는 승범을 바라봤다. 짝다리를 짚고 한 손을 허리에 올리고는 면상 앞에서 한숨을 내쉬었다.

"어어, 안 그래도 내가 자네한테 할 말이 있었는데 말이야. 자네 일을 어떻게 하기에 여기저기서 전화가 오느냐 말이지. 신경 써 달라고 해서 내 친히 사람들에게 입이 마르게 칭찬했건만, 어찌 이렇게 사람 뒤통수를 치느냐 말이야! 입이 있으면 말이라도 해 보게!"

남자가 버럭 소리를 지르자 승범은 고개를 숙였다.

"그 일은 정말 할 말이 없습니다. 어찌나 이리 해라 저리 해라 하시던지 집중이 되어야 말이지요. 누가 환자고 누가 의사인지 헷갈리지 뭡니까. 특별히 신경까지 써 주셨는데 그에 보답하지 못해 안타깝습니다."

두어 달이나 지난 일 가지고 기억해 뒀다가 질책을 하는 것도 웃기고, 그에 지지 않고 사과를 가장한 '맥이기'를 하는 승범도 대단했다.

"크흠, 아무리 그렇게까지 했대도 친절이 생명인 게 자네의 일 아닌가?"

"그럼요, 어르신의 말씀이 옳습니다. 허나 환자와 의사 간에 신뢰도 그만큼 중요합니다. 저에 대한 믿음이, 치료가 될 수 있다는 그 믿음이, 기본으로 깔리지 않아 일이 그렇게 된 것이니 어르신도 너른 마음으로 이해해 주십시오."

크흠. 남자는 헛기침을 했다. 승범은 그에게 인사를 하고 한의원으로 갔다. 젊은 한의사의 패기에 공실은 코웃음을 쳤다.

'만약 내가 저랬다면, 저 인간이 경을 쳤겠지.'

남자가 길을 건너 이쪽으로 왔다. 몸은 깡말랐을지언정 풍기는 위압감은 점점 커졌다. 공실은 눈을 부릅떴다. 남자가 붙들고 있는 단지에 시선이 갔다. 저기에 자신의 뼛가루가 썩어 가고 있겠지.

"어르신 나오셨어요?"

"어어, 잘 지냈는가?"

한약방을 나서는 이가 아는 척을 하자 과하게 웃으며

손을 흔들었다.

"저는 여기저기 아파서 약을 사러 왔는데 어째 어르신은 더 젊어지셨습니다."

상대의 눙치는 말에 기분이 좋은지 하하 웃는 입에서 틀니가 딸깍였다. 상대의 눈이 가슴께에 붙든 공실의 유골함을 봤다.

"여전히 여사님을 모시고 다니시는군요. 애처가가 따로 없으셔요. 살아 계셨으면 두 분이 손 꼭 잡고 좋은 데 많이 다니셨을 텐데."

"그렇지. 내가 우리 마누라에게 잘해 주긴 했지. 더 잘해 줄 수도 있었을 텐데."

'뻔뻔하기도 하지.'

남자가 그것을 상장처럼 사람들에게 들이밀고 으스대는 꼴을 볼 때마다 토악질이 치밀었다. 서로 인사하고 헤어지자 남자의 능글맞던 웃음이 사라졌다. 그는 보란 듯 한약방 앞에서 창문을 기웃거렸다. 그러다가 공실과 시선이 마주쳤다. 자신을 보나 싶어 소름이 돋았다. 그러나 어쩌다가 마주친 것일 뿐, 남자는 눈길을 돌려 가래침을 그 앞에 뱉었다. 부들부들 떨리는 손을 꼭 말아 쥐었다. 공실은 자리에서 벌떡 일어났다. 그리고 한약방을 나섰다.

"어디 가?"

뒤에서 수정의 물음이 들렸지만, 대답하지 않았다. 그러나 뻔히 안다는 듯 혀 차는 소리가 멀어졌다.

◇◇◇◇◇

"그래서 저녁 8시에 잠을 잔다는 거예요?"

장 영감의 집이 훤히 보이는 언덕 위에서 승범은 손목시계를 들여다봤다. 집 안의 모든 불은 켜진 적이 없었다. 다만 창백한 TV의 불빛만이 큰방에서 일렁이다가 곧 꺼졌다. 어둑해지는 하늘, 가로등 불에 시계를 비추자 정확히 8시였다.

"나이 들어 생긴 습관이지. 그 좋아하는 술도 젊었을 때만 맛있지, 나이 들어 체력도 따라 주지 않으니 요즘엔 잘 마시지도 않아. 꼴에 오래 살려고 건강하다는 짓은 계속 하고. 저 인간이 왜 저렇게 말랐는 줄 알아? 소식하면 건강해진다는 말을 어디서 들어서 그래."

"아줌마 살아 계실 때부터 그랬어요?"

"아이구, 그땐 모든 음식은 지 입구멍으로 다 들어갔지. 남의 입구멍에 들어가는 걸 얼마나 싫어했는데."

공실이 입술을 삐죽였다.

"지금 자니까, 주변 눈들도 있으니 10시에 들어가면 되고. 혹시 집 근처나 집에 CCTV 있나요? 감시카메라."

"그럴 돈이 어딨어?"

"오케이. 그러면 내일 거사를 치릅시다. 아, 월담이라니. 이런 일은 처음인지라 심장이 벌써부터 벌렁벌렁하네요."

긴장으로 손에서 땀이 배어 나와 승범은 손을 맞비볐다. 공실이 눈을 동그랗게 뜨고 그를 올려다봤다.

"무슨 소리야? 난 안 들어가."

승범은 고개를 홱 돌려 그녀를 봤다.

"예? 안 들어가다뇨? 망봐 주셔야죠!"

"내가 어떻게 해서 나온 곳인데. 절대 다시 못 들어가지. 내 한이 그렇게 쉬운 줄 알았어?"

"남의 집에 몰래 들어가는 것 자체가 어려운 일이거든요. 범죄라고요, 범죄! 가서 걸리지 않으려면 아줌마가 있어야 한다고요."

"걱정하지 마! 한 번 잠이 들면 누가 업어가도 모를 정도로 자니까. 자기가 제일이라고 생각하는 종자라 문도 잠그지 않고 자니, 한의사 양반은 담 넘어 들어가서 그냥 단지만 가지고 오면 돼. 이 정도면 쉽잖아!"

그렇게 말하는 공실의 얼굴은 단호했다.

"말이야 쉽죠!"

"끝까지 나를 제 맘대로 하려고 유골 단지를 안고 다니는 게 꼴 보기 싫어."

몸서리까지 치며 하는 공실의 말이 장난하는 것 같지

않다. 승범은 어둠으로 물든 장 영감의 집을 봤다. 혼자서 하라고? 공실과 함께라면 식은 죽 먹는 것처럼 쉬우리라 생각했던 일이 갑자기 혼자가 되니 끝판왕을 처리하는 레벨이 됐다.

승범은 울상을 지었다. 귀신들의 한풀이는 정말이지 쉽지 않았다.

다음 날, 수정 한약방.

밤 10시가 가까워졌다. 열어 놓은 문으로 제법 찬바람이 들었다. 콜록콜록. 처방전을 들여다보던 수정은 터져 나오는 기침에 손수건으로 입가를 가렸다. 길게 이어지던 기침이 잦아들자 손수건을 내리고 깊은숨을 몰아쉬었다. 오늘따라 저녁 장사는 한가했다. 수정은 부쩍 조용한 한약방을 둘러봤다. 이 시각이면 어김없이 와서 공실과 요란하게 수다를 떨던 승범이 없다.

소라 엄마의 한을 하나 풀었다고 기고만장해서 여기저기 찔러 보고 있을 승범을 떠올렸다. 어쩌다가 일이 잘 풀려서 망정이지. 그러나 계속 좋은 귀신을 만나리라는 법은 없다. 선한 귀신이 있다면 악한 귀신도 있는 법이다. 이번에 악한 귀신을 만나 그 고약한 성질대로 행동한다면? 자신들을 볼 수 있고 거기에 돈 욕심으로 가득한 승범이라면, 그들은 그걸 빌미로 득달같이 달려들어 협박과 회유로 그를 이용할 것이다. 결국엔 멀쩡한 육신마저 빼앗길 테고.

'된통 당해 봐야 제정신을 차리지.'

비웃음이 나왔다. 그러다 문득 귀신을 봤다고 자신의 뒤로 숨어 벌벌 떨던 승범이 떠올랐다. 수정은 왼팔을 봤다. 그 팔을 붙들고 잘게 떨던 느낌이 되살아났다. 그녀는 먼지를 털듯 팔을 탁탁 털었다.

다시 처방전에 시선을 두려고 하는데 공실이 눈에 들어왔다. 오늘따라 공실이 이상했다. 그 좋아하는 일일 드라마도 보는 둥 마는 둥 하고 뭘 기다리는지 창밖을 흘깃거렸다. 목을 쭉 빼고 보이지 않는 모서리 방향으로 눈동자를 굴렸다.

"또, 또. 둘이 무슨 작당질이야?"

수정이 한마디 하자 공실은 안 그랬던 척 TV를 본다. 수정은 처방전을 덮었다. 더는 눈에 들어오지 않았다.

"작당은 무슨."

공실은 시치미를 뗐다.

"말해, 이 인사 어디로 갔는지. 자네는 알 거 아니야? 둘이 그렇게 찰떡처럼 딱 하고 붙어 있더니 어디로 보냈어?"

"모른다니까 그러네. 내가 뭐 일일이 한의사 선생 행적을 다 아는 것도 아니고."

수정은 책상을 두드렸다.

"내가 귀신들 풀어서 알아내야겠어?"

그렇다면 알아내는 건 순식간이고 쫓겨나는 것도 순간이다. 여기 아니면 갈 데가 없는 공실은 입술을 삐죽였다. 미간을 좁히며 잠시 고민하던 공실이 소리를 빽질렀다.

"그래! 내가 내 한 좀 풀어 달라 그랬다! 언제 죽을지도 모르는 니년이 안 풀어 주니까 그 선생한테 부탁한 거잖아!!"

"뭐? 설마 그 인사한테 단지 가져다 달라고 한 거야? 내가 언제 죽을지 몰라서, 결국엔 네 한 못 들어줄까 봐, 그게 그리 불안하다고 아무것도 모르는 젊은이를 끌어들여?"

"그래! 내가 그랬다. 매일같이 여기에서 남편 놈, 그 새끼 면상 보는 것도 지긋지긋하고 내 뼛가루 단지 끌어안고 남들 앞에서 착한 척 흉내 내는 꼴 더는 보기 싫어서 그랬다! 내가, 내가 어떻게 죽었는데!"

"미쳤어? 그렇다고 부탁할 걸 부탁해야지. 네 지랄 같은 남편 놈이 잘도 그냥 주겠다. 훔치라고 했지? 시키는 년이나, 하는 놈이나."

수정은 소매를 걷어붙이고 한약방을 나섰다. 공실이 쫓아 나왔다.

"가 봤자야. 벌써 들어갔을 거라고. 한창 잘 시간이라 걱정 없어!"

"그러다 걸리면! 그 인간한테 뼈도 못 추릴 걸 뻔히 알면서 그런 말이 나와? 넌 그 애가 불쌍하지도 않아? 알면 그러질 말았어야지."

그렇게 말하고 수정은 장 영감 집으로 뛰었다. 공실은 그 뒤를 바라봤다.

"불쌍하다니. 세상에서 나만큼 불쌍한 게 어딨다고."

공실은 승범을 떠올렸다. 처음에 유골 단지를 가져다 달라고 그에게 제안했을 땐 그냥 남편과 붙어먹으려는 승범이 고약하고 괘씸해서였다. 그러나 지금은, 주저하게 됐다. 약해지는 마음을 다지려고 모질게 대하고 자신의 한을 풀어 달라고 떼썼다. 그리고 사지에 몰아넣었다. 그 한의사 선생은 남편에 대해서 아무것도 몰랐다.

공실은 수정을 따라 달리기 시작했다.

◇◇◇◇◇

오늘 승범은 특별히 의상에 신경을 썼다. 어둠에서 눈에 띄지 않게 검은색 옷을 입었고 얼굴이 드러나지 않게 모자도 눌러썼다. 계획한 대로 10시에 가로등 불빛이 닿지 않는 담벼락에 들러붙었다. 주위를 살폈다. 멀리 누구네 집에서 개가 짖었다. 바람이 수풀을 스치는 소리와 풀벌레 울음으로 사방은 소란스러웠다. 혹시라도 그 소음에 섞여 인기척이 들리지 않는지 귀를 기울였다. 그리고 어느 정도 괜찮다는 확신이 들 때, 승범은 담벼락 끝을 붙잡고 반동과 함께 상체를 끌어올렸다. 벽에 살이 쓸렸으나 개의치 않고 담을 넘었다.

반대편으로 착지한 그는 손바닥이 홧홧해 비비다가 뒤늦게 바지 주머니에 목장갑이 있다는 걸 깨달았다. 긴장으로 까먹었다. 집 안 어디에도 지문을 남길 수는 없었다. 장갑을 끼며 집 안의 동태를 살폈다. 어둡고 고요했다. 어둠에 대비해 가지고 온 손가락만 한 손전등의 불을 켰다. 작고 연약한 불빛이 마당을 가로질렀다.

승범은 살그머니 움직여 현관문 앞에 섰다. 천천히 손잡이를 당기자 공실의 말대로 덜컹거리며 문이 열렸다. 안으로 들어서자 눅눅한 공기가 온몸을 감쌌다. 마치 형태가 있는 것처럼 승범이 움직일 때마다 몸에 들러붙어 움직임을 방해했다. 집 안은 여름의 끝이라서 그런지 을씨년스럽다. 그는 지난번에 왔을 때의 기억을 더듬어 손전등으로 길을 밝혔다.

적막한 집 안에 승범의 숨소리와 옷자락이 서로 스치면서 내는 바스락거리는 소리, 아주 조심히 내딛는 발소리가 났다. 자신이 내는 소리가 너무도 커서 그 소리를 이 집 주인이 들을까 봐 너무 불안했다. 덩달아 심장

이 어찌나 벌렁거리는지 당장이라도 입 밖으로 튀어나
올 것 같다.

진정하려고 크게 그리고 최대한 조용히 숨을 들이켰
다가, 내쉬었다. 거실로 들어서자 불빛이 오래된 소파를
비췄다. 그 맞은편으로 TV, 그 옆엔 장식장이 있었다.
끼익, 갑자기 안방 문이 열렸다. 승범은 반사적으로 소
파 뒤로 숨었다. 노인의 맨발이 장판에 붙었다가 떨어지
는 소리가 이어지더니 다른 문이 열렸다. 불도 켜지 않
는 어둠 속에서 변기에 힘없이 떨어지는 소변 소리가 들
렸다. 물도 내리지 않고 장 영감은 화장실을 나왔다. 터
벅터벅. 내딛는 발걸음이 무겁다. 곧 그는 거실을 지나
방으로 사라졌다. 잠시 뒤, 코를 고는 소리가 들려왔다.

절로 한숨이 나왔다. 승범은 뻣뻣한 다리를 겨우 움직
여 자리에서 일어났다. 젠장, 두 번 다시는 못 할 짓이었
다. 어서 빨리 이 집에서 나가고 싶었다. 그는 안방을 흘
깃거리며 조심히 장식장 앞에 섰다. 장식장 문을 당기자
딸깍이는 작은 소리에 소스라쳤다. 마른침을 꿀꺽 삼켰
다. 단지로 향하는 손이 부들부들 떨렸다. 두근두근 뛰
어대는 심장이 귓가에서 울렸다. 이러다가 귓구멍으로
심장이 튀어나오겠다고 생각하는 순간, 코 고는 소리가
선명하게 들렸다. 귓가에 차가운 숨결이 닿았다.

승범은 눈동자를 옆으로 굴렸다. 검은 그림자가 승범

225

의 얼굴 옆으로 고개를 들이밀었다. 특유의 목구멍을 긁는 목소리가 들렸다.

"이게 누구신가. 이거, 한의사 선생이 아니신가?"

손전등이 바닥에 떨어졌다. 화들짝 놀란 승범은 뒤로 물러나다가 반쯤 열린 장식장 유리문에 부딪혔다. 그 반동으로 유리문이 활짝 열렸다. 옅은 빛에 드러난 장 영감의 눈이 문을 따라서 데구루루 굴렀다. 심장이 벌렁거려 머리가 제대로 돌아가지 않았다. 목이 뻣뻣했고 식은땀이 흘렀다.

"저기, 이것은 생각하시는 그런 게 아니라."

이런 상황에서 준비해 둔 말이 있을 리가 없다. 걸릴지도 모른다고 막연히 생각했지만, 정말 걸릴 줄은 몰랐다. 공실이 호언장담하지 않았던가? 누가 업어가도 모를 정도로 깨지 않는다고.

말을 하던 승범의 눈이 천천히 노인의 위아래를 향했다. 낡아 가슴팍에 구멍이 난 회색 러닝셔츠, 노란 고무줄이 삐져나온 줄무늬 잠옷 바지 그리고 손에 쥔 나무 지팡이.

"은혜를 원수로 갚아도 유분수지. 아무리 장사가 안 돼도 이건 아니지. 남의 집에, 그것도 내 집에서 내 물건을 도둑질해 가려고?"

그림자가 깃든 장 영감의 주름진 얼굴이 다시 승범에

게로 향했다.

"믿지 않으시겠지만, 이건 다 사모님의 뜻입니다. 이제 그만 마음 쓰시고 놓아주십쇼."

"이 사람, 돌아도 단단히 돌았구먼. 그것도 변명이라고 하는 거야? 내 마누라의 뜻? 뒤진 지 몇십 년이나 된 내 마누라 뼛가루를 내 맘대로 가지고 다니겠다는 걸 자네가 뭐라고 왈가왈부야?"

"그러니까 저는 돌아가신 사모님의 부탁으로……."

승범은 그의 팔이 올라가는 걸 봤다. 본능적으로 몸을 옆으로 날렸다. 지팡이가 허공을 갈랐다. 쨍그랑. 유리문이 산산조각 나면서 바닥에 엎어진 승범 위로 후드득 떨어졌다.

"그 여편네는 죽었어! 교통사고로 뒈졌다고! 알아들 227어?"

바닥을 기는 승범의 등 뒤에다 소리를 질렀다.

"어르신 진정하시고, 제 말 좀……."

"시끄러워! 너 같은 도둑놈 말을 들을 것 같아?"

다시 지팡이가 공기를 갈랐다. 승범은 허둥지둥 일어나 달렸다. 어두워서 어디로 달리는지도 몰랐다. 식탁과 의자에 부딪혀 넘어지고 나서야 그는 부엌에 들어온 걸 알아챘다. 의자를 붙들고 일어나서 주위를 보자 길게 난 부엌 창문으로 주황의 가로등 불빛이 스며들었다.

장 영감이 달려왔다. 승범은 절뚝이며 식탁 뒤로 도망갔다. 우당탕탕. 어둠에 장 영감도 승범처럼 식탁에 걸려 넘어졌다. 그와 동시에 승범은 현관문으로 달렸다. 어둠이 들어찬 곳에서 신발도 신지 않고 문을 열려고 손을 뻗어 문고리를 찾았다.

"이렇게 온 걸 후회하게 해 주겠어!"

차가운 문짝을 더듬었다. 손잡이가 도저히 손에 잡히지 않았다. 어둠 속에서 장 영감이 내지른 포효에 승범은 제정신이 아니었다. 이대로 있다간 붙잡힐 것 같아 그는 현관문 오른편, 두 개의 방 중 한 방에 최대한 조용히 들어갔다.

심장이 귓가에서 벌렁거렸다. 마른침을 삼키며 방 안을 봤다. 장롱과 화장대 그리고 갖가지 물건들로 가득한 방에선 탁한 곰팡내가 났다.

탁탁탁. 바닥을 때리는 발소리가 현관문으로 향했다. 승범은 가로등 불빛이 드리우는 창문을 봤다. 저걸 열어서 넘어가면. 그때 검은 그림자가 재빠르게 방을 가로질렀다. 깜짝 놀란 승범이 숨을 들이켰다. 누가 있다? 화장대 옆에서부터 창이 있는 장롱 구석으로 네발로 기어간 그림자는 몸을 잔뜩 웅크렸다.

누가 있다는 건 전혀 예상하지 못했다. 아니, 뭔들 예상했는가? 차라리 경찰에 붙들리는 게 나을 것 같은 상황이었다. 집주인이 자신을 때려죽이려고 했다. 창가로 발을 옮기려 할 때, 밖에서 흘러들어온 가로등의 뿌연 주황빛이 작은 머리통을 비췄다. 잿빛 머리카락에 주름진 할머니의 얼굴이 잔뜩 일그러진 채 승범과 눈이 마주쳤다. 막대기 같은 두 팔이 얼굴을 가렸다.

"히익! 때, 때리지 마!"

"죄송합니다, 할머니. 아무 짓도 하지 않겠습니다. 창문만 넘겠습니다. 그러니까 제발 조용히⋯⋯."

두 손을 모아 빌면서 그 앞으로 한 발짝 다가서자 소스라치게 놀라는 노인의 입이 벌어졌다.

"아악―! 악! 악!"

몸을 잔뜩 말고 끊임없이 내지르는 새된 비명이 귓가를 찢는 듯했다. 당황한 승범은 두 손을 내밀었다.

"해치지 않습니다. 진정, 진정하세요."

벌컥! 방문이 열리고 장 영감이 들어왔다. 문 앞에 버티고 선 그가 두 귀를 틀어막았다.

"또, 또, 또! 엄마! 조용히 좀 해! 죽여 버리기 전에⋯⋯ 어? 우리 엄만 죽었는데?"

"에이 씨."

승범은 달렸다. 장 영감을 밀치고 현관문으로 가다가 눈에 들어간 티끌처럼 공실의 단지가 걸렸다. 이왕 걸려서 망한 거 한이라도 풀어 주자. 그는 거실로 돌아갔다. 단지를 품에 안고 돌아서자 바로 앞에 장 영감이 있었다. 거친 숨소리가 잦아들었다. 장 영감을 본 순간 모든 걸 체념한 것처럼. 그러나 그건 체념보다 더한 깊고 시린 감정이었다. 등골이 싸늘하다.

손을 들어 민머리를 벅벅 긁는 장 영감의 손에 식칼이 번뜩였다. 길목에 서서 어디로 도망을 치든 들고 있는 칼을 휘두를 기세였다.

"현재 우리나라에선 정당방위로 사람을 죽이는 걸 인정해 주는 경우가 없는 걸로 알고 있습니다만."

"시끄러워!"

"넵."

내지른 고함에 승범은 입을 다물었다. 입을 다물자 집 안은 할머니의 비명으로 가득 찼다. 장 영감은 혼란스러운 표정으로 뒤를 흘끔거렸다. 승범은 그의 손에서 불안하게 흔들리는 칼을 계속 봤다. 도둑질 의심에 이렇게 칼까지 들고나올 줄이야. 범상치 않은 사람일 줄은 알았지만 이렇게까지 잔인한 면이 있는 사람인 줄은 몰랐다.

그냥 튈걸. 진작에 칼을 가지고 있는 줄 알았다면 공실에 대한 그간의 정이고 뭐고, 유리창이라도 뚫고 튀었을 텐데. 유리 조각에 찔리는 게 아플까, 저 칼에 찔리는 게 더 아플까. 침 맞는 것도 아픈데 뭔들 안 아플까.

"자꾸 엄마가 울어. 엄마는 죽었는데. 내가 죽였는데."

여전히 칼을 손에 꼭 쥔 채 장 영감이 말했다. 이게 무슨 소리인가? 장 영감에게도 저 할머니가 보이는 걸까? 근데 본인이 엄마를 죽였다고? 그때였다. 승범이 복잡한 머릿속을 정리할 틈도 주지 않고 강렬한 외침이 들려왔다.

"네놈이 엄마만 죽였어? 나도 죽였잖아!"

"아주머니?"

장 영감 뒤에서 공실이 나타났다. 낯익은 모습에 서늘한 마음은 진정이 됐지만, 잠깐. 다들 무슨 말을 하는 거야? 이제 혼란스러운 건 승범이었다.

"한의사 양반, 괜찮아?"

공실이 승범의 꼴을 보고 안부를 묻던 그때,

"아악!"

장 영감이 소리를 내지르며 뒤로 자빠졌다. 시선은 공실에게로 향한 채다. 그와 눈이 마주친 공실도 놀라기는 마찬가지였다. 공실은 막 집 안으로 들어선 수정을 돌아봤다.

"저 인간이 나를 보네?"

수정은 안방으로 달려갔다. 대충 편 이불 위에 마른 장작 같은 장 영감의 몸이 널브러졌다. 그 옆으로 가 맥을 짚었다. 맥은 뛰지 않으나 축축한 피부에 온기가 남아 있었다.

"어이, 한의사!"

수정은 장 영감의 가슴팍에 손을 갖다 대며 소리를
질렀다.

◇◇◇◇◇

과거.

오래전, 낡아빠진 집이 이 마을에서 처음으로 지어진 신축 집이었고, 품이 넓은 오래된 양복이 장 영감 즉 장 영호의 젊은 몸에 딱 맞아 빛을 발할 때.

공실은 대문이 열리며 마당을 내딛는 구둣발 소리에 잔뜩 긴장했다. 걸레질하던 손길을 멈추고 자리에서 일어나자 현기증에 휘청였다. 겨우 벽을 짚고 정신을 가다듬는데 마당을 가로지르는 휘파람. 그 소리에 맞춰 심장이 뛰었다. 부디 남편의 기분이 정말 좋길 바랐다.

현관문이 열렸다. 알싸한 스킨 냄새가 흘러들어오자 빈속이 뒤집어지고 헛구역질이 났다. 마른침을 삼키며 공실은 문 앞으로 달려갔다.

"오셨어요."

두 손을 가지런히 한 채 고개를 반쯤 숙였다.

"어어."

남편은 성의 없이 대답하고 광이 나는 구두를 벗었다. 남편이 자신을 지나쳐 들어오자 그녀는 재빨리 무릎을 꿇어 바닥을 구르는 구두를 정리해 구두코를 밖으로 향하게 돌려놓았다. 장영호는 양복 상의를 벗었다. 공실은 달려가서 회색 양복 상의를 받아 들었다. 넥타이를 풀며 자연스럽게 부엌으로 간 장영호는 장식장과

선반을 손가락으로 쓸었다. 손에서 묻어나는 먼지 한 톨도 용납하지 못하겠다는 눈빛으로 손가락을 빤히 들여다봤다.

그는 냉장고 문을 열었다. 위잉— 돌아가는 기계 뱃속에서 나가기 전에 봤던 반찬과 음식량을 확인했다. 밥솥에 밥도 들여다보고 부엌 옆에 있는 작은 광으로 가서 감자, 옥수수를 일일이 셌다.

"희한하네."

셈을 하던 남편의 손이 멈췄다. 그가 고개를 갸웃거렸다. 공실의 눈동자가 떨렸다. 장영호는 공실을 쳐다봤다.

"말해 봐. 자네 나 몰래 뭐 먹기에 그렇게 살이 찐 거야?"

"예?"

"이 집에서 나는 걸로 먹는 것 같지는 않은데, 옆집이야? 옆집 년이 또 찾아와서 노닥거렸지?"

"아니에요."

"봐!"

장영호는 공실의 뼈밖에 남지 않은 팔을 들어 올렸다.

"팔뚝이며 옆구리살에, 배도 나왔잖아!"

그가 공실의 늘어진 뱃살을 잡아당겼다.

"나이가 들면 체중 관리를 해야 한다고 그랬어, 안 그랬어? 너도 엄마처럼 늙고 뚱뚱해서 병 걸려서 죽고 싶어? 움직이지도 못해서 나보고 네 똥오줌 받아 내라고?"

억센 손길에 공실은 맥없이 쓰러졌다. 어머니가 돌아가시고 나서 남편은 사실과는 전혀 다른 생각을 사실처럼 생각했다. 병은 남편이 걸린 것이다. 아닌가, 원래 그랬던 사람이었나? 공실은 고개를 들어 그를 바라봤다.

"삼 일간 아무것도 먹지 못했어요. 잘 봐요. 뼈밖에 안 남았잖아요. 그러니까 화내지 말아요."

어머니는 병에 걸려서 아팠던 게 아니잖아요. 그러니까 화내지 말아요.

"어디서 발뺌이야? 내가 바본 줄 알아? 나는 다 알고 있다고! 그리고 내가 말대꾸하지 말랬지!"

그가 구겨지듯 쓰러지는 공실의 팔을 거칠게 붙잡고 일으켰다.

그때, 딩동, 초인종이 울렸다. 장영호는 공실의 팔을 내던지고 인터폰을 봤다. 화질이 좋지 않은 탁한 영상 속에 이번에 마을 이장이 되었다는 남자가 있다. 문득 지나가다 만난 김에 한 번 들러 밥이나 먹고 가라던 말을 했던 게 생각났다. 그게 오늘이었나. 그는 대문을 여는 버튼을 눌렀다.

"그렇게 늘어져 있지 말고 어서 일어나 밥이나 차려. 손님 오셨으니, 고기도 꺼내서 굽고."

장영호는 현관문을 열었다.

"이게 누구신가!"

"안녕하십니까. 저녁 얻어먹으러 왔습니다."

이장은 장영호보다 대여섯 살 정도 젊어 보였다. 공실이 부엌에서 고개를 빼고 봤다. 남편의 안내로 안으로 들어서던 이장과 눈이 마주쳐, 공실은 고개를 숙여 인사했다. 이장은 반달이 된 눈으로 넉살 좋게 웃었다.

"사모님, 안녕하십니까. 몸이 안 좋으시다고 하셔서 걱정을 많이 했습니다. 여전히 안색이 좋지 않은데 제가 괜히 밥 얻어먹으러 온 게 아닌가 싶네요."

"이 친구, 무슨 말을 그렇게 섭섭하게 하나? 다 나았어. 원래 얼굴색이 저러니 신경 쓰지 말게. 이쪽으로 앉게."

"네, 신경 쓰지 마세요."

그렇게 대답했지만, 장영호가 그에게 말을 거는 바람에 갈 곳 없는 말이 되어 버렸다. 공실은 음식을 하기 시작했다. 냉동실에서 소고기를 꺼내 녹이고 반찬들을 접시에 옮겨 담았다. 된장찌개를 가스레인지에 올렸다. 아까부터 음식 냄새에 뱃속이 요동쳤다. 자꾸 침이 목구멍에 넘어갔고 입맛을 다셨다. 맛 정도는 봐도 되지 않을까? 그 생각에 거실에 있는 남편을 힐끗거리자 매섭게 자신을 쳐다보는 그와 눈이 마주쳤다. 이 모든 걸 다 지켜본 것 같았다.

양념한 소고기를 불에 지지자 다시 헛구역질이 올라왔다. 고기의 누린내에 눈앞이 아찔해졌다. 싱크대를 붙들고 심호흡하자 겨우 진정이 됐다. 등 뒤로 찌를 듯한 남편의 시선이 느껴졌다. 가까스로 정신을 차리고 큰 상을 꺼냈다.

여섯 명이 마주 앉을 상에 음식들이 가득 들어찼다. 장영호는 종종 지인들을 불렀고 그때마다 음식이 마르지 않게 준비해야 했다. 간장게장, 양념게장, 갖은 나물 반찬, 홍어무침, 다양한 김치, 소머리를 누른 편육까지. 여느 잔칫상 못지않다. 밥과 찌개 그리고 불고기까지 올리자 상차림은 끝났다. 그리고 인삼주까지 준비하자 남편이 다가왔다.

"이것뿐인가? 밥상이 부실하구먼."

아쉬운 척 말하면 손님이 다가와 놀란다.

"이렇게나 많이 준비하셨습니까? 부실하다니요. 절대 아닙니다. 이거 배가 터지겠는걸요."

장영호는 너스레를 떠는 이장을 바라보며 상을 붙들었다.

"헛 참, 많기는……. 거실로 옮기지. 좀 도와주겠나."

"당연히 도와드려야죠."

상을 거실로 옮기고 그들은 그 앞에 마주 앉았다. 서로 인삼주를 잔에 따르고 다시 인사치례가 오갔다.

"우리 입동리 마을 이장님이 친히 내 집에 와서 이렇게 밥을 나눠 먹으니 내 영광일세."

"아닙니다. 마을의 지주이신 어르신께서 밥도 주시고 칭찬과 지혜도 주시니 제가 영광이지요."

"차린 건 없지만, 많이 들게. 부족한 게 있으면 말하고."

"네, 잘 먹겠습니다."

술을 마시고 그들은 밥을 먹기 시작했다. 종종 마을의 대소사를 논하며 간간이 술잔을 기울였다. 고개를 돌려 술을 마시던 이장이 눈을 깜빡였다. 부엌에 서서 무엇이 부족하지 않은지 지켜보던 공실은 자신을 빤히 보는 이장을 마주 봤다. 그가 황급히 잔을 내려놓고 자리에서 일어났다.

"사모님도 이리 오세요. 이리 상을 차리시기 힘드셨을 텐데 함께 식사하셔야죠."

"네? 아니, 저는⋯⋯."

"어차피 혼자 드실 거 지금 드세요."

공실은 장영호의 눈치를 봤다. 못마땅한 표정이었으나 딱히 반대하지는 않았다. 공실은 밥과 수저를 챙기고 상 앞에 앉았다. 그녀가 앉자 이장도 자리에 앉았다.

"그래, 수정리에는 마을 회관을 다시 짓는다고?"

잠시 끊어졌던 대화가 다시 이어졌다. 수정리는 입동

리 옆 마을이었다.

"네, 이번에 정부 지원을 받아서 2층으로 짓는다고 합니다. 아주 밤늦게까지 자재 나르는 트럭들로 시끄럽다니까요."

"그럼 우리는 3층으로 지어야겠구먼."

"하하하. 어르신의 도움이 필요합니다."

"당연하지. 우리 마을이 어떤 마을인가? 대대손손 박사들을 배출해 내는 풍수로 유명한 곳이 아닌가? 그러니 옆 동네보다 더욱 삐까번쩍해야지."

술잔을 들어 히죽이는 남편의 눈치를 보던 공실은 곧 밥과 반찬들에 시선을 두었다. 숟가락을 들기가 주저되었다. 남편과 이야기하던 이장이 공실이 먹기 편하게 반찬을 그녀의 앞에 놨다. 공실은 숟가락을 들어 천천히 된장찌개를 떠 입에 넣었다. 구수하고 달큰한 맛이 혀에 감겼다. 이번엔 하얀 쌀밥을 한 숟갈 떴다. 반지르르하게 윤이 나는 밥이 입에 들어가자 몇 번 씹지도 않았는데 목구멍으로 넘어갔다. 불쑥불쑥 치솟던 헛구역질이 거짓말처럼 사라졌다. 아득한 현기증에 남자들의 목소리도 저만치로 사라졌다.

공실의 손이 빨라졌다. 잊으려 했던 허기가 귀신같이 알아채고 그녀를 보챘다. 밥을 한입 가득 밀어 넣고 배추김치를 욱여넣었다. 몇 번 씹어 넘기고 불고기를 집

239

었다. 눈치 없는 젓가락이 손에서 헛돌았다. 젓가락을
내려놓고 손으로 불고기를 집어 먹었다. 한 움큼 들어
간 고기의 맛이 혀에 감겼다. 숟가락으로 밥을 떠먹지
만, 반찬으로 손이 갔다. 총각김치를 아그작 씹었다. 양
념게장을 한 입 빨아 먹고 배추김치에 편육 여러 점을
싸서 입안에 넣고 씹었다. 목이 막혔다. 물컵의 찬물을
다 마시고 씹어 삼키자 일렁이던 현기증마저 사라졌다.

거실엔 적막이 감돌았다. 공실은 현실에 눈을 떴다.
양손에 덕지덕지 묻은 음식 찌꺼기에 꽂혔던 시선이 남
편한테로 갔다. 장영호의 잔뜩 굳은 얼굴이 눈에 들어
왔다. 눈알을 굴려 옆을 보자 휘둥그레하고 뜬 이장의
눈과 마주쳤다.

"아……."

그는 어떤 말을 찾지 못하다가 눈길을 피했다. 탁. 남
편이 들고 있는 잔을 상 위에 내려놓았다.

"미안하지만, 갈 시간이네."

"네? 아, 네."

남편의 말에 뒤늦게 정신을 차린 이장이 자리에서 일
어났다.

"다음엔 밖에서 한잔하세나."

"아, 네. 그럼."

등을 떠밀리다시피 이장은 집을 나갔다. 현관문이 달

히고 나서의 적막이 두려웠다. 공실은 온몸을 떨었다. 내가 지금 무슨 짓을 한 거지? 도대체 무슨 짓을?

그녀의 옆으로 묵직한 남편의 기척이 느껴졌다. 두려움에 짓눌린 공실이 몸을 낮췄다.

"여보, 죄송해요. 너무, 제가 너무 배가 고픈 나머지 그만 정신을 잃었어요. 죄송해요. 용서해 주세요."

바들바들 떠는 그녀의 옆에서 장영호는 허리띠를 풀었다. 긴 허리띠가 딸려 나와 바닥에 늘어졌다.

"감히 남자들이 중요한 얘기를 하고 있는데 끼어 앉는 것도 모자라 추잡스러운 짓을 해? 그것도 마을 이장 앞에서?"

"죄송해요, 용서해 주세요. 아악!!"

쌔액! 두껍고 긴 허리띠가 허공을 갈라 공실의 가녀린 등에 찍혔다.

"시끄러워!"

허리띠는 멈추지 않았다. 몇 번을 사죄해도 장영호의 분은 풀리지 않았다.

"나를 온 마을에 망신시키다니. 너 같은 건 본때를 봐야 해!"

허리띠를 휘두르다가 고통에 몸부림치는 공실을 걷어차기도 했다. 그녀의 비명이 집 안에 울렸다. 공실은 잘못했다고 두 손을 비비다가 남편의 얼굴을 봤다. 벌게진 그의 얼굴은 일그러졌고 그녀를 보는 눈깔이 뒤집어졌다. 제 어미를 때려죽이던 날처럼. 덜컥 겁이 났다. 오늘은 평소와 달랐다. 이러다 죽을지도 몰라. 두려움에 잠식당해 쏟아지는 고통에도 어쩔 줄 몰라 하는 공실의 입에선 죄송하다는 말만 흘러나왔다. 이대로 죽을지도 몰라. 그러나 무엇을 할 수 있을까. 거대하게 몸을 불린 남편의 몸 앞에서 한없이 작고 힘없는 여자가.

딸깍. 문이 열렸다.

"어르신!"

집에 갔을 줄 알았던 이장이 달려와 장영호를 붙들었다.

"고정하십시오. 사모님이 무슨 잘못이 있다고 이러십니까."

"이거 놔! 이런 건 맞아 죽어도 싸! 남의 집 일에 상관마!"

실랑이를 벌이는 그들의 밑에서 공실은 반쯤 열린 현관문을 봤다. 늘 굳게 닫혀 있던 문이 지금은 열려 있다. 붉은 노을빛을 받으며, 저렇게 활짝.

'가!'

귓가에서 시어머니의 목소리가 들렸다. 어머니가 등을 떠미는 것 같았다. 공실은 바닥에서 일어났다. 온몸이 욱신거렸지만, 신경 쓰이지 않았다.

"야! 너 어디 가? 거기 서지 못해?"

남편의 표독스러운 말이 귓가를 스쳤다. 공실은 달렸다. 현관문을 지나 마당을 가로질러 대문을 넘었다. 신발도 신지 않아 맨발에 자잘한 돌멩이들이 밟혔다. 상관없었다. 길 양옆으로 노랗게 물든 벼가 고개를 숙였다. 잔바람에 춤을 췄다. 마을을 벗어나는 공실을 환영했다.

동구 밖으로 나가자 차가운 숲 내음이 물씬 풍겼다. 이제 자유다! 나는 살았다! 더는 폭력에 두려움 떨지 않아도 된다!! 그렇게 달렸다. 트럭이 마주 달려오는 것도 모른 채.

◇◇◇◇◇

　승범은 안방으로 달려갔다. 장 영감의 육체가 그곳에 있다. 그 옆에서 수정이 두 팔로 그의 가슴팍을 누르고 있었다. 승범은 거실을 돌아봤다.

　"가만히 서서 뭐 해?"

　우물쭈물하는 승범에게 수정이 소리쳤다. 승범은 그녀의 맞은편에 무릎을 꿇고 앉았다. 그리고 죽은 이의 머리를 뒤로 젖히고 수정이 그랬던 것처럼 두 팔로 뻣뻣한 노인의 가슴을 눌렀다. 내리누르는 힘에 마른 몸이 맥없이 움직였다. 이내 승범은 허리를 숙여 축축한 입술에 바람을 불어넣었다.

　비명을 지르던 장 영감이 공실과 안방을 흘깃거리더니 단박에 눈치를 챈 모양이다.

　"으아악, 살려 줘! 이대로 죽을 수 없어! 살려 줘!!"

　자신의 죽음을 받아들이지 못하고 두려워했다. 바닥을 기어 이쪽으로 다가오려는 걸 공실이 막아섰다. 그녀는 피눈물을 흘렸다.

　"이렇게 쉽게 죽었다고? 말도 안 돼! 우리한테 했던 것처럼 너도 흉하고 고통스럽게 죽어야지. 우리를 개 패듯이 팬 것처럼, 그래서 어머니가 죽었고, 굶겨 죽이려던 나는 도망가다 차에 치여 죽었고! 이거 보여?"

　공실은 상의를 올려 자신의 배를 보였다. 심폐소생술

을 하던 승범은 공실의 모습을 봤다.

"으아악!"

장 영감은 막대기 같은 두 팔을 허우적거리며 그녀에게서 도망쳤다. 소파 옆으로 기어가 그 틈에 고개를 파묻었다.

"아니야, 이건 아니야. 내가 죽었을 리가 없어."

깡마른 몸을 파르르 떨며 중얼거렸다.

"악! 악! 악!!"

집 안에서는 할머니의 비명이 계속 들렸다. 공실은 그 방으로 갔다. 반쯤 열린 문 안으로 들어서자 비명에 섞여 시어머니의 목소리가 들리는 듯했다.

'맞을 짓을 한 네 잘못이다.'

움찔. 시집와서 얼마지 않아 제사 음식을 만들지 못한다고 남편한테 처음 맞았을 때, 시어머니가 한 말이 떠올랐다. 차갑게 노려보던 그 눈빛이 마치 어제의 일처럼 느껴졌다. 그러나 그렇게 말하던 어머니도 어느 순간부터 맞기 시작했다.

"어머니!"

공실은 방구석에 숨어 고개를 파묻은 채로 소리를 지르는 시어머니의 모습을 봤다. 지금 저 밖에서 숨어 현실을 부정하는 남편의 모습과 무척 닮았다.

"어머니!!"

공실은 다가가 시어머니의 어깨를 잡았다. 흠칫 놀라 공실을 올려다보는 노인.

"아가?"

"어머니, 왜 아직까지 여기 있어요? 왜!!"

"어디 있다가 이제 오는 거냐. 영호가, 영호가 맨날 때리는데, 무서워 죽겠는데, 왜 이제 와?"

"이제 가요."

공실은 시어머니의 팔을 끌었다. 그 손에 끌려오며 방문을 넘으려고 하자 화들짝 놀란 시어머니가 팔을 뺐다.

"안 돼! 이 방에서 나가면 영호한테 맞아 죽는다. 나가면 안 돼!"

"나가도 되니까 어서 나와요."

"싫어."

완강하게 거절하는 시어머니의 말에 공실은 화가 났다.

"왜 그래요? 나가도 된다니까! 어머니 이미 죽었다니까! 언제까지 여기에 박혀 살 거야? 가요. 가서 이제라도 좀 저승길 밟고 편안하게 살아요!!"

"응? 아니, 누가 이렇게 우냐? 이거 우리 영호가 우는 거 아니냐?"

거실에 숨어 있는 장 영감의 목소리를 듣고 시어머니는 방문 밖을 봤다.

"싫어. 죽고 싶지 않아. 내 것이 전부 여기에 있는데,

여기에 많이 있는데. 죽었다니, 싫어."

이제 두려움의 비명은 억울함의 울부짖음으로 변해 있었다.

"아이고, 내 새끼!"

시어머니는 공실을 지나 거실로 뛰어갔다. 소파 구석에 숨어 있는 아들을 찾아 울고 있는 그의 등을 토닥였다.

"왜 그러느냐. 누가 널 이렇게 서럽게 해?"

"엄마?"

"그래, 어미 여기 있다. 울지 마라."

울먹거리던 장 영감이 노파를 끌어안았다.

"엄마!! 나 죽었대에. 싫어. 아직 할 게 남았고. 나 살고 싶어."

"아니다, 아니다. 누가 그런 거짓말을 해? 저년이 그러더냐?"

어머니가 매섭게 공실을 노려봤다.

"어머니, 그만해요. 어머니를 때려죽인 아들이잖아요! 이제 홀가분하게……."

"네 이년! 죽긴 누가 죽어! 그래도 내 자식이고 네 남편이다. 맞을 짓을 해서 맞은 거야! 이 집안의 가장이 집안을 바르게 잡으려면 속이 문드러져도 그래야 하는 게 맞는 거야!"

결국 이렇게 되는 것이다. 지난 세월, 살아생전에 겪

었던 모든 부조리함이 이 한순간에 되살아나는 것이었다. 아들이란 이유로, 남편이란 이유로 모든 걸 감내해야 하는 자신들. 남들한테 책잡힐까 맞는다는 내색도 못 하고 굶는다는 말도 못 한 채 이 집안의 소유가 되어버린 물건. 그 질기고 질긴 인연.

공실은 파르르 떨리는 손을 말아 쥐었다. 시어머니의 눈을 마주 봤다.

"아니요! 맞을 짓을 했다면서 때리는 인간이 나쁜 거예요. 그걸 눈 가리고 인정하는 사람이 나쁜 거예요. 나는 이 집안의 물건이 아니라 살아 있던 사람이었어요! 내 남편이었다는 이유로 제 모든 걸 저 인간이 좌지우지할 수는 없어요! 죽어서는 더더욱!"

"저, 저게 뚫린 입이라고."

씨근덕거리던 공실은 숨을 길게 내쉬었다. 언제나 빈 속이었으나 뭐에 꽉 막혀 있는 것처럼 답답하기만 했던 속이 이제 시원했다. 그녀는 옷을 탁탁 털고 자세를 바르게 했다. 막 내뱉었지만, 꽤 나쁘지 않은 말이었다.

"나도 이제 어떻게 살든, 내 맘대로 살 자유가 있어요."

숨이 한껏 차오른 상태의 승범은 두 팔을 내리누르다가 손길을 멈췄다. 거실 밖에서 들려오는 공실의 말에 팔이 점점 무거워졌다. 거무죽죽한 장 영감의 얼굴을 보면서 자신이 왜 한의사가 됐는지를 떠올려 봤다. 지금 이 방에 떠도는 죽음이 스며든 어둠처럼 막막하니, 아무 생각도 나지 않았다. 더는 생각하기도 싫었다.

수정은 심폐소생술을 멈춘 승범을 보다가 거실에 선 공실을 봤다. 생각이 많아 보이는 승범과 후련해 보이는 공실을 번갈아 보다가 자리에서 일어나 경찰서에 전화했다.

얼마 뒤, 경광등이 어둠에 붉고 푸른 빛을 뿌리며 경찰이 왔다. 고요하던 마을에 하나, 둘씩 불이 켜졌다.

경찰이 안방에서 머리끝까지 덮은 이불을 들추며 죽은 장 영감의 시신에 눈에 띄는 이상이 없는지를 확인한다.

"어떻게 이 시간에 오신 거죠?"

"……."

승범에게 묻지만, 그는 대답하지 않았다.

"일전에 장 영감이랑 철물점에서 만났는데 그때 장 영감이 오라고 했네."

그 옆에서 지켜보던 수정이 대꾸했다. 경찰과 승범이 동시에 그녀를 바라봤다.

"왜요?"

"아, 왜긴! 저 한의사 선생이 돈 좀 벌겠다고 장 영감에게 힘을 실어 주십사 했는데 보내는 족족 손님들이 싸가지 없다고 하니까 면도 안 서고 하니, 불러다가 혼쭐을 내 주려고 했나 보지. 어른이 한마디 해야 정신 차리고 일도 잘하고 그러지 않겠어. 그러니까 어른이지."

일리 있는 말이었다.

"사장님은요? 여기에 왜 오셨어요?"

"이 선생이 혼자 오기 무섭다고 했는데 먼저 보냈다가 노인의 말이 길어질 것 같아서 온 거지. 아무리 이 동네의 어르신이라고 해도 요즘 젊은이가 고분고분 말을 듣겠느냐 말이야."

경찰이 고개를 끄떡이다가 승범을 봤다.

"이 말이 맞아요?"

승범은 대답이 없었다.

"아이고, 어르신 살려야 한다더니만. 못 살렸다고 정신을 놓았네."

수정이 혀를 찼다. 이를 보던 경찰은 동료를 돌아봤다. 뒤에서 가만히 지켜보던 동료가 앞으로 나섰다.

"자세한 건 부검을 해 봐야 알 수 있겠죠."

"뭐?"

"일단 지구대에 가서 진술서를 쓰시죠."

경찰은 수정의 말을 곧이 믿지 않는 눈치였다. 그때 내내 울고 있던 장 영감이 승범의 바짓가랑이를 붙들고 소리쳤다.

"네놈이 나를 죽인 거잖아! 네놈이 내 집으로 몰래 들어와 내 것을 훔치려고 했잖아! 바른대로 말 안 해?"

"웃기지 마. 내가 왜 네놈 거야? 죽어서까지 저 욕심이 한도 끝도 없어. 저런 인간은, 아니지, 저런 귀신 놈은 벌로 부관참시를 해야 해. 호상으로 죽다니 아이고, 억울해. 그동안 나랑 어머니가 당한 수모가 있는데, 어떻게 호상으로 죽어!"

가슴을 팍팍 치던 공실이 갑자기 히죽 웃으며 장 영감 앞에 쪼그리고 앉았다.

"이보오. 여기서 계속 있으면 안 돼."

"뭐?"

"이제 저승차사들이 그쪽 잡으러 올 텐데. 이러고 가만히 있으면 지옥으로 끌려간다고. 그래도 좋아?"

그 말에 불안하게 주위를 보던 장 영감이 벌떡 일어났다.

"아들아!"

붙잡는 어머니를 밀어내고 그는 달렸다. 열린 문을 지나 바람에 이는 빨래에도 '히익' 놀라며 뒤뚱뒤뚱. 그 모습이 꼴사나워 공실이 키득거렸다. 그러다가 수정이 혀를 차자 다시 히죽 웃었다.

"어차피 차사에게 잡힐 거, 잔뜩 겁이라도 먹고 도망쳐 보라지."

251

어둠 속에 사라지는 장 영감의 뒷모습을 쳐다보는 공실의 모습이 애잔했다. 일부러 웃고 떠들어댔지만, 그동안 참았던 슬픔이 여실히 느껴졌다. 승범은 자리에서 일어났다. 그리고 문이 떨어져 나간 장식장 앞에서 공실의 뼛가루가 든 단지를 꺼내 들었다. 경찰이 손가락질했다.

"어어, 그건 왜 들어요? 내려놔요."

"유언이었습니다. 좋은 곳에 묻어 주라고."

승범이 말했으나 경찰은 그의 팔을 붙들었다.

"그건 고인의 가족들이 할 일이지요. 내려놓으세요."

"아니요, 이건 제가 해야 할 일입니다. 저한테 해 달라고 하셨어요."

승범은 이를 악물며 경찰의 손을 뿌리쳤다. 그는 공실의 배에 난 상처를 떠올렸다. 징그럽다고 생각한 게 여러 번이었다. 그녀의 입에 들어가는 과자가 아깝다고도 생각했다. 뱃속이 헛헛하다는 말이 무슨 뜻인지도 모르고.

"자꾸 이러시면 체포하는 수밖에 없습니다."

다시 승범의 팔을 잡는 경찰을 수정이 막아섰다. 그리고 승범에게 말했다.

"그래, 자네 마음 다 아네. 나중에 내가 가족들을 잘 설득해서……."

"안 되면요! 그러면 같이 묻힐 텐데, 그럴 순 없어요."

"당신 지금 무슨 말을 하는 거야?"

경찰 두 명이 달려들어 승범의 팔을 붙들고 단지를 빼앗으려고 했다. 그는 빼앗기지 않으려고 단지를 꽉 끌어안았다. 양쪽에서 팔을 낚아채자 절대 놓치지 않겠다던 단지가 손안에서 떨어졌다.

쨍그랑.

하얀 단지가 깨져 사방으로 날아가고
바닥에 뼛가루가 흩어졌다.
잿빛 분진이 떠올랐다.

"안 돼!"

놀란 승범이 그들의 손을 뿌리치고 주저앉았다.

"안 돼."

흩어진 뼛가루를 손으로 그러모았다. 잿빛 가루에
서 붉은 피가 묻어났다. 얇은 단지 조각들이 그의 손
에 파고들었다. 그럼에도 승범은 뼛가루를 모았다. 뚝
뚝. 눈물이 가루 위로 떨어졌다. 수정이 그런 그를 만
류했다.

"그만해. 이러다 자네가 더 다치겠네!"

승범은 그 손길을 치웠다. 억울하게 죽은 공실의 한이었다. 그 한이 이렇게 허무하게 깨져 버려 손가락 사이로 빠져나갔다.

　"안 돼."

　울먹이는 승범의 옆에 공실이 앉아 고개를 들이밀었다. 그의 등을 토닥토닥 두드렸다. 승범이 울음을 터트렸다.

　"미안해요. 정말 죄송해요."

　"괜찮아. 이제 여한 없어."

　공실은 옅은 미소를 지으며 승범의 등을 오래오래 쓰다듬었다.

13. 송기윤

어스름한 새벽, 텅 빈 길에 안개가 흩어져 있다. 끼이익. 한약방의 나무문을 열고 늘 그렇듯이 수정이 나왔다. 두툼한 가디건의 단추를 채우며 왼쪽을 바라봤다가 오른쪽을 바라본다. 한참을. 찬바람에 낙엽이 데구루루 굴러와 고무신 앞코에 부딪혀 멈췄다. 콜록콜록. 바람에 실린 젖은 낙엽 냄새에 기침이 나왔다. 손으로 황급히 입을 가리지만, 한 번 터진 기침은 쉽사리 멈추지 않는다.

수정은 오른손을 눈높이로 들었다. 앙상한 손등에 주름이 자글자글하고 손가락은 오래도록 약초를 만진 탓에 관절마다 울퉁불퉁했다. 파르르 떨리는 손으로 삐죽이 튀어나온 잿빛 머리카락을 만졌다. 유리창으로 다가가 자신을 비춰 봤다. 새삼 깨닫는다. 너무, 늙었구나.

'늙어서 죽기를 바랐는데.'

콜록콜록. 가디건 주머니에 손을 집어넣으며 생각한다. 발이 먼저 개천가로 향했다.

'얼마 안 남았는데. 어서 빨리 찾아야 하는데. 이대로 찾지 못하면 어떡하지?'

요즘에 귀신 환자 수도 적어졌다. 그들이 가지고 오는 정보는 여느 때나 마찬가지로 모른다와 없음이다. 수십 년간 듣는 말이었으나 점점 조급해졌다. 자신이 원하는 건 그게 아니었다. 조금 더 많이 귀신 환자들을 봐야 했다. 그렇지 않으면…….

수정은 걸음을 멈춰 한의원을 돌아봤다.

요즘 제법 귀신 환자들이 많이 찾는다지?

"흥."

수정은 앞섶을 붙들어 목에 찬바람이 닿지 않게 하고 걷기 시작했다. 그녀의 몸은 곧 짙은 안개에 휩싸여 사라졌다.

◇◇◇◇◇

부드러운 바람이 부는 목요일 정오, 한의원 앞에 고급 세단이 멈춰 섰다. 철물점 최 사장이 손님과 흥정하던 중 운전석에서 내리는 젊은 남자를 유심히 살폈다. 키가 훤칠하고 조각 같은 외모가 딱 봐도 서울 사람이었다. 게다가 명품 정장에 광이 나는 구두 그리고 뒤로 넘긴 머리카락이 마치 승범이 처음 이곳에 입성했을 때와 같았다. 그가 주위를 보다 최 사장과 눈이 마주쳤다.

"안녕하세요. 혹시 여기에 승범 한의원이 어디에 있나요? 내비게이션은 이곳으로 알려 주는데 한약방뿐이라."

"위를 봐야지."

최 사장이 철물점 위를 가리켰다. 그 손끝을 따라 남자가 고개를 들었다. 2층 창에 '승범 한의원' 간판을 발견하자 머쓱한지 헛기침을 했다.

"감사합니다. 참, 여기 평판은 어떤가요?"

"평판?"

"병은 잘 보는지, 환자들한테 친절한지."

그 말에 최 사장은 팔짱을 끼고 남자를 위아래 쳐다봤다. 외지인이 지방 한의원을 찾아왔는데 최소한의 정보도 모른 채로 오지는 않았을 테고. 어떤 말을 듣고 싶어서 물어보는 것인지를 가늠해 봤다.

"잘 보오."

"네?"

"갑자기 삐끗한 내 허리도 침 몇 번에 씻은 듯이 나았고, 며칠 전엔 독거노인인 어르신이 걱정되어서 밤에 찾아갔다가 돌아가신 걸 봤다지. 살리려고 심폐 소생을 했다지만 결국 살리지 못했다는 죄책감에 근래 많이 힘

들어하더라고. 그러니 치료를 받으러 왔으면 잘 온 것
이고, 시비를 걸려고 왔다면 그냥 가시오."

최 사장이 앞으로 나서며 남자를 내려다봤다. 한 걸
음 내디뎠을 뿐인데 위압감이 크게 들었다. 남자는 급
히 인사를 하고는 건물로 들어섰다.

"아, 힘들어!"

정미는 탕제실에서 나와 데스크 앞에 앉았다. 요 며
칠 해가 서쪽에서 떴는지 환자들이 한의원을 찾아왔다.
그것도 아주 많이. 한약방보다 약을 잘 짓는다는 소문
이 돌았고 역시 침과 약을 함께하니 빨리 낫는다는 사람
도 늘었다. 오전과 오후 동안 약탕기에 약은 쉴 새 없이
돌아갔다. 그녀는 엎드렸다. 갑자기 안 하던 일을 하려
니까 놀란 근육이 뭉쳐 뻣뻣했다. 그동안 열심히 요가를
했는데도 약을 빼고 포장하는 일은 유달리 힘들었다.

"도망간 택영 씨를 다시 붙잡아 올까."

데스크에 얼굴을 붙인 채로 곰곰이 생각해 봤다. 그
날 갑작스럽게 귀신이 패악질을 부렸다는 사실은 말할
수가 없고. 귀가 얇으니 돈으로 꼬드길까? 정미는 팔에
고개를 괴었다.

그때 승범이 원장실에서 나왔다. 우편물을 확인하다
가 나왔는지 손에는 종이 몇 장이 있었다. 흐트러진 머

리카락이 제멋대로 삐죽였는데도 모르는지 울적한 표정을 짓다가 정미와 눈이 마주치자 재빨리 종이를 뒤로 감췄다.

"뭐예요?"

"뭐가요?"

"누가 봐도 수상하게 감춘 그거요."

정미가 고갯짓했다. 승범의 눈길이 뒤를 향하다가 그냥 어깨를 으쓱였다.

"그냥 카드사에서 온 것들이에요. 돈 달라고. 괜찮아요. 요즘 조근우 선생을 필두로 귀신 환자를 치료하고 있으니 덕분에 환자도 늘었고 계속 이 정도면…….."

점점 중얼거리는 목소리가 줄어들었다. 몇 달 거의 환자가 없었으니 빚을 갚기는커녕 늘어났을 것이었다. 한의원 유지비와 가겟세, 인건비도 다달이 나갈 테니. 자기만 믿으라고 뻥뻥 소리치던 사람이 막상 돈 갚으라는 우편물에 현타가 왔는지 기가 죽어 있다.

"꾸준히 더 노력하면…….."

딸랑. 웅얼거리는 승범의 입을 막듯 종소리가 났다. 한의원 문이 열리고 한사람이 들어섰는데, 이곳에 평생 올 일 없을 것 같은 사람, 제일한방병원의 부원장 송기윤이었다.

"어서 오…… 어? 송 선생님?"

환자인 줄 알고 인사하던 정미가 아는 얼굴에 당황했다.

"네가 여기엔 웬일이야?"

승범이 다시 손에 든 종이를 뒤로 숨기며 더듬더듬 말했다. 송기윤이 한의원을 둘러봤다.

"그래도 옛 동료가 개원했다는데 한 번쯤 와 봐야지."

"개원한 지가 언제인데 지금에서야 오냐? 그리고 개원한 집 오면서 빈손이냐? 그리고 누가 좋아한다고?"

쏴붙이는 승범에 아랑곳하지 않고 송기윤이 말했다.

"소라 말이야. 원장님이 신경 많이 쓰시는데 바쁘실 땐 내가 들여다보거든. 많이 호전된 거 들어서 알고 있지?"

"그럼. 오느라 힘들었지? 어서 앉아. 뭐 마실래? 커피 줄까?"

소라의 이름에 금방이라도 소금을 뿌릴 기세였던 승범이 웃는 낯으로 돌변했다. 승범은 종이를 가운 주머니에 쑤셔 넣으며 친절히 물었다.

"원두커피는 없을 테니. 이 쌤, 달달한 믹스 커피 부탁해요."

송기윤이 정미를 향해 싱긋 웃어 보였다.

"아냐, 아냐. 내가 해 줄게. 여기까지 힘들게 왔을 텐데 내가 해 줄 게 없고 막 그러네."

나긋하게 말을 하고 돌아선 승범의 얼굴이 딱딱하게

굳었다. 소리 없는 욕을 하는지 입술이 씰룩였다.

'어쩜 저 두 사람은 장소가 변해도 하는 짓은 똑같을까.'

승범을 지켜보던 정미가 억지로 미소를 지었다. 눈이 마주치자 승범은 정미 보고 쉬라 하고는 커피를 타기 시작했다. 그 와중에 송기윤은 눈을 굴리고 목을 빼 이곳저곳을 염탐했다. 승범도 그가 어떤 의도로 이곳에 왔는지 조심스레 관찰했다. 언제나처럼 재수 없는 느긋함을 가장했지만, 다리를 떠는 걸 보니 뭔가가 조급해 보였다.

"아직 점심시간 전인데 환자가 없네?"

송기윤이 물었다.

"오전에 한꺼번에 몰렸다가 빠진 지 얼마 안 돼. 약탕기 돌아가는 거 봐라."

이렇게 사담을 나눌 정도로 친하지는 않은 사이인지라 승범은 뭔 일이 있다는 걸 확신했다. 커피를 건네며 맞은편에 앉았다.

"점심은 먹고 갈래?"

"아니, 괜찮아. 너 바쁘다며? 겸사겸사 들른 거라, 가야지. 서울까지 한참이더라."

송기윤이 손사래 치며 커피를 마셨다. 승범은 웃는 낯으로 그를 가만히 봤다. 역시 성질 급한 송기윤이 슬쩍 말을 꺼냈다.

"너 요즘 병원장님하고 연락해?"

"아니. 개별적으로 서로 연락하고 지낼 만한 사이는 아니니까."

소라를 맡기고 왔을 때 대화한 게 마지막이었다. 이후로 병의 차도는 병원장의 직속 비서인 윤 비서가 주기적으로 메일을 줬고 승범의 질문에 의무적으로 답할 뿐이었다.

그 대답에 송기윤의 표정이 묘하게 변했다. 그 말이 진짜인지 거짓인지를 가늠하는 듯. 결국 못 참고 승범이 소리를 질렀다.

"아, 뭔데? 내가 그런 것까지 너한테 뻥칠 거 같냐?"

"너한테 하도 당한 게 많아서."

"마지막은 내가 너한테 당한 게 아니냐?"

승범이 부원장 자리를 뺏긴 것을 짚자 송기윤이 답했다.

"아니지. 마지막은 사람들 앞에서 너한테 돌려까기 당한 나지. 덕분에 이상하게 소문이 나서 내 입지가 예전만 하지 않아."

"그건 사실이지. 부모의 뒤에 선 네 가면이 안 벗겨질 거라 생각했어?"

"뭐야? 네놈은 처음부터 그랬어!"

"아이참! 그만들 해요!"

내 이럴 줄 알았다는 듯, 한숨과 함께 정미가 둘 사이를 가로막았다. 대체 두 사람은 처음부터 어떻게 꼬였기에 얼굴만 마주쳤다 하면 못 잡아먹어서 안달인지 모를 일이었다.

"다 큰 사람들이 언제까지 유치하게 굴 거예요? 그리고 송 선생님! 대체 왜 온 거예요?"

정미의 호통에 어깨를 움찔한 송기윤이 조심스럽게 입을 열었다.

"그게…… 며칠 전에 병원장님과 윤 비서님께서 얘기하는 걸 우연찮게 들었는데 병원장님이 다음 달 15일에 시간을 빼라고 하시더라고요."

"근데?"

그게 자기랑 무슨 상관이냐고 승범이 입술을 삐죽였다.

"병원장님이 이곳에 온다고 하잖아!"

답답함에 송기윤은 소리를 빽 질렀고 큰 소리에 정미는 깜짝 놀라 어깨를 움찔거렸다. 승범은 입을 틀어막았는데, 송기윤이 한 말의 의미를 곱씹을수록 혼란스러웠다.

"아니, 그 노인네가 여길 왜 와?"

"그걸 나도 모르겠으니 여기에 온 거 아니겠어? 그리고 넌 병원장님한테 노인네가 뭐냐?"

"내 상사냐? 니 상사지?"

"아이참! 그만해요! 한 달도 안 남았는데 그 병원장님이 왜 여기에? 그때 뭐 잘못한 거 있어요?"

정미가 손을 내저으며 승범에게 물었다.

"내 말이 그 말이라고. 저놈이 뭘 잘못했거나……."

"아니면, 뭘 잘했거나?"

송기윤의 말을 자르고 정미가 대꾸했다. 그때까지 머리를 굴리느라 승범은 대답도 하지 못했다. 잘한 게 있을 리가 있나, 잘못했다고 생각하면 모든 행동이 잘못되어 보일 정도였다.

"혹시 너 서울로 다시 불러 달라고 빌었냐?"

송기윤이 눈을 가느스름하게 뜨고 물었다.

"단칼에 거절당했다고 하시던데요?"

승범 대신 대답하는 정미의 말에 송기윤이 고개를 끄덕였다.

"역시 공과 사는 분명한 분이시니."

"그럼 시험이네. 갑자기 들이닥쳐서 환자들이 많은지 적은지, 일은 잘하는지 못하는지, 여기서 신망이 있는지 없는지!"

정미가 손뼉을 치며 말했다. 너무 그럴듯해서 송기윤도 홀린 듯이 이어 말했다.

"그렇다면 그 여부에 따라 다시 밑으로 들일지 말지 결정하는?"

"웬일이니? 원장님, 다시 인 서울 하겠다는 소원 이

루겠어요!"

정미가 제 일처럼 좋아했다. 좀 전까지 승범은 빚 때문에 죽상이었는데 서울로 다시 간다면 빚도 빨리 갚고 그동안 이곳에서 고생고생한 것도 끝이었다. 반면에 송기윤은 똥 씹은 표정이었는데, 정미는 그의 어깨를 두드렸다.

"가는 길 멀 테니 점심 먹고 가요. 여기 백반집 유명한 곳 있어요."

"말도 안 돼. 어떻게 저 자식이 병원장님한테 인정받겠어요? 지금 어? 여기 봐봐. 한창 일할 시간에 환자도 텅 비었고. 너 여기 월세는 내고 있냐?"

송기윤은 믿을 수가 없었다. 환자가 많다는 말도, 철물점 사장 말처럼 승범이 직접 환자를 찾아가 환자를 살리려 했다는 것도, 구하지 못해 괴로워했다는 말 또한 믿어지지 않았다. 자기만 알고 본인 위주로 환자를 대하는 인간이 갑자기 변해서 환자에게 지극정성을 쏟는다고? 저 싸가지 충만한 자식이? 뭘 어떻게 사람들을 구원삶았는지는 모르겠으나, 사람은 쉽게 변하지 않는다. 모두 다 거짓이다!

"어어? 아까 우리 원장님 하는 말 못 들었어요? 여긴 환자들이 낮에 일이 바빠서 그때 빼고, 아침이나 저녁에 바쁘다고요. 오전에 바짝 오셨다가 지금 좀 쉬는 시간이라고요. 약탕기가 다섯 개인데 돌아가는 거 봐요."

정미의 말에 송기윤이 입술을 삐죽였다.

"병원장님이 오셔서 약탕실 안까지 보겠어요? 눈에 확 보이는 게 환자 수지."

그의 말이 마음에 들지 않아 정미가 한마디 했다.

"송 쌤, 자꾸 그렇게 재수 없게 말하면 점심밥 없어요!"

"이 쌤, 말이 너무 심하네. 내가 언제 점심 사 달라고 했어요?"

"그때 가 보면 알 테니까 두고 보라고요. 승범 쌤이 뭐가 바뀌었으니까 그 병원장님이 여길 찾는 거 아니겠어요?"

"저 자식이요? 말도 안 돼!"

송기윤은 분해서 몸을 꼬았다. 정미가 승리의 미소를 지었다.

그렇게 인심 좋게 정미가 승범과 송기윤을 끌고 백반 집에서 밥을 먹였을 때도, 송기윤이 왠지 모르게 치욕스럽다며 서울로 갈 때도, 승범은 정신이 다른 데 팔려 있었다.

"무슨 생각 해요?"

퇴근 준비를 마친 정미가 승범을 흘깃거렸다. 아까부터 말수가 없어진 게 신경이 쓰였다.

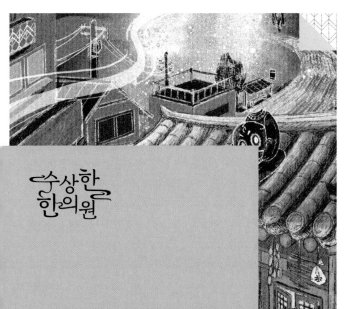

수상한 한의원

같이
읽고 싶은
이야기

완독	년	월	일
별점	☆ ☆ ☆ ☆ ☆		

읽으면서 느꼈던 감정들

○ 기쁜	○ 수줍은	○ 쓸쓸한	○ 놀라운
○ 그리운	○ 흥분되는	○ 피가 끓는	○ 억울한
○ 벅찬	○ 황홀한	○ 괘씸한	○ 난처한
○ 후련한	○ 뭉클한	○ 미칠 것 같은	○ 골 때리는
○ 끝내주는	○ 참담한	○ 끔찍한	
○ 전율을 느끼는	○ 애처로운	○ 진땀 나는	
○ 따사로운	○ 공허한	○ 숨가쁜	
○ 감미로운	○ 외로운	○ 막막한	
○ 짜릿한	○ 애틋한	○ 소름 끼치는	
○ 생생한	○ 안타까운	○ 충격적인	

가장 와닿았던 문장은?	

가장 인상적인 캐릭터는?	

한마디로 이 책을 표현한다면?	

TXTY

"그냥 이런저런 생각?"

드디어 내 진가를 알아주는구나! 다시 서울로 가는구나! 이제 빚도 갚고 이 지긋지긋한 시골 생활도, 귀신들의 한도 다 끝이다! 나이 든 한약업자와 경쟁하고 무시당하는 것도 이제 끝! 근데 속이 시원해야 정상인데 왜인지 아쉬웠다. 이내 아쉽다는 감정을 부정해 보지만 공허한 마음에, 생각에 생각을 거듭했다.

"병원장님 오신다는 게 싫어요?"

"아니요, 왜요?"

"평소 같았으면, 이건 기회다! 기다려라! 내가 꼭 인서울 한다! 라면서 정말 쓸데없이 투지를 불태울 것 같았는데 지금 좀 표정이⋯⋯."

"내 표정이 어때서요?"

"썩었어요."

"거 말이 너무 심하네."

승범은 제 잘난 얼굴을 쓰다듬었다. 정미가 키득거렸다.

"배신자에게서 인정받을 수 있는 좋은 기회잖아요. 좋은 복수네."

"좋은 복수지요."

승범은 정미의 말을 따라 했다. 그녀의 말처럼 그 독한 원장한테서 인정받을 기회에 기분이 좋아야 정상이었다. 그러나 공실의 뼈를 그러모으는 그 순간이, 자신을 다독이던 수정의 단단한 손이 계속 떠올랐다. 그 기억에 기분이 가라앉았다.

"난, 또."

"난, 또?"

"질투하는 줄 알았네."

"무슨 말이에요?"

"송기윤 씨가 나한테 번호 준 거 못 봤어요?"

"언제요?"

"아까 갈 때, 나를 막 대한 여자는 이 쌤이 처음이오! 라면서 전화번호 주고 갔어요. 나 진짜 그런 말 하는 사람 첨 봤잖아. 그 드라마가 사람 여럿 망쳐 놓네."

'송기윤 이 바람둥이 자식 같으니! 다른 데에 정신 팔린 그 사이에 작업이 들어가? 감히, 누구한테!'

얼굴이 벌게지도록 분노가 치솟다가 자기가 뭐라고 화를 내는가 싶어 승범은 어깨를 늘어뜨렸다.

'그렇지, 정미도 연애하고 그래야지.'

저렇게 좋은 여자가 친구라는 이름으로 언제까지 자신의 뒤치다꺼리를 하게 둘 수는 없었다.

"아, 그렇구나."

"아, 관심도 없었구나. 그럼 나 먼저 퇴근해요."

"아니, 그게……."

승범이 손을 뻗으며 무어라 얘기하려고 했지만, 정미

는 가방을 챙겨 들고 뒤도 돌아보지 않고 한의원 문을 열었다. 허공에 뻗은 손을 물끄러미 보던 승범은 이내 고개를 돌렸다.

딸랑. 종소리가 들리고 정미가 나가자 그 틈으로 잽싸게 의사 귀신 조근우가 들어왔다. 그리고 퇴근하는 정미의 등에다 대고 인사했다.

"지금 퇴근하십니까? 수고하셨습니다. 조심히 가십시오."

들릴 리가 없는데도 조근우는 매번 인사하는 것을 잊지 않았다. 승범은 창문으로 고개를 내밀었다. 여름이 지나자 그렇게 길던 해가 짧아져 있었다. 익숙했던 시간의 하늘이 어둑해져 설핏 비가 오려나 싶어 하늘을 봤다. 회색 하늘에 금성이 반짝였다. 건물에서 나온 정미가 집 방향으로 걸어가는 뒷모습을 본 승범은 맞은편 한약방을 봤다. 주황빛 조명이 켜진 내부에 여전히 남아 있는 사람들. 이제 저들이 가면 저녁 장사가 시작될 것이다.

"그런데 말입니다."

조근우가 귓가에서 속살거렸다.

"아이 씨, 깜짝이야!"

어느새 옆으로 다가왔는지 승범이 대놓고 깜짝 놀라자 조근우는 인상을 찌푸렸다.

"깜짝이야……. 너무 갑자기 말씀하셔서, 절대 귀신이라서 놀란 건 아니고, 제가 오늘 좀 생각이 많아져서. 그런데 무슨 일이십니까?"

변명이 점점 길어지는 걸 자르고 묻자 조근우는 고개를 절레절레 흔들며 따라오라고 손짓했다. 조근우는 평소 한의원 저녁 퇴근 시간에 맞춰 출근하고, 침구실 끝에서 예약 귀신 환자를 진료했다. 오늘은 수술 귀신 환자가 있기에 미리 와 있다가 잠시 나갔다가 온 듯했다. 그가 복도 끝 침구실로 앞장서서 걸으며 말했다.

"오늘 수술 예약이 잡혀 있는 유시영 귀신 환자분의 접합 수술 말입니다."

기억나기 쉽게끔 조근우가 손짓으로 제 머리를 떼어 앞으로 내밀었다.

"악!"

그 모습에 승범이 펄쩍 뛰어올랐다. 너무도 자연스럽게 떨어진 머리가 승범을 따라 움직이다가 다시 제자리에 돌아갔다. 귀신이라 그런 일이 쉽구나. 그래도 그렇지. 승범은 원망스럽게 조근우를 째려봤다.

"누군지 알겠어요."

처음 수정 한약방에서 만났던, 머리를 옆에 낀 남자 귀신이었다. 청소년 정도의 앳되고 창백한 얼굴이 손안에서 움직이던. 얼마나 식겁했던지 지금처럼 그 자리에서 펄쩍 뛰어 오르지 않았던가. 그때를 떠올리니 귀신 환자분에게 미안해졌다.

"아, 떨어진 목을 이어 붙이는 건 말이지요? 그건 조 선생님의 권한이니 마음대로 하시면."

"그리하려고 했는데 접합 부위를 검사하다가 난감해 져서요."

"검사요?"

"보시면 압니다."

의사 귀신은 침구실로 들어섰다.

침구실은 8개의 침대가 나열되어 있고 2개의 침대마 다 칸막이를 세웠다. 제일 끝 2개는 일반 환자가 사용 하지 못하도록 했는데, 그곳은 귀신 환자들을 위한 자 리였다. 조근우가 8번째 침대에 쳐진 커튼을 걷자 언제 왔는지 그곳에 문제의 귀신 환자가 앉아 있었다. 품엔 소중한 머리를 안고서. 그 모습을 본 승범은 고개를 갸 웃거렸다. 가만히 쳐다보니 창백한 얼굴과 대비되게 몸 은 푸른 빛이 감돌았는데 다른 귀신 환자에게선 볼 수 없던 빛이었다. 나중에 공실이나 수정에게 물어보기로 하고 승범은 조근우가 하는 모습을 지켜봤다.

유시영은 조근우와 승범의 등장에 더벅머리를 만지 작거리던 두 손을 들어 올렸다. 푹 파인 눈이 끔벅거리 고 너덜너덜한 입술이 씩 웃었다.

"선생님들! 안녕하십니까! 수술하기 정말 좋은 날 아닙니까?"

"네, 유시영 귀신 환자분. 오늘 컨디션이 좋아 보입니다."

"정말이지 이런 날이 올 줄은 몰랐습니다."

"저도 유시영 귀신 환자분을 수술하게 되어 영광입니다. 그럼 잠깐 제가 머리를 잡아도 될까요?"

조근우가 묻자 활짝 웃던 남자의 입술이 굳었다. 잠시 멈칫거리던 그의 팔이 조근우에게로 쭉 뻗었다. 머리가 앞섰다. 들이민 머리를 조심히 붙든 조근우가 승범을 돌아봤다. 눈짓으로 가까이 오라고 한다. 승범이 가까이 다가가자 의사 귀신은 머리를 찢어진 목의 단면에 맞췄다.

"목과 머리를 접합하려면 이 너덜거리는 부위를 어느 정도 잘라내고 붙일 겁니다. 다행히 혼백이라 목에 철심을 박는다는 건 시도 안 할 거고요."

허리를 숙여 조근우의 설명을 듣던 승범이 일순 멈칫거렸다.

"이제 알아보시겠습니까?"

"이건……?"

조근우가 승범을 돌아보며 물었다. 귀신 환자가 눈치채지 못하도록 상태 설명을 하지 않은 그의 눈이 승범을 향했다. 승범은 그와 눈을 마주치다가 머리와 목과 연결되는 부분을 봤다. 눈앞이 아득해졌다. 귀신 환자의 머리와 이어지는 목 부분의 단면은 몸통과 이어지는 목보다 현저히 컸다.

즉, 머리와 몸이 다르다는 말이었다.

◇◇◇◇◇

"어떻게 할까요?"

의사 귀신 조근우는 처진 눈을 끔벅거렸다. 그의 얼굴에 짙은 피로가 덕지덕지 붙어 있었다. 승범은 양손으로 머리카락을 움켜쥐다가 고개를 들었다.

"혹시 분리되었을 때 목이 수축되었다든가……."

수술 전, 준비하겠다는 말로 대충 둘러대고 침구실 밖으로 나온 둘은 서로를 향해 머리를 맞대고 수군거렸다.

"살아 있는 몸이라면 그런 추측이 가능하겠지만, 혼백만이 남아 있는 상태에서는 그럴 리가요."

"으윽, 그냥 수술하면 안 되나요?"

"의사로서의 양심이 있지요."

"……."

그렇지. 죽었다 해도 양심은 지켜야지. 물론 승범 본인이라면 당장에 수술했을 것이다.

"그러면 어떻게 하죠?"

승범은 귀찮아하는 표정을 여실히 드러냈다. 내내 고민과 생각이란 걸 했더니 머리가 아플 지경이었다.

"그건 제 소관이 아니지만……."

"아니지만?"

승범은 자꾸 뜸을 들이는 그를 재촉했다. 어서! 빨리! 말을 해!!

"진짜 몸과 머리를 찾아줘야지요."

"누가요?"

"누구긴요?"

그것까지 일러줘야 하냐는 표정으로 조근우는 승범을 올려다봤다. 승범은 머리카락을 뜯다가 눈을 가렸다. 가리나 뜨나 암담하긴 마찬가지였다. 몸과 머리를 어디서, 어떻게 찾아준단 말인가?

"흐으."

승범의 입에서 신음이 흘러나왔다. 의사 귀신이 이제는 뻐근하지도 않을 목을 주물렀다.

"어쨌든, 이번 수술은 못 하겠다고 귀신 환자분께 말을 해야겠습니다. 정 모르시겠다면 일단 귀신 환자분께 물어보는 건 어떻겠습니까?"

"물어봐요?"

"어디서 머리를 주웠는지요. 끔찍한 사건이 아니라면

그 근방에 있지 않겠습니까?"

"끔찍한 사건?"

자꾸 자신이 하는 말을 도돌이표처럼 되묻는 승범이 슬슬 귀찮아지기 시작한 조근우였다.

"일단 두 명 이상의 귀신 머리와 몸이 분리가 되었으니."

그는 두 손을 붙였다가 떼었다. 마주 보던 승범의 머릿속에서 누군가가 시신의 목을 썰었다. "히익!" 승범이 비명을 내지르다가 입을 틀어막았다. 조근우는 다소곳이 두 손을 하얀 가운 주머니에 넣었다.

"귀신 환자의 히스토리를 물어보았습니까?"

그럴 리가. 그냥 머리와 몸을 붙여 달래서 알았다고 답했을 뿐이었다. 하얗게 질리는 승범의 얼굴을 본 조근우는 빤한 상황에 고개를 까닥였다.

"지금 물어보면 되겠군요."

조근우는 어깨를 으쓱이고는 침구실로 들어갔다.

승범은 입술을 깃씹었다. 귀신 환자의 한을 파고들면 들수록 명치가 꽉 막히고 뱃속이 홧홧했다. 뜨거운 무언가가 목구멍으로 치받고 눈가가 시큰한 느낌이 너무 싫었다. 그냥 아픈 곳이 있다면 풀어 주는 것이 편하지, 과거 따위가 무슨 소용인가. 그래서, 공실의 한에선 그렇게 울어댔다. 부끄러운 줄도 모르고.

"유시영 귀신 환자분. 저희가 물어볼 게 있습니다."

"뭐, 뭔가요?"

"큰일은 아닙니다. 검사한 결과를 보니 귀신 환자분의 머리가……."

앞서 들어간 조근우의 목소리가 침구실에서 들려왔다.

'그래. 그냥 일단 찾아볼 테니 어디서 그 머리를 찾았는지 묻는 거야. 그리고 그 주변을 찾아보다가 정 못 찾겠으면 지금 있는 머리를 붙여 준다고 해야. 조 선생의 양심도 사라진 다른 이의 부분이 없다면 지켜질 테고. 협상하는 거야 내 전문이지.'

머리를 빠르게 돌려서 나온 결과에 수긍하는 순간 침구실이 소란스러워졌다.

"억!"

눈앞에서 조 선생이 휘청거리고 그 사이로 머리를 옆구리에 낀 유시영 귀신이 뛰쳐나왔다. 승범이 두 손을 들었다.

"아니, 잠깐만. 환자분 진정하시고."

"잡아요!"

의사 귀신의 소리침에 멈칫거리던 귀신 환자가 승범을 향해 달리기 시작했다. 얼결에 조 선생의 말처럼 그를 붙들려고 했으나 유시영은 무슨 럭비를 하듯 머리를 옆구리에 끼고 반대쪽 어깨로 승범의 가슴을 들이받았다. 격심한 고통과 함께 몸이 붕 떴다. '악!' 하고 비명지를 사이도 없이 침구실에서 복도로 튕겨 나간 승범은 벽에 부딪혀 바닥에 뒹굴었다. 눈앞에 유시영의 발이 사라지는데도 어쩌지 못하고 몸을 바르작거렸다. 입을 벌려 숨을 삼키려고 하지만, 그러질 못했다. 입에서 뚝뚝 흐르는 액체가 피인지 침인지 분간되지 않았다.

저 멀리서 조근우가 달려와 옆에 앉았다. 손을 대려고 하지만 닿지 않았다.

"선생님! 괜찮으십니까?"

전혀, 괜찮지 않다.

승범은 가슴을 부여잡았다. 귀신 환자 어깨에 부딪힌 부분에서 고통이 온몸으로 퍼졌다. 헉, 헉. 옆에서 소리치는 조근우의 목소리가 아득했다.

"숨을 쉬어 보십시오. 천천히요!"

상태를 본 조근우의 지시대로 천천히 숨을 쉬려고 노력해 봤다. 헉, 헉.

"잘하고 계십니다. 천천히 들이쉬었다가 내쉬었다가."

숨이 조금씩 기도로 들어와 폐부로 이동한다. 허억, 허억. 이제야 숨이 제대로 쉬어졌다. 콜록콜록, 기침이 터져 나왔다. 하아. 긴 숨과 함께 잔뜩 힘이 들어가 경직되었던 팔다리가 풀어졌다. 어찔하던 눈앞이 선명해지고 늘 피로에 찌든 조근우의 얼굴에서 걱정이 보였다. 승범은 손등으로 축축한 입가를 닦아냈다. 다행히

피는 아니었다.

"괜찮으세요?"

"어때 보여요?"

한순간의 격통은 한풀 꺾였지만, 그래도 고통은 남아
있었다.

"상당히 아파 보이네요. 손끝부터 천천히 움직여 보
세요."

그의 지시대로 손끝을 움직이고 발끝을 그리고 몸을
움직였다. 가슴을 붙잡고 일어나 앉게 되자 조근우는
어깨를 늘어뜨렸다.

"지금은 어떻습니까?"

"큰 돌에 얻어맞은 것 같아요."

"뼈에 이상이 있을 수 있으니 내일 병원에서 엑스레
이를 찍어 보세요."

밭은 숨을 쉬는 승범을 보던 조근우가 고개를 갸웃거
렸다.

"그런데 말입니다."

승범이 그를 마주 봤다.

"저는 이렇게 선생님을 만질 수 없는데 유시영 귀신
환자분은 어떻게 선생님을 칠 수가 있지요?"

14. 유시영

"그건 파장이 맞아서 그래."

한약방 지정석에 앉아서 뻥튀기를 먹으며 공실은 대꾸했다. 가슴팍에 고약을 바른 채 누워 있던 승범이 그 말에 고개를 들었다.

한약방 안쪽, 수정이 기거하는 방 앞으로 온 공실이 혀를 찼다. 푸르죽죽한 고약 밑으로 피멍이 든 가슴팍이 걱정되었다. 상체를 드러낸 승범은 잠시 부끄러워 손으로 가슴을 가렸다가 끈적한 고약을 만지고 손을 내렸다.

"한동안 심하게 아프겠는걸?"

"다행히 뼈는 괜찮다고 합니다. 그건 그렇고 파장이 맞다니요?"

"나도 자세히는 모르겠지만, 전류 같은 걸 떠올리면

편할 거야. 파장이 잘 맞는다면 손도 잡고 끌어안기도 하고 때리면 맞기도 하겠지. 그와는 반대로 파장이 안 맞으면 만지는 건 꿈도 꾸지 못할 테고. 그 중간은 어쩌다가 불똥이 튀는 것처럼 순간순간 접촉할 수 있는 거라고나 할까? 그건 사람이 될 수도 있고, 온 세상의 생명체나 물건 같은 것 등등 파장만 맞는다면 모든 걸 움직일 수도 있지."

승범은 공실이 자신의 어깨를 툭툭 두들기던 순간을 떠올렸다. 게다가 음식을 집어 입에 넣는 모습도. 그녀의 남편 장 영감도 지팡이를 휘두르고 문을 열었지. 그렇군! 그런 거였어!

"파장 같은 소리!"

수정이 플라스틱 쟁반을 들고 왔다. 냉랭한 표정으로 탁 소리가 나게 쟁반을 내려놓았다. 오래된 사발에서 하얀 김이 피어올랐다. 끙 소리를 내며 일어난 승범은 짙은 갈색빛이 도는 탕약과 수정을 번갈아 봤다. 그는 헛기침하고는 약을 꿀꺽꿀꺽 마셨다. 무척 썼다. 자신을 내려보는 수정의 말투처럼.

"자네 죽을 뻔했어! 알아? 귀신 환자를 보는 게 쉬운 줄 알아? 무슨 일을 하든지 대충대충. 돈만 되는 일이라면 앞뒤 재지 않고 득달같이 달려들지."

한바탕 잔소리가 이어지자 승범은 눈살을 찌푸렸다.

맞는 말이지만, 너무 직통으로 맞아서 반감이 들었다. 그가 입술을 씰룩였다. 그때 공실이 손뼉을 쳤다.

"박 씨가 그 귀신에 대해 좀 알 거야! 그치가 오지랖이 넓잖아."

"죽을 뻔한 인간한테 잘하는 짓이다."

"말린다고 안 할 인간인가? 그렇지?"

공실이 해맑게 승범에게 묻자 휴지로 고약을 닦아내던 그가 물었다.

"박 씨가 누굽니까?"

"그 도박쟁이 귀신."

분홍색 장갑이 기억났다. 그러고 보니 유시영을 보던 날, 그 박 씨도 함께 있었다. 둘이 친한 사이일 수도. 승범은 옆에 두었던 셔츠에 팔을 꿰어 넣다가 한기에 몸을 부르르 떨었다. 끙. 몸이 떨리자 가슴팍에 고통이 일었다.

"그 몸으로 뭘 어떻게 하겠다고?"

수정이 퉁명스레 말을 뱉었다.

"일단 어디에 있는지를 물어보고 그 머리를 어디서 가져왔는지도 물어보고요. 사장님이라면 뭘 물어보시겠어요?"

"그걸 내가 알려 줄 것 같아?"

"아뇨. 그냥 한 번 물어봤습니다."

"이거 이거 뭔가 큰 사건이 될 것 같은데, 고 선생도 해 보는 게 어때?"

공실이 팔짱을 끼고 히죽였다. 승범이 그 자리에서 펄쩍 뛰었다. 내 편이라고 생각했는데 갑자기 무슨 말이란 말인가?

"유시영 귀신 환자분은 제 환자입니다!"

"으음, 아니지. 도망갔잖아. 한의사와 귀신 환자 간의 신뢰가 깨진 마당에 무슨. 안 그래?"

공실이 수정을 봤다. 수정은 쟁반을 들고 돌아섰다.

"안 하려고?"

대꾸도 하지 않고 문밖으로 나서려고 하자 공실이 다시 물었다. 수정은 코웃음을 쳤다.

"내가 뭐 하러 한의사 양반이 싸지른 똥을 치워?"

"요즘 귀신 환자도 빼앗겨서 질투하는 거야. 상처받지 마."

공실이 손사래를 치며 승범에게 말했다. 그런 공실을 수정이 노려봤다. 조명 불빛이 어두워 더욱더 분위기가 싸늘했다. 승범은 가슴에서 피어오르는 쓰디쓴 고약 냄새에 머리가 띵했다. 열이 오른다. 도무지 공실이 왜 저러는지 이해가 되지 않았다.

"이번 사건을 누가 해결하느냐에 따라 귀신 환자들 사이에 판도가 달라질 거야. 역시 구관이 명관인지, 아니면 젊은 인재의 특별하고 신식인 치료 상술인지."

수정이 돌아섰다. 달그락. 쟁반에 있는 사발이 함께 움직였다. 가늘게 눈을 뜨고 공실을 노려보는 모습이 금방이라도 수정이 그 제안을 받아들일 것 같아 놀란 승범이 움직였다. 공실의 말대로 대결 구도가 된다면 귀신 환자의 신뢰를 잃은 지금, 수정이 승리할 확률이 컸다. 그렇게 되기 전에 막아야 했다.

"아잇! 에에이!"

둘 사이를 파고들며 두 팔로 격렬하게 안 된다고 흔들었다. 채 여미지 않은 셔츠가 펄럭였다. 고약 냄새와 함께 통증이 일었다. 승범은 자신의 일을 수정에게 빼앗길 것 같아 억울했다. 가뜩이나 제일한방병원 병원장인 김진태가 우화에 온다고 하니 그때까지 한의원에 사람 환자가 많아야 했다. 그에게 인정받을 기회인 만큼 놓칠 수 없었다. 지금 승범에겐 귀신 환자 하나도 소중했다. 귀신 환자 하나당 사람 환자 열 명이니까.

"위험한 일이라고 본인이 말했잖습니까?"

승범은 공실의 제안을 받아들이려는 수정을 만류했다.

"그건 한의사 양반이나 위험한 거니 본인이 걱정해야 하는 거고. 왜? 돈줄이 막힐까 봐 겁나나?"

그건 사실이지만, 왜 자꾸 수정이 돈으로 빈정거리는지 모르겠다. 그렇게 말을 할 때마다 왜인지 가슴이 콕 콕 쑤셨다. 승범은 가슴을 살살 문질렀다. 아마 가슴을 다쳐서 그럴 수도.

"모르시나 본데 목과 몸을 접합할 수 있는 건 저희 한의원뿐입니다."

"그게 어디 한의사 양반 힘인가? 한의사와 협력하는 귀신 의사의 힘이지. 그리고 한이란 건 그 하나뿐이 아닐세. 억울하고 슬픈 일도 화가 나는 일도 가만히 들어주고 어떻게 해결해야 할지 면밀하게 살펴야 하는 거야. 하긴 그걸 알았으면 이 지경까지 안 왔겠지."

대놓고 자신을 무시하는 수정의 말에 자존심이 상한 승범이 발끈했다.

"고 사장님이 시골에서만 장사하셔서 잘 모르시는가 본데 대개 한방병원은 한의사와 양방 의사들이 협진합니다. 서로 힘을 합쳐 다각도에서 환자들을 치료하는 거지요. 저희는 그걸 살짝 바꿔 전문적으로 귀신 환자를 케어하는 거고요."

이제는 승범과 수정이 서로를 노려보며 으르렁거렸다. 지켜보던 공실이 손을 들었다.

"그럼 둘 다 참여하는 걸로 알고 박 씨를 데리고 올게."

공실이 그렇게 말했으나 그들은 듣는 척도 하지 않고 금방이라도 서로를 잡아먹을 것처럼 굴었다. 이제 추위를 탈 리가 없는 공실이 몸을 부르르 떨며 팔을 쓸었다.

공실은 둘을 보며 한숨을 내쉬었다. 판을 벌인 건 자신이었으나 마음 한편으론 서로 안 한다고 할까 봐 조마조마했다. 서로 물어뜯을 것처럼 굴어도 어느 정도는 선을 지키며 참는 것이 보여 한시름 놨다.

공실은 승범을 쳐다봤다. 여미지 못한 앞섶으로 가슴팍의 붉고 시퍼런 멍 자국이 드러났다. 사실 공실은 승범이 다치고 와서 속상하고 걱정이 되었다. 귀신 상대하는 일은 수정의 말처럼 위험천만했다. 귀신들이 가진 힘은 측정하기 어려웠다. 인간에게 무해할 때도 있지만, 인간에게 손쉽게 해를 끼칠 수도 있었다. 지난날 승범이 공실의 죽은 남편에게 죽을 뻔했고, 오늘 유시영에게 들이받혀 죽을 뻔한 것처럼.

반면에 수정은 대대로 귀신 상대로 한약방을 하면서 악귀들을 퇴치할 수 있는 비법을 가지고 있었다. 여러 퇴마사와 무당 그리고 스님을 알고 있었고 유일하게 귀신의 한을 치료해 주는 사람이기에, 귀신들 사이에 그녀를 위협하지 말자는 암묵적인 약속이 존재했다. 그런 수정도 귀신 환자와 상담하면서 한을 들어줄 만한지 견적을 내 보고 조금이라도 힘들겠다 싶으면 단호하게 거절했다.

그러나 한없이 약해빠진 승범은 귀신들의 위험성에 대한 내성이 조금도 없었다. 그런 주제에 어떻게든 위험한 일을 무작정 계속할 테고, 그 무식함에 머지않아 공실과 함께 손잡고 저승을 갈지도 몰랐다. 너무도 빤해서 한걱정이다.

귀신 환자 치료하자고 자신이 꼬드긴 거나 마찬가지라 공실도 양심의 가책이 이만저만이 아니었다. 그래서 공실은 이 일에 수정을 끌어들이기로 했다. 조금이라도 승범이 위험하지 않게 수정을 옆에 붙여 놓기로. 말도 되지 않는 경쟁 구도로 수정의 속을 들쑤시니 웬일로 낚였다. 그동안 수정도 귀신 환자들을 빼앗기는 게 어지간히 불안했던 걸까?

'아니면 이렇게까지 승범이 미덥지 않다고?'

공실은 수정을 물끄러미 바라봤지만, 수정의 표정을 읽을 수 없었다.

◇◇◇◇◇

유시영은 그에게 익숙한 아미산으로 숨어들었다. 한동안 오지 않아서 그런지 숲은 그새 바뀌었다. 푸르른 잎은 붉거나 노랗게 물들었고, 소리를 지르던 매미의 울음은 사라졌다. 따뜻하고 축축한 기운은 사라진 채 차가운 공기만 가득했다.

고엽이 된 수풀을 통과하며 유시영은 산을 올랐다. 간혹 잠시 멈춰 누가 쫓아오지 않는지 머리를 들어 살핀다. 저 밑에 계곡에서 계곡물이 흐르는 소리만이 들렸다. 그는 파헤쳐진 무덤 앞에 털썩 주저앉았다.

우울했다. 그는 이곳에서 무척 오랜 시간 동안 홀로였다. 어둡고 좁으며 벌레가 기어 다니는 관 안에서 혼자 있기엔 너무나도 외로웠다. 훌쩍훌쩍. 엄마를 찾아 울어도 이곳으로는 아무도 오지 않았다.

'나는 잊힌 거야.'

알고 있었지만, 기다림은 포기한다고 해서 포기가 되는 것이 아니었다. 어쩌면이란 생각이, 바람이 나뭇잎을 스치는 소리에도 고라니나 멧돼지가 땅을 뛰어넘는 소리에도 귀를 쫑긋거리게 만들었다. 그럴 때면 울다가도 엄마를 불렀다. 혹시나 그를 찾아온 걸까. 아니더라도. 누군가라도, 찾아와 주기를 바랐다. 매미처럼 울음은 그치질 않았다. 그리고 어떤 소리가 났다. 사사삭. 땅을 파헤치는 소리가 한참 들리더니 곧 쿵쿵! 축축하고 썩어 들어가는 관뚜껑을 무언가가 두드렸다. 흙 부스러기와 그 위를 지나가던 지네가 얼굴로 떨어졌다.

291

'엄마?'

우지끈. 관뚜껑의 귀퉁이가 부서졌다. 그 틈으로 눈이 시린 달빛이 새어 들어왔다. 그리고 차가운 손이, 단단하고도 부드러운 손이 그의 머리를 감쌌다.

겨우 무덤에서 벗어날 수 있어서 얼마나 좋았는지.

사람들이 사는 곳으로 내려왔을 때 기억하는 것보다 많이 달라진 모습에 얼마나 놀랐는지. 그리고 그의 집이라 여겨지는 곳은 넓은 도로가 되어 얼마나 허무하고 실망스러웠는지.

아무도 몰랐다. 아무도 알고 싶어 하지 않았다.

"이봐 신참. 그대는 어디서 왔길래 그 모양이야?"

유시영은 머리를 들어 손 하나가 없는 아저씨를 봤다. 처음이었다. 셀 수도 없는 고독한 시간 속에서 누군가가 처음으로 말을 걸어 주었다.

"제 모습이 어때서요?"

"그 모습은 마치 비광이 두꺼비를 끌어안은 모습인걸?"

그 말에 유시영은 눈물을 뚝뚝 흘렸다. 사실 눈물 따윈 없지만, 그는 그렇게 생각했다. 박 씨는 자신의 말에 소년이 상처받았다고 생각하고 머리를 긁적였다.

"웃으라고 한 말이었어. 농담이라고."

"저는 아미산 저 깊숙이에서 왔어요. 저는 아주 오랫동안 혼자 있었거든요. 이렇게 말을 걸어 준 건 아저씨가 처음이에요."

"그걸 의도한 건 아니었지만, 그렇게 얘기하니 반갑다고 말해야 할 것도 같고. 나는 박재호야. 그냥 박 씨 아저씨라고 불러."

"반가워요. 박 씨 아저씨. 저는 유시영이에요."

◇◇◇◇◇

승범은 아미산 초입, 황금빛 물결이 이는 논 옆에 차를 주차했다. 산은 가을로 물들었다. 주위로 몇몇 집만 빼면 별다른 소음도 없어 고요함이 감돌았다.

"아휴, 내가 이런 데 쫓아온다고 다 아는 것도 아니고."

트렁크에서 등산용 스틱을 찾는 승범의 옆에 선 박 씨가 산세를 바라봤다. 배낭에 생수를 여러 개 집어넣은 승범의 눈빛은 매섭다. 여기서 진다면 겨우 얻은 한의원의 입지가 좁아 들고 원장 김진태는 그럴 줄 알았다고 자신을 비웃을 것이다. 그리고 결국에는 망할 테지. 가방을 메며 승범은 가을 산을 바라봤다. 뒷짐을 지고 있던 박 씨가 산세를 가리켰다.

"여기서부터 저어기 고개 넘어서까지가 제법 깊을 걸세. 그렇다고 해도 거기에 있으리라는 보장은 없고. 차라리 귀신들을 풀어 찾는 게 빠르지 않겠나?"

"그랬다간 고 사장님이 더 유리하죠. 단골도 그쪽이 더 많을 텐데. 저 산을 싹 돌아다녀서 제가 찾아낼 겁니다."

승범은 스스로가 다짐하듯 고개를 끄덕였다.

"하긴. 거기까지 생각했구먼. 그러나 고 선생은 귀신 환자들을 그렇게 믿지 않을 거야."

등산로 초입에 들어서던 승범은 박 씨의 말에 고개를 돌렸다.

"그게 무슨 말입니까?"

"수십 년 동안 그녀가 원하는 한 귀신을 찾았지만, 누구 하나 찾은 이가 없었지. 다들 그 귀신이 저승에 갔다고 여기고 있어서⋯⋯. 여하튼 그렇기에 고 선생은 시영이만큼은 자기가 찾을 거야. 누구의 도움도 없이. 억센 여자지."

"그게 누군데요?"

승범은 처음 듣는 말이었다.

"응?"

"고 사장님이 찾고 있다는 귀신 말입니다."

박 씨의 눈썹이 올라갔다. 도박꾼의 촉이 발동했다.

그렇게 문지방 닳게 한약방을 다니면서 그 누구에게도 그런 말을 못 들었단 말인가? 정말 못 들은 건가, 아니면 아예 관심이 없는 건가? 어쩌면 수정이 단단히 입막음을 했을지도 모른다. 어지간히 이 한의사 선생을 싫어하지 않는가? 어이쿠, 이럴 땐 입조심을 해야지.

박 씨는 히죽 웃었다.

"지금 그게 문제인가? 한의사 선생에게 닥친 시련이 중요하지 않은가?"

승범의 눈이 가늘어졌다. 박 씨가 셈을 하는 게 눈에 보였다. 유시영만 찾으면 그가 원하는 것 한두 개쯤은 들어줄 요량이었다.

"그렇죠. 지금 그게 문제가 아니죠."

승범은 돌아서서 걷기 시작했다. 등산화 밑으로 잔돌이 밟혔다. 폴폴 흙먼지가 날렸다. 찌르르 풀벌레가 울고 잠자리가 날아다녔다. 높다란 수풀도 빠지지 않고 샅샅이 훑었다.

"어쨌거나, 내가 이렇게 가 봤자 별 도움이 안 될 걸세."

"그래도 유시영 귀신 환자분이 믿고 의지한다면서요. 만나게 되면 설득 좀 잘해 주시면 됩니다."

"내 말을 들을까도 싶고."

"정 그런 생각이 드시면 눈 크게 뜨시고 주위를 잘 보십시오. 이 일이 잘만 된다면 그 장갑보다 더 좋은 걸 준비해 드리겠습니다."

원한다면 지금 없는 한쪽 손을 어디서든 찾아서 붙여 줄 테다.

"어흠, 그거 듣기 좋은 소리구먼."

기분이 좋은 박 씨가 어깨를 으쓱였다. 한 손으로 장갑을 만지작거리며 눈을 크게 떴다. 뭐라 중얼거리며 주위를 둘러보던 그가 고개를 앞으로 했다가 뒤로 뺐다. 눈을 비비고 다시 숲을 들여다봤다.

"헛! 저건!"

"있어요?"

승범이 박 씨의 시선을 따라 숲을 봤다. 빽빽한 잡목

림에 내려앉는 낙엽 사이로 하얀 무언가가 보였다. 벌써 찾은 것인가?

"있네. 있어! 고 선생이네! 고 선생이 우리보다 먼저 산에 올라가는군."

박 씨는 수정의 뒷모습을 보고 기뻐했다. 승범은 입술을 삐죽였다. 찾으라는 귀신은 안 찾고 원치 않은 인물을 찾아내다니. 한순간 일던 기대감이 차게 식었다. 말릴 사이도 없이 박 씨가 손을 번쩍 들었다.

"여어! 고 선생!!"

"저기 잠, 잠깐만요."

산을 오르기 시작한 수정이 뒤를 돌아봤다. 승범의 말도 듣지 않고 박 씨는 수정에게로 뛰었다. 돌풍이 불어 낙엽이 날아올랐다. 흙먼지가 눈에 들어가 승범은 눈을 감았다. 눈물이 찔끔 나왔다. 휘청거리며 앞으로 나아갔다. 눈을 몇 번 비비자 흐릿한 시야가 눈에 들어왔다. 저만치서 벌써 도착한 박 씨가 그를 향해 손을 흔들었다. 자신을 보고 못마땅해하는 수정의 얼굴이 보였다.

"그렇게까지 반가워서 눈물을 흘릴 정도인가?"

박 씨가 괜한 오해의 말을 했다.

"아니 이건, 그러니까 바람이…… 그렇다 쳐요."

승범은 흘러내리는 눈물을 닦아내며 대충 대꾸했다.

"여긴 어쩐 일들이야?"

수정이 그들을 보며 묻는 말에 날카로운 가시가 돋아 있다. 뒷짐을 지고 선 박 씨가 지레 찔려 먼저 입을 열었다.

"한의사 선생의 일을 도와주러 왔소. 그렇다고 너무 서운해하지 마오. 나도 시영이가 걱정되던 참이니 누굴 쫓아오든 상관없지 않겠소. 다행히 이렇게 만났으니 우리 함께 힘을 합쳐 또이또이 합시다."

그 말에 수정은 대꾸하지 않고 돌아서서 산을 오르기 시작했다.

"싫으면 말고."

자신의 말이 무시당하자 무안해진 박 씨가 중얼거렸다. 승범은 박 씨를 흘겨봤다.

"또이또이는 무슨."

"걱정하지 말게. 내 자네와의 약속을 잊지는 않았으니."

자연스럽게 수정의 뒤를 밟던 승범이 고개를 흔들었다.

'아니지. 이렇게 쫓아갔다간 괜히 쫓아다니다가 주워 먹었다는 말이 나올 테니 다른 곳에서 시작하자.'

그는 산을 바로 오르지 않고 산 둘레를 빙 돌아서 올라가기로 마음먹었다. 그사이 박 씨는 어디로 갔는지 보이지 않았다. 본인 나름대로 찾으러 간 것 같았다. 약속을 잊지 않는다고 했으니 일단 믿기로 하고 승범은 배낭을 단단히 붙들었다. 귀신 환자를 돌보기로 마음먹었을 때부터 운동을 꾸준히 했다. 더는 지난여름 등산했을 때의 저질 체력이 아니었다!

두 시간 뒤.

'아니다. 아무리 운동했어도 이건 아니다!'

잔뜩 구부정한 몸으로 승범은 숨을 몰아쉬었다. 길이 아닌 가파른 산길을 올라가는 시간이 길어질수록 숨이 턱 밑까지 차올랐다. 숨을 내뱉었다. 나무 기둥을 붙들고 몸을 끌어올릴 때마다 방언이 터지는 것처럼 욕이 터져 나왔다. 굵은 땀이 켜켜이 쌓인 낙엽 위로 뚝뚝 떨어졌다. 가뜩이나 비탈길이 낙엽 때문에 더 미끄러웠다. 휘청거리기를 몇 번. 굵은 나뭇가지를 붙들고 숨을 몰아쉬었다.

'찾을 수 있을까?'

벌써 후회가 밀려들었다.

'어쩌자고 내가 이런 짓을 하는 거지? 당연히 돈 때문이지.'

승범은 자신이 올라온 길을 되돌아봤다. 체감상으로 밑은 깎아지른 절벽과도 같아 어찔했다. 되돌아갈 길이라곤 없었다. 메마른 입술을 핥으며 승범은 앞을 봤다. 조금만 오르면 정상이었다.

'그곳에서 조금만 쉬자.'

고개를 끄떡이고 그는 다시 산을 오르기 시작했다.

나무를 붙든 팔에 힘줄이 돋았다. 팔이 후들거려 금방이라도 나뭇가지를 놓칠 것 같았다. 고개를 내저었다. 좋은 생각을 해 보자. TV에서 보면 이런 데 산삼도 있던데. 아니면 백복령이나! 겨우살이나! 송이버섯이나! 그 비슷한 무언가나! 있었던가?

'제길, 귀신 몸뚱이 찾는 데 집중하느라 신경 쓰지도 않았어!'

다시 고개를 저었다. 이건 좋은 생각이 아니다. 한 가지 일에만 집중하자. 승범은 머리를 들고 뛰던 유시영을 떠올렸다. 그 몸과 부딪혔을 때, 마치 돌덩이와 부딪힌 것처럼 고통스러웠던 그 기억. 두 번째에도 유시영이 자신에게 덤벼들지 말란 법은 없었다. 정상을 향한 팔이 파르르 떨렸다. 목숨과 돈. 둘 중 하나를 선택하라면 목숨인데.

'젠장! 이것도 좋은 생각이 아니야.'

겨우 정상에 발을 내디딘 승범은 긴 숨을 몰아쉬었다. 다리에 힘이 풀려 무릎을 꿇은 채 두 팔로 땅을 지탱했다.

"그래서 박 씨를 데려온 거잖아. 근데 대체 어딜 간 거야."

귀신이라면 동에 번쩍 서에 번쩍 해서 인간보다 훨씬 빠르게 찾을 것 같더니만. 부스럭. 고엽이 된 높다란 수풀이 움직였다. 그는 고개를 들었다. 후들거리는 다리에 힘을 줬다. 짐승? 아니면 귀신? 둘 다 반갑지 않다. 퇴로를 찾아 눈동자를 데굴 굴렸다. 어정쩡하게 일어서는데 흔들리는 수풀 너머에서 손이 튀어나왔다. 화들짝 놀라 그 자리에서 펄쩍 뛰어오르는 승범은 연이어 나타나는 주름진 얼굴을 보며 한숨을 쉬었다.

"왜 또 자네야?"

수정이 인상을 찌푸렸다.

"으하아."

승범은 참았던 숨을 내쉬었다. 그가 허리에 두 손을 올렸다.

"기척 좀 내고 다니세요!"

"산에서 무슨 기척? 쯧쯧, 그렇게 간이 작아서야."

뻔하다는 듯 혀를 차며 수정은 승범을 지나쳤다. 승범은 그녀가 멘 가방에 시선이 갔다. 옆으로 길게 멘 천 가방엔 초록빛 잎사귀가 가득했다. 그사이에 약초를 캤다니! 역시 프로다! 승범은 고개를 흔들었다.

'뭘 인정하는 거야?'

승범은 두 다리에 힘을 주고 재빨리 걸어 수정을 앞질렀다. 수정이 그를 째려보더니 걸음을 빨리했다. 그녀가 그를 지나치자 승범은 질 수 없어 뛰다시피 앞으로 나섰다. 한 치의 양보 없이 걸음을 옮기는 수정의 가

날픈 어깨가 그의 팔을 쿡쿡 찔렀다. 좁고 가파른 내리막길을 성큼성큼 걸었다. 바람이 불자 우수수 떨어지는 낙엽에 가려진 길은 그 끝을 알 수 없었다.

얼마나 그렇게 걸었을까. 노장의 발걸음을 치고 나아갈 수 없었다. 그만큼 수정은 걸음이 빨랐고 승범은 무리하는 바람에 허벅지가 터져나갈 것 같았다.

"갑자기 궁금한 게 있는데요?"

어떻게든 걸음을 늦추게 하려고 승범은 말을 걸었다. 대답은 돌아오지 않았다. 그렇지만 귀는 막지 않았으니 계속 말했다.

"요즘 저한테 왜 그렇게 화를 내세요? 뭐 언제나 그랬지만, 소라 일도 그렇고 공실 아줌마 일도 있고 해서 전 좀 인정받았다고 생각했거든요. 아, 역시 귀신 환자를 제가 좀 뺏어서 그런가?"

두서없이 하는 말에 힘든 게 좀 가셨다. 내디디는 발에 시선을 두던 승범은 갑자기 멈춰 선 수정과 부딪혔다. 놀란 승범이 수정을 바라봤다.

"자네는 언제나 제멋대로야. 그깟 일 몇 번 해냈다고 자신만만하기는. 돈만 밝히는 놈을 내가 왜 인정하겠어?"

301

"아니, 요즘 대체 왜 그러시는 거예요? 내가 돈만 밝히는 건 처음부터 알았잖아요. 그런데 유독 요즘 더 돈으로 사람 공격하시는데, 세상에 돈 싫어하는 사람 없잖아요. 잘살기 위해서 돈 좀 벌어 보겠다는 게 그렇게 이상한 일은 아니잖아요. 사장님은 그래서 돈 안 벌어요? 귀신 환자 왜 고치고 사람 환자 열 명씩 데려오라고 하는데? 그거 다 돈 벌려고 하는 거 아녜요? 왜 나만 이상한 놈 만들어요?"

"너 돈 벌겠다고 미친 짓도 하잖아. 사람이 양심 있게 돈 벌어야지, 뇌물도 마다하지 않는다며? 너 장 영감한테도 돈 갖다 바쳤지? 뇌물이 일상인 게 말이 돼?"

"뭐야? 그건 또 어디서 들으셨대? 기사 보셨어요? 아니면, 소라 데리고 병원 갔을 때?"

"부끄러운 줄 알아야지."

그 말에 승범의 얼굴이 일순간 굳었다.

"고 사장님은, 그런 적 없어요?"

"⋯⋯."

"되게 미워하시네. 어디 하루 이틀일까마는, 누가 보면 제가 고 사장님 원수라도 되는 줄 알겠어요."

되묻는 말에 수정은 할 말을 잃었다. 상처 주는 말은 수정이 다 했는데도 갑자기 승범의 질문에 자신의 죄가 모두 까발려진 것처럼 부끄럽고 민망했다. 돈에 미쳤던 게 어디 승범뿐이겠는가. 수정은 대답도 하지 못하고 뒤돌아서 걸었다. 승범은 정말이지 젊었을 때 자신과 같았다. 한 치 앞도 보려고 하지 않는 아둔한 면까지.

어디선가 바람이 나뭇잎을 치대는 소리가 아닌 물이 흐르는 소리가 들렸다. 산을 휘돌자 **빽빽**하게 들어찬 나무 사이로 깊은 골짜기가 보였다. 그곳에 규모가 큰 계곡의 옥빛 물줄기가 눈에 들어왔다. 물을 보니 목이 탔다. 수정만 아니었다면 배낭에서 냉큼 생수를 꺼내 마시고 싶을 정도였으나 여전히 지금은 누가 먼저 앞설 것인지 자존심 싸움 중이었다.

"어이!"

그때 저편 산비탈에서 박 씨가 나타났다. 그가 승범과 수정을 발견하고 손을 흔들었다. 박 씨의 표정이 밝았다. 승범의 가슴팍을 들쑤시던 고통이 사라지고 희망의 불씨가 켜졌다.

"그렇다면 먼저 가겠습니다."

승범은 뛰기 시작했다. 젊은 게 무엇이 좋은가? 그것은 바로 체력! 박 씨의 얼굴을 보자 기운이 났다. 얼마 안 남았다. 저기만 간다면!

'내가 먼저다!'

지친 낯의 수정을 두고 뛰던 승범은 낙엽을 밟았고 발이 주르륵 미끄러졌다. 어어? 하는 사이에 하늘이 뒤집어지고 땅이 솟아올랐다. 놀란 수정이 거꾸러지고 사라졌다. 푸드득. 새가 회색으로 변하는 하늘 위로 날아올랐다.

그리고,

303

암전.

◇◇◇◇◇

깡, 깡, 깡. 단단한 무언가가 쇠붙이에 부딪히는 소리가 귓가에서 맴돌았다. 머릿속에서 울리는 걸까. 연방 들리는 날카롭고 묵직한 소리가 저 밑바닥에 눌어붙은 정신을 자극했다. 그럴수록 욱신거리는 통증이 머리에서부터 발끝까지 생생하게 느껴졌다.

낄낄낄. 누군가가 웃었다. 수정이 그럴 줄 알았다는 듯 자신을 내려다보며 비웃는 걸까? 그렇다고 하기엔 그 목소리가 너무 걸걸했다. 그리고 하나가 아닌 여럿. 박 씨와 유시영도 함께 비웃는 걸까? 자기가 생각해도 지금 상태가 꽤 꼴사나워 보일 테니, 계속 정신을 잃은 척할까?

너무도 수치스러워 아파도 신음조차 내지 못했다.

"그 머리는 무거워서 혼자 들기 어려울 것 같은데? 정말 본국으로 가져가려고?"

일본말? 정말? 여기서 일어가 들린다고?

승범은 귓가에서 들리는 쇳소리가 머릿속에서 들리는 걸지도 모른다고 생각했다. 넘어질 때 머리를 바닥에 호되게 부딪혔나? 깡, 깡, 깡. 그러고 보니 뒤통수가 소리에 맞춰 욱신거렸다.

"그렇다고 진짜 사람 머리를 들고 갈 수는 없잖아. 내가 수없이 베었던 사람 머리를 기념하는 장식품으로 생각하기로 했어. 게다가 우리 아내가 불교 신자야. 아내한테 생색내기에도 좋지. 나는 종교에 대해 잘 모르지만, 딱 보기에 위엄마저 서린 이거라면 남한테 자랑하기에도 좋잖아. 어이, 몸은 두고 간다!"

승범은 몸을 움직이려고 했다. 그의 몸이 기우뚱했다. 저 너머에서 우지끈하는 소리에 이어 뭔가가 산을 데굴데굴 구르는 둔탁한 소리가 들렸다. 낄낄낄. 웃음소리가 점점 멀어져갔다. 영문도 모르는 대화와 웃음소리가 사라졌다. 더는 머릿속에서 울리는 소리도, 남자들의 웃음도 들리지 않았다. 모든 소리는 없었다는 듯 유유히 흐르는 계곡의 물소리만이 들렸다.

'간다고? 안 돼! 이렇게 날 두고 가지 마!'

명치 끝에서부터 분노와 슬픔이 차올랐다. 이럴 수는 없었다. 그는 주먹을 꼭 쥐었다. 일어나려고 한껏 굳은 몸을 움직였다. 몸통이 들썩였다. 제대로 움직여지지 않아 답답했다. 마치 몸이 돌덩이처럼 무거웠다. 화가 잔뜩 나서 꼭 쥔 주먹으로 바닥을 연방 내리쳤다. 차가운 물줄기가 튀어 올랐다.

'나를 아무짝에 쓸모없는 돌덩이처럼 두고 가지 마! 괴롭다고. 그리고 외롭단 말이야!'

그는 두 눈을 부릅떴다.

"최소한 119는 불러 줘야 할 거 아니야!"

소리를 빽 지르다가 바로 옆에서 자신을 내려다보고 있는 수정과 눈이 마주쳤다.

"자네 괜찮은가? 정신이 좀 들어?"

"안 가셨군요?"

수정이 눈살을 찌푸렸다. 눈앞에 손가락을 들이밀었다.

"이게 몇 개로 보이나?"

"세 개가 좌우로 움직입니다."

끙 소리를 내며 승범은 상체를 일으켰다. 어제 다쳐 놓고 오늘 또 이렇다니. 뒤통수를 만져 보니 어디에 부딪혔는지 부었다. 수정이 손을 뻗어 일어나려는 그의 팔을 부축했다. 선선히 그 도움을 받으며 일어나다가 오른 발목에서 말도 못 할 정도로 찌릿한 고통이 느껴져, 몸을 웅크렸다. 발목에서 시작한 고통이 몸뚱이를 거쳐 정수리로 도달하는 느낌? 절뚝거리자 그 모습에 수정이 말했다.

"부러진 것 같진 않지만, 곧 부러질 것도 같고?"

"어디서부터 재수에 옴이 붙었지? 걸레 빤 물을 뒤집 어썼을 때부터? 아니지. 해고됐을 때부터? 삼재인가?"

"곧 죽어도 자기 탓이라고는 안 하는구먼."

"내가 뭘 그리 잘못했는데요? 불쌍해서 하늘이 상이 라도 줘야 하는데 그러지 않아서 참 이상하고만."

구시렁거리며 두 팔을 양쪽으로 뻗고 뒤뚱거리며 내

리막길을 내려갔다. 발을 디딜 때마다 고통에 머리카락이 곤두섰다. 두 팔이 좌우로 위태롭게 흔들렸다. 금방이라도 다시 뒤로 나자빠질 것 같다.

"그 다리로 산을 어떻게 오르려고? 그냥 내려가서 병원에 가게."

"내가 미쳤습니까? 박 씨가 저기에서 손을 흔들고 있는데 누구 좋으라고?"

"쓸데없이 말이 많아. 차라리 입을 다칠 것이지."

쯧쯧쯧. 혀를 차며 수정이 승범의 오른팔을 잡았다. 오랜 세월로 굽고 앙상하게 뼈만 남은 손이 흔들리지 않게 굳건히 그를 지탱했다. 승범은 그 손을 내려다봤다. 수족냉증이 있으신가. 붙든 손이 꽤 차가웠다.

힘겹게 계곡의 돌들을 밟아 이동하고 박 씨가 있는 곳까지 갔다.

"한의사 선생, 꼴이 말이 아니구먼그래."

"유시영 씨 찾았어요?"

"어어, 저어기서 울고 있더군. 내가 뭐라고 했나. 나만 믿으라고 하지 않았나?"

박 씨가 뒤를 가리키자 승범은 다리가 아픈 것도 잊고 수정의 앞을 치고 나가려고 하다가 물밀듯이 밀려오는 고통에 휘청거렸다. 바로 옆은 계곡까지 가파른 산기슭이었고 넘어져 구를 뻔한 걸 간신히 옆에 선 나무를 붙들어 면했다. 켜켜이 쌓인 낙엽과 비죽 솟은 수풀을 가로지르면 커다란 돌무더기가 잔뜩이었다. 시야가 흔들려 현기증이 났다. 잘못했으면 저 돌덩이 중 하나에 머리를 처박을 뻔했다.

"자네의 욕심이 끝도 없군그래."

"하루 이틀일까마는, 밉다고 저 버리면 안 돼요."

자신을 한심하게 쳐다보는 수정이었다.

"살려는 주세요."

박 씨는 승범을 돌아봤다. 얼굴은 시뻘게진 채로 가녀린 수정의 두 팔에 의지하면서 절뚝이는데 금방이라도 자기처럼 귀신이 될 것 같은 모습이었다. 그래야 쓰나. 박 씨는 분홍 장갑을 만졌다. 지금 이 손의 허전한 빈자리를 채워 줄 인간이 자기편이었다.

"내가 먼저 가서 상황을 설명하고 안심하라고 일렀네. 그리고 한의사 선생이 생각한 위험인물은 아직 보지 못했고."

"위험인물?"

듣고 있던 수정이 반문했다.

"연쇄살인범일 수도 있잖습니까. 사람 머리를 뎅겅 자르는! 최소 이곳엔 두 시신이 묻혀 있을 겁니다. 핸드폰도 터지니까 긴급할 시, 신고를 할 겁니다. 혹시 몰라 정미 씨에게 밤까지 돌아오지 않으면 경찰에 신고하라고 해 뒀습니다.”

승범의 설명을 들은 수정은 다시 한심한 표정을 지었다.

“왜요! 조심해서 나쁠 건 없잖습니까?”

“지금 자네 발목이 부러지느냐 안 부러지느냐의 긴급 상황이 아닌가?”

“아…….”

“노인네가 성인 남성을 언제까지 부축해야 하느냐 말이야!”

“유시영 씨입니다!”

수정이 짜증을 내자 어쩔 줄 모르던 승범이 산기슭에서 옹송그린 머리 없는 몸을 발견하고 소리쳤다.

“흑흑흑, 누구라도. 누구라도 와 주세요.”

바람을 타고 그의 울음이 들렸다. 오랫동안 들어왔던 것처럼 익숙한 그 울음에 승범은 숨을 삼켰다. 흔들리는 시선으로 승범은 유시영의 몸을 봤다. 푸르른 빛은 사라지고 어찌 된 영문인지 머리가 없는 몸이 돌덩이로 보였다. 돌덩이가 팔을 뻗었다. 그 끝에 삭아 가는 인간의 해골이.

“저게 뭐예요?”

떨리는 목소리로 수정에게 물었다. 갑자기 멈춰 서서 파르르 몸을 떠는 승범을 보며 이 인간이 왜 또 이러나,

하는 표정을 짓던 수정은 그가 유시영에게 눈을 떼지 못하는 걸 보고 고개를 갸웃거렸다.

"왜? 뭐? 귀신 처음 보나?"

퉁명스레 말을 내뱉고 자기는 할 만큼 했다는 것처럼 부축하던 손길을 거뒀다. 아직 내기 중 아니던가. 몸이 기우뚱하자 승범은 손을 허우적거리며 간신히 앞서는 수정을 붙들었다.

"왜 이렇게 붙들어 싸?"

"아니, 귀신이라 하기엔 그 영화 〈슬리피 할로우〉처럼, 그런 거 안 보셨을 테고 아무튼 몸이……."

"몸이 뭐?"

"부처님인데요?"

"……."

수정은 그의 손을 뿌리쳤다. 머리를 크게 다친 게 분명했다. 승범은 절뚝이며 그 뒤를 따랐다. "아닌데, 진짠데."라고 중얼거리면서.

"정말이죠? 저한테 해코지 안 하실 거죠?"

수정의 얼굴을 보고 안심했는지 유시영이 물었다. 수정은 뒤에서 나무둥치를 붙들고 악착같이 따라오는 승범을 흘겨봤다.

"이 한의사가 너한테 무슨 짓을 했니?"

어르듯 말하자 유시영이 흐느꼈다.

"제 몸과 머리를 떼어 놓으려고 했어요. 사장님은 그러시지 않을 거죠?"

수정이 바로 고개를 끄덕였다. 유시영이 승범에게 안 좋은 감정을 가지고 있는 게 자신에게 유리했다. 이를 듣고 있던 승범이 펄쩍 뛰며 수정의 앞으로 나섰다.

"아니, 유시영 씨. 그건 오해입니다. 저는 당신에게 악감정이 없어요."

"거짓말하지 마세요! 저를 붙잡으려고 했잖아요!!"

그렇지만 몸에 부딪혀 날아갔지. 그 생각이 들자 아직도 아픈 가슴팍을 문질렀다.

"그건 유시영 씨의 몸과 머리가 맞지 않아서입니다."

"그게 무슨 말이에요? 이건 다 내 거라고요. 내 몸과 머리!"

유시영이 머리를 번쩍 들어 흔들어댔다. 색이 바랜 해골에서 몇 가닥 남지 않은 머리카락이 흐느적거렸다. 검게 패인 두 눈구멍과 마주친 승범은 어어 하면서 뒤로 물러났다. 쯧쯧쯧. 수정이 혀를 찼다.

가만히 지켜보고 있던 박 씨는 이러다가 승범이 질 것 같아 입을 열었다.

"진정해 보게. 지금 무서워서 그런 것 같네만, 한의사 선생이 강제로 떼어내겠는가? 서로 쌓아 둔 앙금과 오해를 풀자고. 지금이라도 늦지 않았고, 시영이 마음도 알았으니 선생이 굳이 싫어하는 짓을 하겠는가. 돌아가면 의사 귀신 선생이 머리와 몸을 잘 붙여 줄 걸세. 안 그렇소?"

수정은 박 씨를 노려봤다. 둘 사이에 어떠한 말이 오간 게 분명했다. 가만히 있다가 눈앞에서 빼앗길 순 없었다.

"쟤가 바보인가? 한 번 속지, 두 번 속겠느냐 말이야! 내가 다른 한을 풀어 주겠으니 나랑 가게."

"고 사장 입장을 모르는 바가 아니나, 지금 저 애가 바라는 건 몸과 머리를 이어 붙이는 거니 그건 한의사 선생 영역이 아니겠소이까. 안 그렇소?"

박 씨는 승범에게 물었다. 뭐에 잔뜩 겁을 먹었는지 나서기 좋아하는 인간이 말도 못 하고 있었다.

"한의사 선생? 대체 왜 그러는가?"

수정이 그를 돌아봤다. 창백한 낯빛에 굵은 땀을 삐질삐질 흘리고 있다.

"정 그리 아프면 앉아. 앉아서 119에 전화해!"

"아니, 그게 아니라요."

승범은 손등으로 땀을 훔쳤다. 여기에 오기까진 박 씨의 말대로 맞지 않아도 머리와 몸을 어떻게든 이어 붙여 줄 생각이었다. 뭐 보기에 좀 이상할 뿐 귀신이니까 다른 문제야 없을 테고. 그러니까 귀신이었다면 말이다. 귀신이 좋다면야 나쁘지 않은 제안이었겠지만, 바로 눈앞에 돌과 해골이 있는데 이건 이어 붙일 재주가 없다. 갑자기 이게 무슨 변고란 말인가!

"자네 괜찮은가? 인간의 고통은 이제 잘 기억이 안 나서 자네가 얼마나 아픈지 가늠이 안 되는군. 그래도 정신을 차려 보게. 지금 중요한 고비가 아닌가."

조바심이 난 박 씨가 허전한 장갑을 만지작거리며 어르고 달래자 승범이 한 발짝 앞으로 나섰다. 그리고 비장한 표정으로 말했다.

"유시영 씨. 이걸 얘기를 해야 하나 말아야 하나 싶은데, 당신의 몸과 머리는 다릅니다."

"아니야!"

유시영이 악을 지르자 바람이 세차게 불었다. 머리 위에서 노랗게 물든 나뭇잎이 후드득 떨어졌다. 승범은 손바닥으로 얼굴을 문질렀다. 축축한 땀이 묻어났다. 자기만큼 아니길 바라는 사람이 있을까. 어떻게 해야 할지 머리를 굴려 보지만, 발목의 통증이 생각을 방해했다.

"유시영 씨, 그렇게 아니라고 소리만 지르실 게 아니라. 본인이 더 잘 아시지 않습니까? 그래서 도망가신 거고요."

"한의사 선생, 무슨 말을 하는 건가?"

답답한 박 씨가 물었다.

"정말 저게 보이지 않으세요? 지금 유시영 씨 모습이요."

"귀신이 뭐가 달리 보인다고?"

"제 눈엔 돌과 해골로 보인다고요!"

"그 무슨 해괴망측한 소리인가?"

박 씨는 유시영을 위아래로 훑었다. 수정은 한숨을 내쉬며 자신의 앞을 가로막은 박 씨에게 비키라고 손짓했다. 이대로 뺏길 수 없다! 박 씨는 두 손을 허리에 올려놓았다.

"내 한의사 선생이 무슨 말을 하는지 이해 못 하겠지만, 설령 돌과 해골이라도 이어 붙이면 그만 아닌가! 못질을 하든 본드로 붙이든 원하는 대로 해 주면 그만이 아니냔 말이야!"

그 말에 승범은 손에 묻고 있던 얼굴을 들었다. 그건 그렇다! 박 씨의 말이 틀리지 않았다. 다르다면 맞는 것끼리 이어 붙여 주면 그만이지 않은가!

"유시영 씨, 정말 머리와 몸이 붙기를 바라십니까?"

"네?"

"머리와 몸만 붙으면 되는 거 아닙니까?"

갑자기 목소리에 생기가 돌자 수정이 눈살을 찌푸렸다. 박 씨가 소리가 날 리 없는 손뼉을 치며 유시영

돌아봤다.

"빼앗지 않으실 건가요?"

"빼앗지는 않을 겁니다. 다만 각각 붙여 줄 생각입니다."

승범은 유시영의 옆으로 절뚝거리며 갔다. 그리고 주위를 둘러봤다.

"무덤이 여기 어디에 있습니까?"

"이쪽이요."

몸이 머리를 꼭 끌어안는 바람에 유시영은 눈짓으로 한편을 가리켰다. 해골의 푹 파인 눈구멍만 볼 수 있었던 승범이 그 눈짓을 보지 못하고 멀뚱거리자 대신 박씨가 그쪽을 알려 줬다. 쌓인 낙엽 사이로 썩은 나무 조각이 보였다. 그 앞에 앉아 등산 스틱으로 그 주변을 파기 시작했다.

"무슨 생각인지는 모르겠지만, 한의사 선생 괜찮은가? 얼굴에 핏기가 없는 것이 금방이라도 저승행일 것 같은데."

"내버려 둬. 뼈가 부러져 봐야 정신을 차릴 테니."

승범은 그들의 말에 대꾸도 하지 않았다. 버려진 무덤은 세월의 풍파에 완만해져 있었고 한쪽은 거의 함몰되어 있었다. 그리고 그 끝에서 부서진 관이 보였다. 승범은 거친 숨을 내쉬며 그 구멍을 들여다봤다. 어둠이 자리한 곳에서 퀴퀴하고 기분 나쁜 냄새가 피어올랐다.

그리고 얼핏 보이는 뼈들. 승범은 고개를 들었다.

"유시영 씨의 몸은 여기에 있습니다. 진짜 몸이요!"

무슨 말인가 싶어 박 씨가 관 안으로 머리를 처박았다.

"그러네. 뼛조각들이 있네."

박 씨의 목소리가 웅웅 울렸다. 유시영의 해골을 들고 있는 몸은 머리를 꼭 끌어안았다. 그 해골과 떨어지기 싫다는 듯이.

승범은 그 몸을 빤히 바라봤다. 앞판이 물속에 있어서 등판과 색이 나뉘었지만, 정으로 깬 목 부분만 빼면 반듯한 회백색의 몸이다. 어깨에서 흘러내린 옷의 주름이 발목까지 이어졌고 제법 선명하다.

"걱정하지 마세요. 제가 함께 모시겠습니다. 괜찮으시다면 석공 장인에게 머리를 의뢰하겠습니다."

그 말에 멈칫거리던 몸이 천천히 해골을 바닥에 내려놓았다. 그러자 부처의 몸은 더 이상 움직이지 않았다. 휘이 쓸쓸한 바람이 불었다. 유시영의 혼은 사라지고 그 자리에 해골과 부처의 몸이 남았다.

모든 것이 승범의 말대로였다. 수정은 떨리는 두 손을 마주 잡았다. 이제껏 승범의 기행을 믿지 못하고 비웃었지만, 정작 비웃음을 당해야 할 사람은 자신이었다. 어쩌면 그는 자신보다 좀 더 다르게 귀신들을 보는 게 아닐까. 게다가 귀신의 한을 푸는 재능까지 있었다.

'전 좀 인정받았다고 생각했거든요.'

이걸 어떻게 인정 안 할 수가 있을까.

◇◇◇◇

"아마 그 석불은 시영이의 소망을 들어주려고 다시 일어난 게 아닐까?"

새빨간 홍시를 반으로 잘라 입에 넣으며 공실이 말했다. 새하얀 햇빛이 한약방 창으로 비쳐 들었고 그 앞에서 승범은 깁스한 다리를 의자에 올려놓은 채 공실의 말을 곱씹었다.

그날, 승범이 산길에서 넘어져서 정신이 없을 때 들리던 일본말과 돌을 깨는 소리. 그리고 가슴 깊이 사무쳤던 외로움. 그것은 자신의 것이 아닌 석불의 것이리라. 석불의 몸은 유시영의 머리를 놓지 않으려고 했다. 다시는 놓치지 않겠다는 듯이.

어쨌든 그들은 지금 아미산에 위치한 사찰에 자리 잡았다.

승범은 지역신문에 석불을 찾게 된 경위를 인터뷰했다. 약초 공부를 할 겸 아미산을 등산하다가 실수로 다리를 다쳤는데 그곳에서 목 없는 석불을 발견. 찰칵, 찰칵. 그 자리에서 방긋 웃는 그 얼굴에 플래시가 터졌다.

한의원 진료실에서 말끔한 모습으로 찍은 상반신 사

진이 지면을 장식했고, 그 홍보 효과로 환자가 늘어난 건 두말할 것도 없다. 게다가 대기실이 북적북적하던 날 송기윤의 말대로 제날짜에 제일한방병원 병원장인 김진태가 왔다. 지나가다 들렀다는 말과 함께.

"자네, 다시 서울에 돌아오지 않겠나?"

송기윤과 정미가 말한 대로 승범은 그의 인정을 받았다.

요즘엔 바빠서 승범은 점심시간에만 잠깐 한약방으로 올 수 있었다. 그렇게 잠시 공실과 휴식 시간을 가졌다.

수정과 했던 내기는 승범이 이겼다지만, 그렇다고 사람 환자 대비 귀신 환자가 늘어난 것도 아니었다. 생각보다 옛 귀신들이 많아 사고방식이 그 시대에 멈춰 있는 경우였다. 구관이 명관이라나. 여기서 진정한 승리자는 박 씨였다. 원하던 손을 가졌으니 말이다. 비록 의수라지만 그는 아주 만족스러워했다.

'내가 뭐가 어때서?'

이렇게 목숨까지(?) 걸고 산을 헤집어 다녀서 그 한을 풀어 주었건만, 그 개고생은 통 쳐지고 말이야. 뭐 어쨌든 서울로 돌아가면 의미 없는 숫자이긴 했다. 아직 갈지 말지 고민이지만, 이곳에 뭐 좋은 기억이 있다고 남아 있을까 싶고. 뭐 공실 아줌마도 한 풀었으니 지긋지긋한 빚과 귀신에게서 벗어날 거라는 생각만으로도 좋았다.

그건 그렇고, 한약방이 웬일로 썰렁했다. 귀를 쫑긋 세워 수정이 한약방 어디에서 무얼 하는지 찾았다. 고요한 것이 사무실에 있는 것 같지도 않고. 그날 수정은 다리를 다친 승범을 두고 산에서 내려갔다. 정말 가냐고 소리치는 승범의 말에 뒤도 돌아보지 않고 매정하게. 물론 핸드폰으로 119 구급대를 불러 따로 고생은 하지 않았으나 그 매몰찬 뒷모습에서 자신을 버리고 가던 엄마가 떠올랐다.

외로움을 타는 게 석불인지 자신인지.

"요즘 나름대로 바빠서 그래. 예민하니까 괜스레 마주치지 말고 그냥 가. 자네도 바쁘지 않아?"

승범이 수정을 찾는 걸 눈치챈 공실이 다독였다.

"그건 그렇습니다만."

"걱정하지 마. 귀신 환자 건은 이후에도 내가 잘 빼돌려 볼 테니."

그 말에 승범은 잠시 멈칫거렸다. 공실에게 곧 서울로 돌아갈지도 모른다고 말하기가 어려웠기 때문이다. 그는 그냥 웃었다. 결정되면 그때 가서 말해도 늦지 않았다.

◇◇◇◇◇

　문을 열어 두고 어디를 다녀왔는지 수정은 낡은 나무
문을 열고 한약방 안으로 들어왔다. 그녀에게서 찬기
가 서린 물비린내가 풍겼다. TV에서 눈을 뗀 공실은 빗
자루를 드는 수정을 가만히 바라봤다. 아침에도 바닥을
쓸고 걸레로 곳곳을 닦았음에도 수정은 다시 그 일을
반복했다.

　"야, 쉬엄쉬엄해. 어차피 주인처럼 낡은 한약방 쓸고
닦아서 뭐 해?"

　콜록콜록. 대답 대신 수정은 기침했다. 요즘 기침을
하는 일이 잦았다. 새벽엔 땀을 뻘뻘 흘리며 배를 잡고
뒹굴어 놓고 지금은 아무렇지 않은 듯이 행동한다.

　"하이휴."

　공실은 크게 한숨을 내쉬었다. 부쩍 수척해지고 조금
만 일해도 힘들어하면서 기어이 걸레질하는 손길이 거
칠었다.

　"고집하고는."

　입술을 삐죽이며 공실은 아예 그 모습을 보지 않으
려 등을 돌렸다. 답답해 또 죽느니 안 보고 말지. 그러
나 아무리 TV에서 재미있는 드라마를 해도 눈에 들어
올 리가 없었다. 자신이 살아라도 있으면 뭐라도 도와
줄 텐데 그러지 못해 안타까웠다. 그래서 괜스레 부아

가 치민다.

"정 뭣하면 한의사 선생한테 얘길 하든가!"

"말했단 봐. 여기서 쫓겨날 줄 알아!"

"아니, 왜 그래? 자기처럼 귀신 보겠다, 침술도 뛰어나겠다. 돈 욕심이 많아서 그렇지, 그만하면 성격도 좋고."

"돈 좋아하는 인간 중에 좋은 놈 하나 없어. 너무 믿지 마. 돈 때문에 무슨 짓을 할 줄 알고."

공실은 입을 딱 벌렸다.

"아니, 그간 그렇게 겪어 놓고도 그런 말을 하는 거야?"

"둘이서도 뭔 얘기가 오갔으니 붙어 있는 거 아니겠어?"

그 말에 열렸던 입이 딱 다물어졌다. 그건 그렇지만, 그게 나 좋으라고 하는 일인가, 이게 다 저 좋으라고 하는 일인데. 그러나 여기서 더 얘기했다간 정말 쫓겨날 것 같아서 더는 입을 열지 않았다.

"뭘 어쩌자고 하는지는 모르지만, 뒤통수 맞기 전에 정을 끊어. 너도 욕심 같은 게 있으면 버리고 나 죽으면 저승이나 같이 가."

수정은 걸레질하는 손에 잔뜩 힘을 줬다. 주름진 손등 위로 핏줄이 툭 불거져 나왔다. 등 뒤로 공실의 시선이 느껴졌다.

"곧 죽을 사람 살려 주지는 못해도 소원은 들어줄지

누가 알아? 쉽게 저승길에 갈 수 있겠어? 네 죽은 아들은 어쩌고? 미련하게 버티지 말고 그냥 풀어. 그냥 한의사 선생을 믿어!"

"쓸데없는 소릴……."

수정이 가슴을 부여잡았다. 한순간에 그 몸이 무너졌다.

"고 선생!"

◇◇◇◇◇

수정은 눈을 떴다. 아득한 꿈 저편으로 아이의 웃음소리가 사라졌다. 아쉬움에 눈을 감았다. 어둠은 다시 꿈으로 그녀를 데리고 가지 않았다. 잠시 뒤 눈을 뜨니 익숙한 방의 천장이 보였다. 창으로 새벽의 빛이 스며들었다. 도통 이곳으로 와 누운 기억이 없다. 그러나 드문드문 공실의 울음과 승범의 목소리를 들었던 것도 같다.

암이라고 말하는 공실의 목소리를 타박하려 입을 열었으나 목소리가 나오지 않았다. "누가요?" 멀어지는 승범의 목소리에 코웃음이 났다. 자신에게 위암 말기를 선고하던 의사에게 똑같이 되물었다. "누가요?" 곧 죽을 날이 다가온다니 드디어란 반가운 마음과 동시에 묵직한 돌덩이가 명치 끝에 내려앉았다.

근래 조급함으로 내내 마음이 편치 않았다. 몸만 아

프지 않았다면, 좀 더 젊었다면, 좀 더 시간이 남아 있다면. 무엇을 하든지 집중이 되지 않았다. 금방이라도 죽어 버릴 것 같았다. 어떻게든 그전에 죽은 아이를 자신의 손으로 찾고 싶었다. 째깍째깍. 머리맡에 놓인 시계의 초침이 맥없이 흘러갔다. 다시 새벽이었다. 깊은 한숨과 함께 수정은 자리에서 일어났다.

몸이 천근만근 무겁다. 현기증이 일자 방문을 잡고 잠시 섰다. 방문 너머로 한약방의 모습이 보였다. 어디 하나 자신의 손길이 닿지 않은 곳이 없었다. 창백한 새벽빛을 받은 한약방은 제 주인처럼 천천히 죽어가고 있었다.

숨을 크게 들이키고 신발을 신었다. 한약방 문을 나서자 축축한 공기가 폐부에 들어찬다.

"어디 가세요?"

썰렁한 거리에 시선을 두던 수정은 문 옆에서 들려오는 목소리에 고개를 돌렸다. 한약방 간판이 걸린 벽에 기대어 있던 승범이 자세를 바로 했다. 밤을 새웠는지 얼굴이 초췌하다. 그 옆에 함께 있던 조근우가 어정쩡하게 서서 꾸벅 인사를 했다. 그들의 표정이 하나같이 어색하다. 귀신 의사까지 데리고 왔다면 승범이 그녀의 현재 몸 상태에 대해 거의 파악했으리라. 수정은 걷기 시작했다.

"날이 찬데 어딜 가요?"

승범의 목소리가 수정의 등 뒤로 날아들었다. 대답하지 않았다. 그러고 싶지 않았다.

세탁소와 쌀집을 지나 사거리를 가로질렀다. 일찍이 장사 준비로 바쁜 시장을 뒤로 두고 터벅터벅 발걸음을 옮겼다. 안개가 스며드는 건널목을 건너 논밭을 지나 다리에 다다랐다. 짙은 안개 사이로 물줄기가 흐르는 소리가 들렸다. 식은땀이 수정의 이마에 맺혔다. 한기에 몸을 부르르 떨었다. 그러고 보니 옷도 제대로 챙겨 입지 않고 나왔다. 찬 바람이 불었다. 다시 현기증이 일자 몸이 휘청거렸다. 콘크리트로 된 다리 난간을 붙들었다. 쏴아아. 안개에 가려 보이지 않아도 갈대가 바람에 일렁이는 모습이 눈에 선했다. 누군가가 수정의 팔을 붙들었다. 승범이었다.

"거봐요. 춥다고 했잖아요. 손이 차네."

그는 입고 있던 잠바를 벗어 수정의 어깨에 걸쳤다.

"괜찮아."

자신을 부축하는 승범의 손을 내치며 잠바를 벗으려고 하자 승범이 그 잠바를 도로 입혔다.

325

"안 괜찮아요. 지금 사장님 꼴이 얼마나 말이 아닌지 알고 하는 말입니까?"

벗지 못하게 앞섶을 꼭 쥔 그가 인상을 찌푸렸다. 새

파랗게 질린 수정의 얼굴을 마주 보자 속에서 화가 치밀었다.

승범이 어떻게서든 병원으로 데려가려고 했지만, 공실이 만류했다. 본인이 원치 않는다며 어차피 데려가 봤자 수정은 다시 이곳으로 돌아올 것이라고. 의사 귀신 조근우는 수정의 상태를 보고 고개를 내저었다. 자신의 영역이 아니며 이미 말기에 의사도 손 놓을 상태면 꽤 오래 버틴 거라고 말했다. 그 상태는 누구보다도 승범이 잘 알 것 아니냐고 그는 되물었다.

승범의 표정 없던 얼굴이 벌게지더니 기어이 참지 못하고 소리쳤다.

"아니, 이 몸으로 여태까지 한약방을 운영하고, 나를 못 잡아먹어서 안달이었습니까? 쉬어도 모자랄 판에, 대체 왜요?"

그때 수정이 승범의 손을 잡았다. 얼음장 같은 마른 나뭇가지 같은 손가락에 힘이 들어갔다. 발목을 다친 승범을 부축했던 그때의 손이 이렇게 차가웠음을 승범은 기억했다. 왜 단 한 번도 수정이 아플 거라 생각하지 않았을까. 이렇게 자세히 들여다보면, 조금은 그 병세가 드러나는데. 수정의 깡마른 어깨가 떨렸다. 너무도 작은 몸집이라 금방이라도 부서질 것 같았다.

수정이 입술을 꾹 다물었다. 맞잡은 손이 파르르 떨

렸다. 그 모습을 보던 승범이 소리쳤다.

"답답해서 속도 터지는데 울음까지 뭐 하러 참아요? 시원하게 울어 버려요."

바람이 갈대를 흔들어댔다. 무심히도 그 옛날 아들을 집어삼킨 강은 아무 일도 없었던 것처럼 흘렀다. 그곳을 바라볼 때마다 원망과 서글픔이 동시에 들었다. 아들을 잃은 무수한 날 흘렸던 눈물이 말라 버렸다고 생각했는데, 승범의 말에 눈물이 뚝뚝 흘렀다. 귓가에서 시계 초침 소리가 들렸다. 째깍째깍, 시간은 이미 다 이르렀다. 이제 무얼 할 힘도 없었다.

그러다 맞잡은 손에서 느껴지는 온기와 굳건한 힘에 수정은 고개를 들었다. 승범은 자신이 보지 못했던 유시영의 본질을 정확히 꿰뚫지 않았던가? 그렇다면 그가 유일한 희망이었다. 울음 섞인 목소리가 나왔다. 한 번 터진 울음이 멈추지 않고 오히려 격해졌다.

"내 자네에게 한약방을 넘길 테니 내 부탁 좀 들어줘. 자네라면 꼭 해 주리라 믿어. 그동안 모질게 대했던 건 자넬 보면 젊었을 적 내가 떠올라서, 그럴 때마다 나를 수치스럽게 만들어서 화가 나서 그랬어. 내 이렇게 사죄하니, 내 한 좀 풀어 줘!"

다리에 힘이 풀린 수정이 그 앞에 주저앉았다. 승범은 말없이 수정의 굽은 등을 가만히 쓸었다. 승범은 그동안 여러 생각으로 혼란스러웠던 머릿속이 하나의 생각으로 정리되는 걸 느꼈다. 쏴아아. 갈대가 일제히 몸을 눕히고 그 사이로 냇물이 평소처럼 흘렀다.

한참을 오열하고 나니 다리에 힘이 들어가지 않았다. 그런 수정의 상태를 알아차린 승범이 등을 내밀었다. 거절할 힘도 없어서 그 등에 업혔다. 생각보다 등판이 꽤 널찍해서 편했다.

"꼭 만나고 싶은 귀신이 있어서 마지막까지 환자를 받을 생각이었어."

"만나고 싶은 귀신이요?"

해가 하늘로 점점 떠올라 안개를 몰아냈다. 텅 비었던 거리에 하루를 시작하는 사람들로 활기가 차올랐다. 그들은 수정을 업고 가는 승범을 돌아봤다. 꽤 생소한 광경이라 그들은 한참이나 그 모습을 바라봤다.

"이름은 정기운이야."

"나이는요?"

"일곱 살."

수정은 고개를 들어 승범의 뒤통수를 봤다. 그러고 보니 아이가 살아 있다면 승범과 또래였다. 그 사실을 자각하자 쌀집 최 여사가 칠순 잔치 때 아들이 자신을 업고 동네 한 바퀴를 돌았다는 말이 떠올랐다. 아이고, 다들 먹는 나이 먹는 게 무슨 유난이냐고 혀를 찼는데.

꽤 나쁘진 않다.

"누군데요?"

"……내 아들."

"아……."

"아까 거기. 그 냇가에서 죽었지."

활달하게 조깅을 하러 집에서 나온 정미가 빌라 현관을 나서다가 수정을 업은 승범과 눈이 마주쳤다. 눈을 동그랗게 뜬 그녀가 입을 떡 벌리다가 뭔가 아는 척할 분위기가 아닌 것 같아서 다시 돌아서 현관 안으로 들어갔다.

"사진 없어요?"

"그러네. 그 흔한 사진 하나 찍질 못했네."

목소리에 물기가 어렸다. 승범은 괜한 말을 했다 싶어, 어떻게 말을 이어 볼까 고민하는데 수정이 말했다.

"아마 혀를 깨물었을 거야."

"네?"

"마지막으로 봤을 때 그 모습이었으니……."

"그 아이가 사장님이 귀신 환자들한테 수소문했던 귀신이에요?"

"응."

수정은 잠시 말이 없었고 승범은 멈칫했다. 목구멍 가득 뭔가가 차오르는 것 같아 승범은 이를 감추려 다시 발을 내디뎠다. 수정이 말을 이었다.

"우리 애가 얼마나 예뻤는 줄 아는가? '엄마' 하고 부르던 그 목소리, 고사리 같은 손으로 어깨를 주물러 줄 땐 또 어떻고. 그런데 그렇게 눈에 넣어도 아프지 않을 아이를 떠올리면 마지막 그 모습도 함께 떠올라서 괴로워. 아빠 없는 자식이라고 욕먹을까 봐 엄하게 키웠는데 괜히 그랬어. 잔소리 대신 한 번 더 머리라도 쓰다듬어 줄걸. 혼내는 대신 한 번 더 안아 줄걸."

등이 뜨거워졌다. 말도 못 하고 승범은 그냥 걸었다.

"너무 악착같이 살았어. 돈, 돈, 돈, 그저 돈 버는 게 중요해서 애한테 신경을 못 썼어. 나 때문이야. 나 때문에 죽었으니 아이는 나한테 화가 단단히 났을 거야. 얼마나 고통스러웠겠어. 그러니 이렇게 매일같이 기다리는데도 오질 않잖아. 천년만년이고 용서해 줄 때까지 기다리고 싶은데 내 몸이 이제 고장이 나서 얼마 버티지 못해. 그전에 꼭 만나야 하는데, 내 몸이 썩어 문드러진대도 꼭 만나야 하는데. 그래야 눈을 감아도 편히 감을 텐데."

수정은 몇 번이나 자신 때문에 아이가 죽었다고 자책했다. 그렇게 꼬장꼬장했던 노인의 무너지는 모습을 보니 무어라 위로를 하고 싶었지만, 그저 많은 말들이 입에서만 맴돌았다. 한약방을 승범은 그냥 지나쳤다. 수정이 실컷 울도록 내버려 뒀다. 그동안 속에 담아 뒀을 슬픔과 울분을 다 쏟아내고 진정이 될 때까지 걷기로 했다.

"무슨 일이 있어도 찾아 드릴 테니 사장님도 제 치료를 받으세요. 오래오래 살아 있어야 한도 풀고 그럴 거 아닙니까?"

◇◇◇◇◇

"서울에 안 가겠다고요?"

정미는 수정을 위한 약을 짓고 있는 승범에게 소리쳤다. 간밤에 집에 들어오지 않는다 싶더니 아침에 수정을 업고 오는 그를 보고 1차로 놀라고, 수정이 암이라는 소식에 2차로 놀라고, 승범이 지나가듯 제일한방병원에 가지 않겠다고 선언해 3차로 놀랐다. 꿈인가 싶을 정도로 너무도 큰 충격들이라 들이켠 숨을 내쉬는 것도 잊었다.

"진짜니까, 숨 쉬어요."

"진심이세요? 다시 서울로 가고 싶어 했잖아요. 이번에 가서 착실하게 하면, 부원장 자리 또 만들어 그 자리를 준다는 약속도 받았다면서요. 그런데 그 좋은 기회, 다 날리겠다고요?"

"나도 머리로는 그게 최선이라는 건 알고 있는데, 그

331

래서 그동안 계속 생각했거든요. 나는 이기적인 놈이니까, 돈이 최고인 놈이니까, 돈 보고 살면 된다고 날 이해시켰어요. 그런데 자꾸 찝찝하고 불편한 마음이 있었는데 이번에 알게 되었어요. 난 김진태가 아니라 고 사장님한테 인정받고 싶었더라고. 그동안 부대끼면서 나도 모르게 많이 의지했나 봐요. 귀신에 대해 알아가면서 돈이 전부가 아니라는 걸 알려 주시기도 했고. 그렇게 고 사장님한테 막상 인정받고 나니, 치료하고 싶어졌어요. 나만이 그분의 한을 치료할 수 있으니까. 걱정하지 마요. 여전히 난 돈이 좋아요. 대신 최선이 아닌 차선을 선택했을 뿐이지."

너무도 단호한 승범의 결심에 정미는 무어라 더 말하지 못했다. 선택의 결정은 남이 아닌, 본인 스스로가 하는 것이니까. 정미는 한숨을 내쉬었다.

"망해도 난 몰라요."

정미는 그 선택을 언제나처럼 존중하기로 했다.

승범은 쟁반을 들고 수정의 방으로 들어갔다. 힘없이 누워 있던 수정을 부축하여 벽에 기댈 수 있게 도왔다. 그는 죽과 함께 몸을 보하는 약을 수정에게 줬다.

"아시죠? 이제부터 한의원에 쉬실 자리를 만들 테니까 이제 생활은 그곳에서 하세요. 이런 몸으로 한약방

일 하지 못해요. 우리의 목표는 완치가 아니라 연장입니다. 꼬박꼬박 챙겨 드리는 밥이랑 약은 다 드셔야 합니다. 일단 체력을 끌어올립시다. 병과 싸우려면 체력이 강해야 하니까요. 어느 정도 기운을 북돋고 침 치료 시작할게요. 양방이랑 함께 치료를 병행할 거니까 병원도 함께 가요."

"뭐? 귀찮게 병원을 가."

숟가락으로 죽을 휘적거리는 수정이 질색했다. 승범은 그 위에 장조림 고기를 한 조각 올려 줬다.

"어차피 몇 번 가지도 못할 거 귀찮아할 필요가 없잖아요."

"말하는 본새하고는. 빨리 죽었으면 좋겠지? 그리고 이런 거 안 해도 혼자 먹을 수 있어."

"계속 먹지 않고 죽으로 장난을 치니 그렇죠. 아무리 속이 부대끼고 소화가 안 되는 것 같아도 남김없이 드셔야 해요. 천천히, 꼭꼭! 그리고 약 먹고 한숨 푹 주무세요."

수정은 마지못해 죽을 먹었다. 몇 숟갈 뜨는 걸 보고 승범은 방에서 나왔다. 손님이 없는 한약방에 한낮의 햇볕이 들었다. 대기실에 있던 공실과 오른손에 의수를 낀 박 씨가 그를 쳐다봤다. 수정이 쓰러졌다는 소식이 귀신들 사이로 일파만파 퍼지자 뭐라도 돕고 싶다며 박 씨가 한달음에 달려왔다.

"저기, 치료를 할 수 있겠어?"

우물쭈물하다 공실이 물었다. 승범은 고개를 흔들었다. 서 있던 박 씨가 주저앉았다.

"그렇구먼."

"최대한 끝까지 시도를 해 봐야지요. 사장님을 한의원으로 모실 겁니다. 아이를 찾아야 하는데……."

승범은 그들의 앞으로 다가섰다.

"두 분의 도움이 필요합니다. 사실 모든 귀신 환자분들의 힘이 필요하죠. 도와주십시오."

◇◇◇◇

며칠 후, 해는 짧아졌다. 붉은 노을빛이 거리에 기울고 사람들은 종종걸음으로 집으로 향했다. 허둥지둥 한의원에서 나온 승범은 맞은편에서 걸어오는 박 씨를 만났다.

"어딜 그렇게 바쁘게 가시오?"

"평재리에서 비슷한 아이 귀신을 봤다는 얘기가 있어서요."

"어어. 내 다녀왔는데 아니었소."

"네?"

"그 눈까리가 희고 코가 주먹만 한 남자 귀신이 한 말이지?"

"네."

"아니었소. 그 아이 귀신은 전쟁통에 굶어 죽은 아이라오. 다들 한의사 선생이 내건 평생 한풀이 공짜에 온 동네 아이 귀신들을 보이려고 안달이니 내가 가서 확인했다오. 조금만 관심을 기울여도 알 것을…… 쯧쯧. 재 너머엔 공실 씨가 갔으니 거기도 갈 것 없소."

"아…….'"

허탈했다. 박 씨와 공실 아줌마가 수정의 아들을 찾아 준다면 평생 공짜로 진료해 준다는 소문을 내 줬다. 덕분에 여기저기서 제보가 들어왔고, 작은 실마리라도 제보를 받으면 거기가 어디든 찾아갔다. 그러나 온 곳을 돌아다녔지만, 허탕이었다.

"너무 좌절하지 마시오. 이렇게 온 귀신이 찾아다니는데 금방 찾지 않겠소?"

박 씨는 길 건너 한약방 앞에 모여든 귀신들을 봤다. 수정이 그곳에 없음에도 귀신 환자들은 계속 찾아왔다. 저 많은 귀신이 다 어디서 온 거지?

"내 이번에 저들에게 얘기할 땐 꼭 까먹지 말라고 단단히 이를 테니 걱정하지 마시오. 이름이 정기운이라고 했지? 잘 얘기하지 않으면 온 동네 태자귀*들 다 데리고

---

* 태자귀: 어린아이 귀신

올지도 모르겠구면."

승범의 어깨를 두드리며 박 씨는 길을 건너갔다. 그는 귀신들을 모아 놓고 일장연설을 시작했다. 그 모습을 보다가 불 꺼진 한약방에 시선이 갔다. 주인 없는 한약방에서 왠지 쓸쓸한 기운이 느껴졌다. 그 느낌에 몸이 축 늘어졌다. 걸음을 옮기는 발이 묵직했다.

그 주인은 바로 뒤 한의원에 있는데, 이게 뭔 쓸데없는 근심 걱정이야?

"그래, 아이 귀신만 찾으면 고생 끝, 이제 내가 이 시골에서 돈을 쓸어 담을 거잖아!"

소리 내어 말하면서 어깨에 힘을 줬다. 즐거운 상상이다. 돈을 세면서 행복해하는 상상! 우화시 최고 명의 한의원 원장! 근데 기분이 좋아야 하는데 속이 허하다.

그는 고개를 흔들며 냇가로 향했다.

혹시라도 몰라 향한 냇가. 수정이 수천 번을 오가며 이곳에서 기운이를 찾았을 것이다. 그 길을 되짚어 둑을 내려갔다. 자신의 눈으로 다시 찾아보고 싶었다. 웃자란 갈대 사이를 헤치며 기운이를 찾았다. 작은 실마리라도 얻길 바랐다.

해 질 녘 바람에 스치는 마른 갈대 너머로 첨벙거리는 소리가 났다.

오소소 소름이 돋았다. 몸이 부르르 떨려 두툼한 잠바

의 지퍼를 올렸다. 사위가 거뭇했다. 고개를 내밀어 흐르는 검붉은 물을 봤다. 그럴 리가 없는데도 흐르는 물은 점도가 있어 보였다. 미적지근한 바람에 물비린내가 실렸다. 갈대밭 저편에서 바스락거리는 소리가 났다.

"누구 있어요?"

물음에 답은 없고 바람에 흔들리는 갈대만이 보였다.

뚝뚝, 그때 옷깃에 물이 떨어졌다. 고개를 천천히 돌리자 그곳에 키가 큰 남자 귀신이 자신을 내려보고 있다. 물에 불어 터진 얼굴이 그에게 바짝 다가왔다.

"으악!"

승범은 뒤로 나자빠졌다. 낡은 운동화가 눈에 들어왔다. 한쪽 발은 신이 벗겨져 젖은 양말에서 흥건히 물이 비어져 나왔다. 그 발이 성큼 앞으로 다가왔다. 승범은 붙들릴까 봐 허둥거리며 일어나 둑 위를 향해 달려갔다. 그러다가 그 자리에서 멈췄다.

머뭇거리며 남자 귀신을 흘깃거렸다. 귀신은 미동 없이 눈동자만 굴려 승범을 보더니 하는 양을 가만히 지켜봤다. 어떻게 해야 할까. 작은 실마리라도 찾으러 이곳에 오지 않았던가. 승범은 안절부절 어쩔 줄 몰라 하다가 발로 바닥을 몇 번 두들기고 머리를 쥐어뜯었다. 끙 소리가 절로 나왔다. 하는 수 없이 그 귀신에게로 돌아왔다.

337

"혹시 정기운이라는 아이 귀신 못 보셨습니까? 그러니까 여기서 죽었다고 했거든요. 남자아이인데, 혹시 여기에 같이 안 삽니까?"

남자 귀신은 고개를 흔들었다. 불어서 더욱 창백하게 보이는 얼굴에서 후드득 물이 떨어졌다.

"정말요?"

물끄러미 승범을 바라보던 귀신이 입술을 움직였다.

"못 믿겠으면 안에 들어가서라도 찾겠소?"

"아, 아니요!"

귀신의 제안에 재빠른 거절이 새된 비명이 되었다. 볼일은 끝이다. 승범은 뒷걸음질 쳤다.

"도와주셔서 감, 감사합니다."

인사도 하는 둥 마는 둥 허겁지겁 둑을 올랐다. 해가 떨어져서 사위는 컴컴했다. 남자 귀신이 바로 뒤에서 쫓아올까 봐 그는 달리기 시작했다. 길을 밝히는 가로등 불빛이 칙칙했다.

◇◇◇◇◇

한약방에 온 사람들은 낡은 나무문에 '임시휴업'이라고 쓰인 종이를 보고 고개를 갸웃거렸다. 그들은 유리창을 들여다봤다. 아프거나 장이 서는 날이면 겸사겸사 마을에서 버스를 타고 나와 들르는 곳이었다. 늘 그 자리에서 그곳을 지키고 있을 주인이 오늘은 없었다. 잠시 그 앞에서 어떻게 하나 고민을 했다.

그들은 맞은편 한의원 간판을 발견한다. 병을 잘 본다는 소문이 떠올랐다. 온 김에 가 볼까? 그들의 발걸음은 2층 한의원으로 향한다. 그리고 그곳 대기실에 앉아 TV를 보고 있는 수정을 만났다.

"아니, 왜 여기에 있어? 가게에 있지 않구?"

"왔어? 그간 몸을 굴려 놨더니 안 아픈 곳이 없어. 나도 사람이라고 손 볼 데가 어지간해야지."

"무당이 제 앞가림은 못한다더니 딱 그짝이고만!"

"맞네! 그러네! 하하하."

하나, 둘 그 옆에 앉아 진료를 기다리며 수다를 떨었다. 새로운 장소에서 만나니 반갑기가 그지없다. 정미가 약차를 그들에게 건넸다. 정미에게 종이컵을 받아 든 할머니가 주위를 두리번거렸다. 깔끔한 실내가 어색하면서도 믿음이 갔다.

"그래도 여기가 잘하긴 하나 보네. 천하의 고 사장이 여기에 있고!"

"그러엄, 말은 돼먹지 못하게 해도 못 한다고는 안 해. 그게 마음에 들어."

종이컵을 다른 사람에게 건네던 정미가 수정의 말에 참지 못하고 함께 웃었다. 아연한 표정으로 할머니가 속삭였다.

"여전히 싸가지가 없다고? 아고, 우리 간호사 선생님이 고생이 많겠소."

"못 참을 정도는 아니에요."

"맞네. 못 참을 정도는 아니야."

깔깔 웃으며 약차를 한 모금 마시는데 침구실 안에서 승범의 날이 선 목소리가 들렸다.

"여기까지 왔으면 저한테 맡기시라니까요?"

모두의 시선이 복도 끝 침구실로 향했다. 정미가 작은 한숨을 내쉬는 걸 보니 한두 번이 아니다. 갑자기 왁자했던 대기실의 분위기가 적막해졌다. 수정은 헛기침했다.

"아이고, 이거 맛있네. 모두 먹어 봐!"

수정은 모두에게 약차를 재차 권하고 정미를 따라 침구실로 향했다. 그는 노인과 대치 중이었다. 작은 키에 통통한 몸집의 남자 환자였는데 그를 보고 아차다 싶은 정미가 주머니에서 청포도맛 사탕을 꺼냈다.

"이거 못 줬네."

"그게 뭔데?"

수정이 그걸 보고 물었다.

"가끔 저런 유형의 환자분들을 보면 이상하게 발작하거든요."

정미가 속삭였다. 그 말에 수정이 인상을 찌푸렸다. 환자를 가리는 것도 이상하고 그걸 유하게 만들기 위해 사탕을 먹어야 한다는 것도 이해되지 않았다. 승범의 목소리에 짜증이 실렸다. 자신을 향한 것이 아님에도 그에 대한 반감이 들었다.

"허리하고 무릎은 자세가 안 나와서 함께 치료가 안 된단 말입니다. 하루는 허리 하고 하루는 무릎을 치료하는 게……."

"그러면 지금 허리 맞고 이따가 무릎 맞으면 되는 거 아뇨?"

"제 얘기 끊지 마시고 잘 들으세요. 그렇게 되면 기력도 문제지만, 치료가 분산되기 때문에 치료하지 않는 것만 못합니다. 한 번을 맞아도 제대로 맞아야 한다고 몇 번을 얘기합니까?"

"우리 집이 멀어서 매일 못 나온다니까. 기력이고 분산이고 그냥 해 줘!"

"안 됩니다!"

설명을 해 줘도 고집을 부리는 노인도 노인이지만, 그에게 고압적으로 거절하는 승범을 보니 답답했다. 보다 못한 수정이 나섰다.

"한의사 선생, 갑자기 저기에 무슨 일이 생겼어. 잠시만 나 좀 보시게."

"무슨 일이요?"

수정은 노인에게 양해를 구하고 그를 침구실에서 데리고 나왔다. 그리고 다른 환자들이 보이지 않는 곳에서 승범의 등을 때렸다.

"아, 왜요?"

"환자가 다 니 봉이냐? 똑똑하다고 잘난 척하지 마라."

"제가 뭘 어쨌다고 그래요?"

아파서 기력 없다던 수정의 손이 꽤 매웠다. 맞은 여운을 손으로 문지르며 승범은 눈살을 찌푸렸다.

"안 된다고만 말하지 말고 몇 번이고 여러 방법으로 설득을 해야지. 가라는 말뿐이야?"

"몇 번이고 말했어요."

"아 다르고 어 다른 거야. 그 몇 번이 다가 아니지. 아픈 사람이 어렵사리 여기까지 왔는데 고치지는 않고 화만 얻어가게 둘 거야? 싸우기만 하려고 한의사 됐어? 그렇게 하니까 계속 올 환자들이 발길을 끊지."

"한의사 말 안 듣고 자기 멋대로 하려면 뭐 하러 치료받으러 옵니까?"

"아프면 다 예민해지고 어리광 부리는 게 사람이야. 살살 달래면 좀 좋아. 목소리도 살살. 방긋방긋 좀 웃으면서. 기껏 밖에 있는 사람들한테 잘 본다고 해 놨더니 성질은."

그 말에 승범은 힐끗 대기실을 봤다. 준비된 자리가 만석이다. 그러나 한껏 굳은 표정들을 보자 아차다 싶었다. 승범은 다시 노인 환자 앞으로 갔다. 정미가 입술을 움직이지 않고 중얼거렸다.

"웃으면 돈이 옵니다. 살살."

"아버님, 아프신 건 충분히 알고 있습니다. 그렇다고 이게 한 번만 맞고 나을 병이 아니에요. 그렇다면 저 TV에 나가야 해요. 〈세상에 이런 일이〉요. 그러면 아버님 허리랑 무릎은 누가 고칩니까? 그럼 허리를 중점적으로 맞고 무릎은 좀 잡아 드릴게요. 그리고 몇 번 맞아야 하니까 매일이면 좋지만, 안 되니까 시간 나실 때 꼭 오시는 거예요. 그럼 되죠?"

"크흠. 그러면 좀 낫나?"

"좀씩 낫게 해 드릴게요."

"알겠소. 꼭 낫게 해 줘야 해."

"네에."

고집스러운 환자도 치료했겠다. 그 이후에 온 환자들은 그렇게 까다롭지 않았다. 마음 편안하게 치료를 하고 다음 환자를 보려고 나온 승범의 팔을 누가 붙잡았다. 분명 대기실에 돌아가 있었던 수정이 어느새 또 쫓아와 있다.

"왜요?"

"다음 환자 내가 잘 아는데."

"이제 치료에 간섭하시려고요?"

"그게 아니야. 아들이 아파. 정부서 나오는 돈 가지고 초등학생 손주까지 보살피는 집인데 그래서 치료비가 많이 부족할 거야."

그럼 돈이 없단 소리잖아? 승범의 표정이 일그러졌다. 얼굴에서 빤히 읽히는 그 속내를 보고 수정이 혀를 찼다.

"카드값도 할부가 있는데 부족하면 다음에 달라고 해."

"그 할부는 신용이 있어야 하고 카드사가 돈을 떼먹을 리가 없잖아옷!"

"떼먹히면 좀 어때? 환자가 믿음을 가지고 치료를 맡겼으니 자네도 환자를 믿고 그런 면에서 기회를 줘. 그렇게 베풀다 보면 어떤 식으로든 자네에게 복으로 돌아오게 마련이야."

승범은 미간을 한껏 찌푸린 채 입술을 삐죽였다.

"누군 땅 파서 장사하느냐 말입니다."

"그 많은 빚에서 이 정도는 아무것도 아니잖아!"

그건 그렇지만. 승범은 더는 아무 말도 하지 않고 진료실로 향했다. 어떻게 된 게, 얘기를 하면 할수록 돌아가신 할머니가 떠올랐다. 뭔가 거스를 수 없는 위엄 같은 느낌이 같다고 할까.

　오후 3시쯤 꽤 나른한 시간이었다. 그 많던 환자도 줄어들고 즐겁던 수다도 한풀 꺾여 TV 소리만이 흘렀다. 정미는 잠시 한약을 빼러 탕제실로 갔고 승범은 진료실에서 환자와 상담 중이었다.

　한 남자가 문을 열고 들어왔다. 딸랑이는 소리에 대기실에 있던 사람들이 시선을 모았다가 이내 관심을 돌렸다.

　남자는 데스크에 아무도 없자 잠시 주춤거렸다.

　"치료받으러 왔어요? 그럼 그 앞에 있는 환자 접수 동의서를 기재하시고 잠시 기다려 주세요."

　문소리에 약 빼다가 급히 나온 정미가 말했다.

　"아뇨, 파스 사러 왔는데요?"

　데스크 위에 진열된 한방 파스를 가리켰다.

　"아, 잠시만 기다려 주세요."

　정미가 장갑을 벗고 나오려 하자 바쁜 그 모습에 수정은 안경을 빼고 자리에서 일어났다. 그리고 정미에게 나오지 말라고 손을 내저었다.

　"그건 내가 할 수 있지. 여긴 약국이 아니라 한의원이기 때문에 원장 처방을 받아야 하오. 거기 접수 동의서에 이름이랑 생년월일, 핸드폰 번호 써 주시고. 파스는 6매가 들어 있는데, 사천 원입니다. 그거 다 쓸 때쯤 간호사 선생이 나올 거요."

"네."

남자가 접수하고 있을 때 진료를 끝낸 승범이 나왔다. 걱정하지 말라며 환자의 어깨를 두드리던 승범은 데스크 앞에서 수정이 다른 환자를 응대하고 있는 모습에 황당해했다.

"아예 간호사로 취직하시죠?"

승범이 이기죽거리자 수정은 코웃음을 쳤다.

"지는 우리 한약방에서 약까지 팔았으면서."

"그래서 우리 한의원에서 약도 팔려고요?"

"못 할 게 뭐냐? 자세한 건 요 앞 한약방 주인인 나한테 문의하라고 해야지."

호탕하게 웃는 수정의 모습에서 몇 달 전 한약방에서 약을 팔았던 자신이 떠올랐다. 아직까지 그걸 기억하고 있었다니. 겸연쩍어 승범은 함께 웃었다.

그때와는 상황이 많이 변했다. 그 사실에 이상한 감정이 느껴졌다. 기쁘기도 하고 슬프기도 하고 외롭기도 한 복합적이고 미묘한 이 감정이 정확히 뭔지를 몰라 승범은 고개를 갸웃거렸다.

15. 폐가 방문

오후의 해가 서산으로 뉘엿거렸다. 잎을 다 떨군 나무들 사이로 미약하지만, 눈이 부신 해가 보였다. 찬바람을 맞으며 믹스 커피를 호로록 마시던 승범은 부채를 찾아 들었다. 가마솥에서 찰랑거리는 물에 가지고 온 첩약을 넣고 그 앞에 쪼그리고 앉았다. 우물 정자로 장작을 넣고 신문지로 밑불을 붙인 다음 부채질을 한다. 건조한 날씨 덕분에 여름 때처럼 나무에 불을 붙이는 게 그리 고되지는 않았다. 화륵하고 불이 타올랐다.

콜록콜록.

그래도 흘러나오는 매캐한 연기는 여전히 고약했다.

"아고, 젊은 양반이 이런 거 해 보셨을라나."

죽을 듯이 기침하자 옆에서 할머니 귀신이 안쓰러워한다.

"얼마 전에 배웠습니다."

눈물을 찔끔 흘리며 대답했다. 나무 타는 냄새를 맡으니 수정의 뒤를 밟아 산속 집에 갔을 때가 생각났다. 불도 못 붙인다고 어찌나 타박했던지.

"그래도 굳이 가스레인지가 있는데, 거기다 달여도 되는데 말입니다."

솔방울을 몇 개 집어넣으며 수정이 어디 있는지를 살폈다. 사람 일을 시켜 놓고 또 어딜 갔다.

"아마 가스가 없을 것이오. 아들이 와서 지 아비가 아픈지 어떤지 들여다봐야 하는데 바쁜지 요 며칠 못 왔거든. 저 양반이 부족한 것은 미리 전화해서 얘기하고 해야 하는데, 쓸데없이 아낀다고 하다가 골병이 드니 이 모양이지. 나라도 있었으면. 그러기에 내 죽을 때 누누이 자기 보전은 자기가 알아서 해야 한다고 일렀건만."

콧물이 흘렀다. 코를 들이키다가 간지러워 손으로 쓱쓱 문질렀다.

"그거 아십니까. 오늘 제가 온 건 어머님 때문입니다. 그러니까 귀신이 되신 어머님이 여전히 아버님을 도와주시는 거죠. 게다가 왕진비는 비싼데 어머님이니까 특별히 공짜로 해 주는 겁니다."

눈을 찡끗거리며 속삭이자 할머니가 웃었다.

"또 또 돈 소리, 왜 안 하나 했다."

어느새 왔는지 그 말을 듣고 수정이 잔소리를 했다. 왜 잔소리가 없나 했다. 콜록콜록. 타박하던 수정이 기침했다. 처음엔 연기 때문인가 싶어 그녀를 올려다봤는데, 한 번 터진 기침은 그칠 줄 몰랐다. 치료도 꾸준히 하고 약이며 밥이며 잘 먹여도 하루가 다르게 몸이 약해졌다. 그 모습을 보니 입이 써서 승범은 식은 믹스 커피를 한입에 털어 넣었다. 차게 식은 단맛이 혀끝에 머물렀다.

"에이, 사장님은 들어가서 쉬시라니까."

"바람 참 좋다!"

수정은 승범의 옆에 앉으며 바람이 찬데도 부러 아무렇지 않은 척했다. 느긋한 모습에도 승범의 마음은 조급해졌다. 그녀의 아들 찾기는 지지부진했다. 그 많은 귀신을 만나면서도 왜 수정이 찾는 귀신은 보지 못할까. 공실은 아이가 하늘로 갔을 거라고 했다. 아이가 놀라서 울기만 하니까 저승사자가 그냥 데리고 갔을 거라고. 그 말에 승범이 그건 우리 같은 귀신 보는 사람들한테는 납치겠다고 말했다가 공실에게 실컷 비웃음만 당했다.

"자넨 왜 우화에 왔나? 갈 데야 사방팔방 많은데?"

수정은 타들어 가는 불꽃을 멍하니 보는 승범에게 물었다. 여태 승범의 기억 속에서 깔깔깔, 배를 잡고 웃어

대는 공실이 저편으로 사라졌다. 가만히 수정을 보다가 입을 열었다.

"그야 산도 좋고, 물도 맑고, 인심 좋고…….'

판에 박힌 말을 하다가 한 얼굴을 떠올렸다.

"자네 특정 인물한테 발작 버튼 눌린다고 하던데."

수정의 말에 흘쩍, 콧물을 다시 마시고 머리를 긁적였다. 정미가 말했구나. 그녀가 이상해지는 자신을 알아차렸다는 생각에 부끄러워졌다. 그녀는 늘 승범 자신보다 먼저 그를 알아차렸다. 그 사실을 다시금 깨닫자 괜히 얼굴에 열이 올랐다. 저도 모르게 떨리는 손을 슬그머니 품에 넣었다.

"제일한방병원에 들어가려고 다른 한방병원에 있을 때 수단과 방법을 가리지 않았죠. 한 할아버지가 계셨는데 폐암이셨어요. 늘 보호자는 오지 않고 간병인만 있었는데 제가 종종 말도 걸고 그랬어요. 돌아가신 할머니 생각도 나서 그래서 다른 환자보다 정이 더 갔어요. 어느 날 가족들과 좀 더 시간을 보내고 싶다고 부탁하셨는데, 전체적으로 컨디션도 좋으셔서 기존 탕약과 다르게 처방을 했어요."

'내 꼭 자네에게 부탁함세.'

키가 작고 살집도 있던 할아버지는 늘 고향에 관해 이야기했다. 손자 생각이 나서 맛있는 거 사 주겠다고 꼬드겨 놓고 데려간 식당에서 아이처럼 울며 승범에게 부탁했다. 살고 싶다고. 그래서 여러 자료와 논문들을 찾아 법제한 옻을 사용했다. 당시 2010년쯤에 이를 활용한 약으로 해외에서도 주목을 끌었기 때문이었다. 어혈을 억제하면 종양의 생성을 막을 수 있다는 원리였다. 그렇다고 그게 정답은 아니었지만, 자신이 있었다. 그러나 독한 약 때문에 건강이 급격히 나빠졌고 순식간에 손을 쓸 수 없이 할아버지는 세상을 떠났다. 당연히 할아버지의 가족들이 와서 항의했다. 그러나 승범에겐 세상이 떠나가라 웃던 할아버지가 더는 세상에 없다는 그 사실이 무서웠다. 그래서 눈을 질끈 감고 잊기로 했다.

가마솥에서 하얀 김이 피어올랐다. 승범은 막대기로 타들어 가는 나무를 들쑤셨다.

"그게 뭐요? 때가 된 거고, 서로가 재수 없었던 거지. 한의사가 모든 병을 치료할 수는 없잖아요. 근데 모든 걸 잃었을 때, 그분이 떠올랐어요. 물도 좋고, 공기도 맑고, 산도 빼어난 그분의 고향 우화가 궁금해지더라고요. 인심은 모르겠지만."

아무렇지 않게 내뱉고는 다시 머리를 벅벅 긁었다. 옆에서 자신을 빤히 쳐다보고 있을 수정을 마주 볼 용기가 없었다. 그저 붉게 타오르는 불꽃만 응시했다.

한바탕 퍼부어질 잔소리를 각오하고 있는데 다행히

수정은 아무 말도 하지 않았다.

◇◇◇◇◇

승범의 차는 작은 저수지를 끼고 농가가 드문드문 자리한 곳으로 달렸다. 뒤에 자리한 산세가 꽤 깊어 보였고 저수지에서 피어오른 안개가 숲까지 뻗어 나가고 있어 그 모습이 꽤 음습해 보였다. 마을을 지나 산길을 올랐다. 길은 곧 어둠으로 물들었다. 띄엄띄엄 길을 밝힌 주황빛 가로등만이 큰 위안이 되었다.

"무슨 이런 데에 집이 있다고."

"어! 저기, 저기에 있네."

운을 떼자마자 조수석에 앉아 있던 정미가 소리쳤다. 그 모습을 못마땅하게 생각하면서도 그녀가 가리킨 곳을 봤다. 그곳엔 나무와 말라비틀어져 가는 수풀 그리고 어둠이 전부였다.

"저기, 저기! 이게 안 보여요? 저 가로등을 지나 오목하게 산이 들어간 그 위에!"

"어, 저기 있네."

뒤에서 수정이 맞장구쳤다. 차를 서행하면서 승범은 상체를 핸들에 대고 고개를 쭉 뺐다. 눈을 끔뻑끔뻑해도 잘 보이지 않았다.

"대체 뭐가……."

그때 수풀 뒤로 낮은 지붕이 보였다. 기와인 것처럼 보였으나 잘 안 보였고 뜯겨 나간 문 안으로 그보다 짙은 어둠이 고여 있었다. 끼익. 승범은 급히 브레이크를 밟았다.

"운전이 왜 이 모양이야?"

앞으로 쏠렸던 몸을 바로잡으며 수정이 불퉁스럽게 내뱉었다. 그리고 안전벨트를 풀고 차에서 내렸다. 그 뒤를 정미가 따라 내렸다.

"와, 진짜 고 사장님이 귀신을 본다니. 듣기는 먼저 들었는데, 제 눈으로 직접 보는 건 처음이잖아요. 막 설레요."

그녀가 핸드폰을 들어 동영상을 찍기 시작했다. 유튜버에 대한 꿈을 버리진 않았는지 귀신 환자의 한풀이를 찍겠다고 쫓아왔다. 찍히지도 않는 귀신 때문에 이렇게 마냥 따라나서는 건 위험하다고 승범이 만류해도 귓등으로도 듣지 않았다. 정미가 핸드폰을 대뜸 수정에게 향해 돌리고는 물었다.

"저희 여기 왜 온 거죠?"

"노순례 씨라고 재 너머에 살던 분이 계신데 저승에 갈 때 죽은 언니랑 가고 싶어 하더이다. 죽고 나서 언니네에 와서 만났는데 언니 귀신이 떠나고 싶어 하지 않는다고 하기에 왔지."

"그 언니분께서 저기 계신다고요? 죽은?"

"집에 애착이 많아 그런 것 같다며 설득을 해 주길 바라고 있소."

이에 꼰대 같은 수정도 어쩐 일로 계속 맞장구를 쳐 주고 있었다. 곧 죽을 자신도 있는데 뭐가 그리 걱정이냐고 타박까지 줬다.

"애도 아니고 그 귀신이 굳이 가기 싫어한다는데."

승범이 투덜대며 눈만 뒤룩 굴려 점점 어둡게 짙어지는 폐가를 올려다봤다. 이렇게 계속 있다간 어둠 속으로 사라질 것 같았다. 오소소 소름이 돋았다.

"안 가?"

수정의 호통에도 엉덩이가 무거웠다. 억지로 차에서 나온 승범은 트렁크에서 큰 손전등을 꺼냈다. 버튼 한 번에 약한 빛, 두 번에 강한 빛이 나오는 것이었다. 고장이 나지 않았는지 확인하자 발밑이 밝아지고 좀 더 밝아졌다. 그 모습을 보던 수정이 손으로 눈가를 가리며 눈을 가늘게 떴다.

"두 번째는 되도록 사용하지 않는 게 좋아. 귀신들은 밝은 빛을 싫어하거든. 도망가면 안 되니까. 그리고 들어가면 아무것도 만지지 마시게. 자칫 귀신이 타니까."

"다른 조심할 건 없나요?"

"조심은. 어디 귀신 한두 번 봐? 정미 씨는 내 뒤에 바짝 붙어서 와."

"네!"

승범은 정미 뒤에서 몸을 한껏 웅크린 채 폐가를 향해 갔다. 서로 뒤엉킨 수풀을 지나는 것도 일이었다. 바짓단을 따라 엉켜 올라오는 수풀을 다른 발로 꾹꾹 짓밟으며 녹슨 대문 앞에 겨우 섰다. 문은 잠겨 있지 않았다. 참으로 안타까웠다. 잠겨 있으면 그걸 핑계로 이 일을 안 해도 됐을 텐데.

끼이익. 기분 나쁜 쇳소리를 내며 대문이 열렸다. 차고 습한 바람이 안쪽에서부터 불어왔다. 반쯤 열리던 문은 어디가 걸렸는지 더는 열리지 않아 승범은 허리를 꼿꼿이 세우고 숨을 크게 들이켜서야 간신히 그 사이로 들어갈 수 있었다.

"계시오?"

수정의 부름에 싸늘한 공기가 맴돌았다. 크지 않은 마당에도 수풀이 한껏 자라 있었다. 그곳을 가로지르며 승범은 귀를 쫑긋 세우고 눈을 크게 떴다. 손전등 불빛이 정신없이 움직였다.

12평도 되지 않는 단층의 주택이었다. 기와라고 생각했었으나 색도 없는 회색의 슬레이트 지붕은 군데군데 뚫려 비가 오면 집 안으로 빗물이 그대로 쏟아질 터였다. 아니, 그게 문제가 아니다. 이미 밖에서 본 것처럼 작은 창과 문은 뜯겨 어디론가 사라졌고 회벽 위로 혈관같이 금이 그어졌다. 균열의 틈은 벌어져 있어 어느 순간 집이 무너질지 몰랐다.

바짓단을 스치는 수풀 소리가 섬뜩했다. 등 뒤로 식은땀이 흘러 옷이 들러붙었다.

"집이 이렇게 폐허가 됐는데 애착이 왜 있는지 이해를 못 하겠네요."

카메라로 이 모든 걸 담던 정미가 말하자 그 뒤에 있던 승범이 말했다.

"귀신의 눈으로는 옛날 모습 그대로이지 않을까요?"

"한의사 선생도 참, 상상력이 좋군."

코웃음 치며 수정이 말했다. 괜히 어린애 취급을 받은 것 같아 기분이 나빠졌다. 휙, 휙. 손전등으로 깨진 장독대 위 덩굴진 수풀을, 옷과 이불이 그대로 있어 켜켜이 먼지가 쌓인 집 안을 비췄다. 심지어 부엌에도 예전에 사용하던 식기가 먼지를 뒤집어쓴 채로 있었다.

"대체 그 언니분이 어딨다는 겁니까? 안 보이세요?"

"집 어딘가에 있지 않겠어? 자네도 잘 찾아보면."

수정이 집 안을 기웃거리다가 승범을 향해 뒤를 보며 멈췄다.

"왜요?"

날카로운 눈빛이 자신 머리 옆을 지나는 걸 본 승범

은 갑자기 소름이 돋았다. 뒤에 무언가가 있었다. 한기가 슬금슬금 등을 타고 올랐다. 수정이 손을 들었다.

"자네 일단 진정해."

"뭔데요?"

승범이 고개를 돌리려고 하자 수정이 소리쳤다.

"뒤돌아보지 마!"

그렇다면 뒤돌아보는 것이 인지상정! 승범은 참지 못하고 고개를 돌렸다.

그것은 아주 깡말랐고 드러난 팔다리가 마치 뼈 같았다. 그리고 머리는. 승범은 산발한 뒤통수를 봤다. 그게 머리카락 전체를 앞으로 넘기지 않았다면 뒤통수가 맞았다. 승범이 딱 하고 확신하지 못하는 이유는 귀신의 몸이 승범을 마주하고 있었기 때문이다. 몸과 머리가 180도로 다른 곳을 보고 있다는 말이었다.

"으, 어억!"

"꺄악! 왜 그래요?"

놀란 정미가 덩달아 소리쳤다. 귀신의 몸이 펄쩍 뛰어올라 승범의 등에 업혔다. 길고 가는 두 팔로 목을 꼭 붙들자 놀란 승범이 허우적거렸다. 낄낄낄. 키득거리는 귀신의 목소리가 귓가에서 들렸다.

"고 선생, 선생님, 도와주세요!"

"아이고, 가만히 있어 봐!"

귀신이 붙은 등에서 시리고 축축한 느낌이 났다. 버둥거리는 팔 사이로 머리통이 만져졌다. 어떻게든 떼어 내겠다고 두 손으로 그 머리통을 잡아채자 머리가 가뿐하게 솟아올랐다. 어? 하면서 그 머리통을 놓자 눈 옆으로 검은 머리털이 보였다. 귀신의 머리가 승범의 눈앞에서 멈췄다. 그리고 그와 이어지는 (사람 목이라고는, 아니, 귀신 목이라고 해도) 꼬였던 목이 제자리를 찾자 머리가 빙글 돌면서 푸르죽죽한 얼굴이 드러났다.

승범은 그 자리에 주저앉았다.

"그 양반한테 붙지 말고 나하고 얘기합시다. 동생분인 노순례 씨 부탁받고 왔어요. 내 당신의 한을 풀어 줄 테니까 나하고 얘기 좀 하자니까."

수정이 소리치자 귀신의 시선이 수정에게 향했다. 허공에서 흐느적거리던 산발 머리가 단정해지더니 푸르죽죽한 얼굴이 이내 평범한 모습으로 돌아왔다. 말도 못 하고 입만 벙긋거리는 승범 옆으로 정미가 달려왔다.

"괜찮아요?"

"내가 얘기할 테니 정미 씨는 한의사 양반 데리고 먼지 차에 가 있어."

"네. 걸을 수 있겠어요?"

"지난번 다쳤던 데 또 뼜나 봐요."

정미가 승범을 부축하며 대문을 지나갔다. 그런 그녀

가 갑자기 승범 앞에 등을 보였다.

"업혀요."

"뭐요?"

"위험하다면서 자기가 제일 다쳤잖아요."

"자기?"

"차까지 언제 걸어가요? 업어 줄 때 그냥 못 이긴 척하고 업혀요. 나 김 쌤보다 힘센 거 알잖아요."

그건 그렇지만. 승범은 뒤를 돌아봤다. 귀신과 얘기 중이던 수정이 이쪽을 보더니 다시 대화에 집중했다. 에라, 모르겠다. 그는 정미의 등에 업혔다. 수월하게 앞을 나아가는 그녀를 본 승범은 한없이 가녀리게 보였던 몸이 이렇게 튼튼한지 처음 깨달았다.

폐가에서 나온 수정이 조수석 차 문을 열어 놓은 채 앉아 있는 승범에게 다가왔다.

"언니 귀신분이 뭐라고 하세요?"

"교통사고로 죽은 남편과 딸자식을 아직 기다리고 있더군. 게다가 남편과 딸자식이랑 만든 집이고, 함께 산 세월만큼 그 추억이 있는 집을 떠나고 싶지 않다고 하는데 어쩔 도리가 있나. 저승에서 가족이 기다리고 있을지도 모르는데 찾아가 보면 어떠냐고 물어는 봤네. 생각해 보고 마음이 정해지면 찾아오겠지. 어디 봐. 얼마나 다친 게야? 사람이 조심성이 없어서 원."

"아파요. 살살!"

그의 부은 발목을 보던 수정은 저만치서 폐가를 찍어 대고 있는 정미를 돌아봤다.

"내가 참 답답해서 묻는 말인데 말이야."

"뭐가요?"

"둘이 언제 결혼할 거야?"

"네에? 악!"

뜬금없는 말에 놀란 승범이 벌떡 일어나려다가 발목의 짜릿한 통증에 다시 주저앉았다. 수정이 어이없는 얼굴로 그를 봤다.

"자네도 다 알면서 아니라고, 모른다고, 발뺌하지만 말고. 대체 뭐가 문제야? 둘이 동갑에 5년이나 넘게 같이 있었다며. 자잘한 것도 손바닥 보듯 꿰어 볼 정도면 모른다는 말이 안 나오지. 돈이 없어서 그래? 돈이 곧 행복이라며?"

승범은 붉어진 얼굴을 두 손으로 가렸다. 좋아하지. 사랑하지. 자기도 남자인데 정미를 보고 아무렇지 않을까. 애써 아닌 척, 모른 척 이때까지 굴었는데 수정이 너무도 요점을 짚었다. 포기의 한숨을 내쉬며 입을 열었다.

"왜 제가 돈돈돈거리는 줄 아세요? 어릴 때 가난해서

부모님이 이혼했거든요. 엄마를 많이 사랑했는데 엄마는 돈이 없다고 날 버렸어요. 돈만 있으면 내가 사랑하는 사람을 얼마든지 만날 수 있으니까. 돈이 행복이라 생각했죠. 그거 더 벌겠다고 사람도 죽였어요."

자조적인 마지막 말에 승범은 씁쓸히 웃었다. 가만히 그를 보던 수정이 아픈 발목을 꾹 눌렀다. 그가 비명을 내질렀다.

"쯧쯧쯧, 돈 많으면 행복하고 화목하다고? 자네 눈엔 내가 그리 보여? 정미를 좋아한다면 눈앞에 있는 행복을 위해 지금 네가 할 수 있는 걸 해. 슬그머니 티만 내지 말고 최선을 다해 마음을 보여. 마음 같아선 정미에게 도망가라고 말하고 싶지만. 저런 처자가 세상에 어디 있겠어? 정 못하겠으면 내가 대신 말해 줘?"

"아, 아니 그걸 왜 사장님이 말해요? 해요. 할 거예요. 제대로."

"그럼 어여 일어서."

"왜요?"

"다음 귀신 환자 치료하러 가야지."

"또요?"

16. 엄마와 아들

"**결혼식?**"

잠시 외출하고 돌아오는 길에 철물점 문이 닫혀 있다. 천막 천으로 밖에 진열해 놓은 철물들을 꽁꽁 덮어놓고 그 앞에 안내문을 걸었다. 집안 결혼식으로 하루 문을 닫는다고. 덩치 크고 고집스러운 철물점 사장은 연중무휴로 가게를 운영했다. 버스도 제때 있지 않은 곳에서 혹시나 올 손님들 때문에 가게를 비울 수가 없다고 했다. 그래서 비가 오나 눈이 오나 공휴일이나 일요일이나, 꿋꿋이. 그래도 가족 잔치는 참석하는구나.

눈발이 흩날리는 날이었다. 쌓일 눈인가? 그러면 이 앞을 내가 쓸어야 하나? 귀찮은데. 하는 생각이 들 때쯤, 계단 앞에서 쪼그리고 앉아 바람이 빠진 빨간 풍선을 가지고 노는 아이를 마주했다. 승범을 발견한 아이가 두 손으로 눈을 가렸다. 버릇인가.

춥다고 잠바 주머니에 손을 넣은 승범은 잠시 고개를 갸웃했다. 그리고 주위를 휙휙 둘러봤다. 꽁꽁 닫힌 철물점 문과 아이를 번갈아 봤다. 무슨 일이 있어 돌아왔나? 어린아이만 두고 결혼식에 갈 사람이 아닌데.

"야, 엄마 어디 있어?"

승범의 질문에 아이는 손을 내렸다. 그리고 대답도 하지 않고 빤히 승범을 봤다. 여기에서 놀지 말라고 했던 말이 떠오른 듯했다. 주눅이 들어 말도 못 했다. 아무리 눈발이 여기까지 들어오지 않는다 해도 차가운 공기가 머무는 곳이었다. 옷도 얇게 입고서는. 그런데 아이는 늘 똑같은 옷을 입고 있었다. 사계절 내내. 갑자기 철물점 사장이 어린 시절 자신을 방임했던 아버지와 겹쳐 보였다. 승범은 주머니에서 손을 빼고 그 앞에 같이 쪼그려 앉아 눈을 마주쳤다.

"왜 혼자 여기에 있어? 아저씨 알잖아. 여기 위에 한의원에서 일하는 사람."

아이는 안다며 고개를 끄덕였다.

"나랑 말하기 싫어?"

아이가 고개를 흔들었다. 외관상 영양 상태는 나쁘지 않았다. 그래도 혹시 모르니 물어본 다음에 확신이 들면 바로 신고를 할 요량으로 핸드폰을 찾았다. 양쪽 잠바 주머니와 안주머니 그 어디에도 핸드폰이 없었다. 바지 뒷주머니를 뒤적거리며 아이에게 물었다.

"너네 엄마 어디 있어?"

아이가 한약방을 가리키며 입을 열었다. 그러자 아이의 입속에서 또르륵, 말려 있던 혀가 길게 굴러 나왔다.

◇◇◇◇

승범은 원장실 바로 옆, 창고로 사용하던 곳을 수정을 위한 입원실로 만들었다. 수정의 병을 알게 된 승범이 손수 그녀가 편하게 생활할 수 있도록 하나부터 열까지 준비했다. 혹시 모를 응급 상황에 대비해 승범도 집이 아닌 원장실에서 생활했다. 수정은 한의원에서 그와 함께 있는 게 불편했지만, 하루라도 더 살기 위해 참기로 했다.

똑똑똑. 책을 보고 있던 수정은 입원실 문을 두드리는 소리에 고개를 들었다. 벌써 저녁 마실 나갈 시간인가 싶어서 창문 너머를 봤다. 짙은 회색빛 하늘에서 함박눈이 내렸다. 알이 굵은 눈이 툭툭 유리창을 두드렸다. 첫눈이다. 허, 코웃음이 났다. 눈은 못 보고 죽을 줄 알았는데 실낱같은 목숨줄을 재주껏 붙잡고 있구나 싶었다. 눈에 정신이 팔려 있자 다시 문을 두드리는 소리가 났다.

"알았네."

책을 옆에 놓고 돋보기안경에 손을 대는데 문이 열렸다. 빼꼼히 승범의 머리통이 들어왔다.

"주무셨어요?"

"아니."

침대에서 내려왔다. 두 다리가 바닥에 닿자 후들후들 떨렸다. 잠시 멈춰 괜히 허리를 두드렸다.

"너무 누워만 있었더니 허리가 다 아프네."

너스레를 떨며 슬리퍼에 발을 꿰었다.

'네놈, 발! 바닥에 딱 붙어 있어라!'

허공에 몇 번 헛돌던 발이 겨우 말을 들었다.

"그냥 앉아 있는 게 좋을 것 같은데 말입니다."

"아니야. 일어나서 걷기도 해야지. 먹고 자고, 소 된 기분이야."

"목청은 좋으신 거 보니 막 태어난 송아지라고 하시죠."

침대에 짚었던 손을 떼던 수정은 승범의 말에 인상을 찌푸렸다.

"그걸 지금 개그라고 치는 건가?"

"안 웃겼습니까?"

"웃어 주는 것도 정도껏이지."

"쳇."

여전히 고개만 빼꼼히 내밀고 있는 승범이 이상했다.

"뭐야? 왜 그래? 또 무슨 사고를 쳤어? 나만 없다 하면 사고를 쳐대니, 내가 쉴 수가 있겠나."

"아닌데요, 그런 거. 얼굴에 침 흘린 자국 있어요."

"뭐어?"

당황해서 손으로 입가를 닦았다.

"머리도 뻗쳤는데?"

수정은 거울로 다가가 자신의 얼굴을 봤다. 침 자국은 고사하고 잿빛 머리카락은 조금 단정치 못해도 뻗치진 않았다. 불만스럽게 그를 돌아보자 승범이 그 자리에 서서 손을 쭉 뻗었다.

"입술도 텄는데 이거 선물이요."

"들어와서 줄 것이지 대가리만 삐죽 내밀고 뭐 하는 거야?"

그 손에서 낚아채니 립스틱이다. 허이구야. 기가 찼다. 뚜껑을 열어 보니 봄꽃 같은 분홍색이었다.

"매사에 돈돈거리더니 이런 건 어디서 샀대? 정말 나 주려고 산 거야? 다 늙어 볼모레면 죽을 날 잡은 노인보고 민망하게 이런 걸 바르라고."

그렇게 말하면서도 수정은 세수하고 머리를 단정히 빗어 묶고 봄날의 꽃잎 같은 색을 입술에 발랐다.

"아까워서 어떻게 쓰라고."

생전 이런 걸 바른 일이라곤 병으로 죽은 남편과 결

혼할 때뿐이었다. 너무 아까워서 핏기라고 없는 허연 입술에 바르는 손이 떨렸다. 고왔던 그때 좀 더 꾸며 볼걸, 아까워서 어떡하나. 입술을 몇 번 손끝으로 문지르자 은은한 빛이 났다. 창백한 얼굴이 조금은 화사해 보였다. 수정은 여전히 그 자리에서 자신을 보고 있는 승범을 돌아봤다.

"됐냐?"

괜히 민망해 불퉁스럽게 말이 튀어나왔으나 웬일로 승범이 빙긋 웃었다. 엄지까지 척 들어 올리며.

"하늘에서 내려온 선녀네."

농담까지 했다.

"그래그래, 내가 그 선녀다. 지금 나가면 아주 동네 귀신들이 내 앞에서 무릎 꿇고 아이고, 선녀님. 제 소원 좀 들어주십시오."

선물도 줬겠다, 눙치며 느물거리려는데 승범의 머리가 사라졌다. 그리고 그 좁은 문틈으로 작은 머리통이 삐죽 나왔다. 푸르딩딩한 얼굴에 큰 두 눈망울이 조심히 안을 보다가 수정과 마주치자 주춤 물러났다. 뒤를 한 번 보고 다시 수정을 보더니 아이가 웃었다. 길게 빠지는 혀에 앞니 두 개가 없는, 자그마한 이들이 하나하나 눈에 들어왔다.

"엄마."

엄마, 엄마라니. 얼마나 듣고 싶었던 말이던가. 수정의 딱 붙어 있던 발이 바닥에서 떨어졌다. 수정은 두 팔을 벌리며 아이를 향해 달려갔다.

"기운아!"

"미안해요, 엄마."

달려오는 아이를 붙들어 끌어안았다. 냉기에 몸이 부르르 떨렸어도 수정은 절대 놓지 않겠다는 듯이 아들을 더욱 품에 꽉 안았다. 기운이가 울음을 터트렸다.

"그동안 혼자 어디에 있었어! 엄마가 얼마나 찾아다녔는데. 왜 엄마한테 바로 오지 않았어? 엄마가 얼마나 기운이 네가 보고 싶었는 줄 알아?"

"죄송해요. 거기 가지 말라고 했는데, 가서. 혼날까 봐 무서워서…… 숨어 있었어요."

"……혼날까 봐? 숨어 있었다고? 어디서? 그렇게 오래도록 혼자서?"

아이가 두 손으로 눈을 가렸다.

"이렇게 눈을 가리고, '아무도 저를 못 보게 해 주세요.'라고 빌면, 아무도 못 봐요. 그런데 한의사 선생님은 계속 봤어."

아이의 소원이 그런 식으로 이뤄진 것이었다. 너무나 허무하고 그렇게 할 정도로 혼나는 게 무서웠던 아이가 안쓰러워서 수정은 고개를 계속 흔들었다.

"그랬어? 안 그래, 엄마 이제 안 그래. 엄마가 잘못했어. 그렇게 오래도록 혼자서 얼마나 무섭고 쓸쓸했을 꼬."

아이의 얼굴을 보고 젖은 머리를 쓸어 올려주고 얼굴을 마주 대고 수정은 끊임없이 미안하다고 했다.

"엄마가 사랑한다는 말도 못 해서, 우리 기운이한테 그 말 못 하고 혼자 갈까 봐, 엄마가 얼마나 무서웠는데. 이렇게 엄마 혼자 늙어서 못 알아볼까 얼마나 걱정했는데. 못난 어미에게 태어나 줘서 고맙다. 늘 이 말을 해 주고 싶었어. 착한 내 아들, 이제라도 이렇게 오래오래 함께 있자."

오래도록 서로를 끌어안은 채로 울고 있는 모습을 가만히 지켜보던 승범은 조용히 문을 닫았다.

◇◇◇◇◇

다음 날.

아들을 만난 수정은 더는 자신의 병을 치료하지 않겠다고 선언했다. 그 말에 승범은 무어라 할 말이 있어 보였지만, 이내 그 말을 삼키고 고개를 끄덕였다. 승범은 수정과 공실 그리고 기운을 데리고 백화점에서 선물들을 잔뜩 샀다.

수정은 그동안 기운이가 못 먹은 것들을 먹게 했고, 못 입은 옷들을 사 줬으며, 장난감도 사 줬다. 한약방으로 돌아온 수정은 대기실에서 기운이를 끌어안고 트로트를 들었다. 늘 그 자리에 있던 공실이 뻥튀기를 건넸다. 수정은 한 줌 쥐어 아들의 입에 넣어 주고 자신의 입에도 넣는다. 몸이 둥실둥실 한없이 가볍다.

17. 어떤 장례식

우화 장례식장.

시 외곽 도로 옆, 넓은 평야의 가운데 회색 건물이 하나 우뚝 선 그곳에 아침부터 많은 차가 오갔다. 모두 수정을 만나러 오는 길이다.

빈소에서 상주를 자처한 승범은 손님들에게 인사를 했다. 딱딱하게 굳어 있는 그의 표정을 보며 처음엔 그렇게 수정에게 싸가지 없이 대했어도 그런 정도 정이라고 이내 아들처럼 가는 날까지 살뜰히 보살핀다고 모두 칭찬했다. 수정 대신 고맙다며 그에게 감사와 위로를 전했다. 모두가 스스럼없이 그를 대했다. 소라 아버지는 통원 치료를 하고 있는 소라를 잠시 친척 집에 맡겨 두고 힘든 일을 도맡아 했다. 그동안 소라의 치료에 신경 쓰느라 수정에게 헤아릴 수도 없는 미안한 짓을 제대로 용서받지 못했다며 한스러워했다.

"고 사장님도 그 마음 다 알 겁니다."

승범은 그의 어깨를 두드리며 위로했다. 언제나 그의 옆엔 소라 엄마가 있었다.

"아이고, 김 선생!!"

"억!"

막 도착한 철물점 최 사장이 승범을 보자마자 울음을 터트리며 끌어안았다. 숨이 턱 막혀서 빠져나오려고 하지만 곰 같은 거구가 그를 옥죄었다.

"저기, 최 사장님. 이것 좀……."

"어흐흑."

최 사장이 울음을 토할 때마다 승범의 몸도 덩달아 휘청거렸다. 승범이 억지로 그 거구를 떼어내는 데 땀한 바가지를 흘려야 했다. 다리가 후들거렸다.

"두 번 안겼다간 나도 고 사장님 따라가겠네."

안도의 한숨을 내면서 투덜대자, 깔깔깔, 인사를 하고 사라지는 손님들 뒤에서 수정이 뒷짐을 지고 선 채웃었다. 승범은 영정 사진을 흘끗 쳐다봤다. 깡말랐어도 목청이 보이도록 활짝 웃는 모습이 지금 모습과 다름이 없다.

"내 덕분에 자넬 보는 시선이 많이 달라졌지? 자넨 로또 맞은 거야, 로또!"

"네, 네. 아주 감사합니다요. 왜, 저도 절할까요?"

"어이구, 그 비싼 무릎이 과연? 잠깐 이리 와서 대신 말 좀 전해!"

승범은 어기적거리며 수정의 뒤를 따라갔다. 식당에서 상에 둘러앉아 음식을 먹는 사람들에게 정미와 이웃 사장님들이 음식을 내놓고 있었다.

"나같이 일가친척 하나 없는 사람은 이런 일이 있을 땐 이렇게 팔 걷어붙이고 도와주는 이들이 소중한 법이야. 앞으로 어떻게 될지 모르니 자네도 모든 사람한테 인덕을 쌓아. 높이를 보지 말고 낮게 봐. 여기 낮은 사람들이 무슨 말을 하는지 귀를 기울여. 그 좋은 눈썰미로 그들의 속내를 읽어 내고 도와줘. 할 수 있는 만큼."

수정은 한 할머니 앞으로 갔다. 승범이 그 앞에서 어정쩡하게 인사를 했다.

"고혈압이신데 매일 저녁 반주로 술을 자셔서. 나한테는 안 마신다고 했지만, 지난번에 갔을 때 보니 뻥이었더라고."

"어르신."

할머니 옆에 있던 중년의 여자가 전을 먹다 말고 할머니의 어깨를 두드렸다. 그리고 귀 가까이 대고 큰 목소리로 말했다.

"어머니, 한의사 선생님이 엄마 부르네!"

"응?"

"어르신 혈압이 높으니까 염분 있는 거 많이 드시지 말고, 술도 이제 끊으시래요!"

승범이 목청껏 소리 높여 말하자 그 딸이 웃었다.

"안 마셔. 안 마신 지 오래야."

할머니가 손사래를 치며 말하자 승범이 다시 말했다.

"어르신, 이제 그런 뻥 안 통해요. 고 사장님이 마시나 안 마시나 이제 지켜보실 거래요!"

"으응? 그 선생은 그렇게 할 일도 없대?"

"네, 이제 할 일이 없죠. 놀러 다닐 일만 남았죠."

"알았어, 알았어."

할머니가 고개를 끄덕였다. 일어나기 전, 승범은 딸에게 당부를 잊지 않았다.

"이렇게 날이 추울 땐 꼭 귀 뒤쪽과 후두부 그리고 발을 따뜻하게 해 주세요. 평소에도 털모자 쓰시고 발은 두꺼운 양말 신으시고요."

이번엔 다른 상에 앉아 있는 가족에게로 갔다. 그는 어린아이를 데리고 온 부부에게 인사했다. 부인은 동남아 쪽 이주민이었다.

"'실라'라고 우리 집에 종종 오는 손님인데. 내가 친정엄마랑 닮았대. 그래서 김치며 그 나라 음식 만들면 싸 들고 올 정도로 정이 많아. 요즘 통 잠을 못 잘 거야.

내가 이렇게 됐으니 근심을 또 얹어 주게 되었고."

"이렇게 와 주셔서 감사합니다. 고 사장님께 말씀 들었습니다. 그동안 한약방에 음식 가지고 오셔서 딸처럼 챙겨 줘서 감사하다고 하셨거든요. 그리고 걱정도 하셨습니다. 항상 머리가 무겁고 두통이 있지 않으십니까. 잠을 잘 못 주무신다고요. 걱정이 많으셨는데 장례 끝나고 한의원에 오십시오. 치료해 드리겠습니다."

실라는 그 말에 울컥 눈물을 흘렸다. 그녀의 품에 있던 두 살 아이가 어깨 너머로 손을 뻗었다. 수정이 빙그레 웃으며 그 아이의 손을 잡았다. 깊은 두 눈망울이 수정을 보고 웃었다.

붉은 노을이 지고 짙은 어둠이 내리깔렸다. 빈 상에 음식이 놓였다. 하나, 둘 그림자들이 장례식장으로 들어섰다. 그들은 빈소를 지나쳐 식당으로 와 상 앞에 앉았다. 금세 식당은 귀신들로 북적거렸다. 수정이 그 앞에서 기운이를 안은 채로 키득거렸다.

"이게 죽어서 처음 받는 생일상 같은 건가?"

"좋기도 하시겠어요."

그 옆에서 뒷짐을 지고 선 승범이 한숨을 내쉬었다. 묵직한 무언가가 가슴을 누르고 있는 것처럼 답답했다. 부루퉁한 그의 목소리에도 수정은 눈이 마주치는 귀신들에게 손을 흔들며 인사했다.

"내가 뭐 환갑잔치를 해 봤어야지. 나 이렇게 북적이는 잔치 처음일세. 아, 노래방 기계가 있어야 재밌는데."

"뭐⋯⋯."

승범은 적막한 다른 방을 봤다. 사람이라고는 관리실의 몇 사람뿐이니.

"그 기계 없이 마음껏 놀아도 누가 뭐라고 하겠어요? 귀신 되신 김에 실컷 노세요."

"그럴까? 하긴. 모두! 오늘 신나게 놀자고!"

와아! 수정의 말에 모두가 환호했다. 수정은 아들의 손을 잡고 귀신들 틈으로 섞여 들어갔다. 공실도 함께 덩실덩실 춤을 췄다. 그 뒷모습을 보고 있는데 박 씨가 다가왔다.

"이런 장례식장에선 고스톱이 딱인데 말일세."

그는 의수 낀 손을 만지작거렸다.

"요즘 그런 거 안 해요."

크흠. 헛기침하던 박 씨가 승범의 눈치를 봤다.

"그⋯⋯ 여기에 머문다고 하지는 않았지?"

슬그머니 승범의 귓가에 속삭였다. 수정은 기운이와 함께 노래를 부르기 시작했다. 모두가 손뼉을 치며 공실을 따라 덩실덩실 몸을 흔들었다. 승범은 박 씨가 하는 말이 무슨 말인지 알았다. 귀신들은 자의대로 저승에 가거나 남는 걸 선택했다. 그러나 대부분 한이 있어

서 남았다. 하나를 풀어도 또 다른 하나를 바란다. 미련
이 남아서. 박 씨와 다른 귀신들도 그 미련 때문에 이곳
에 있지만.

"공실 씨도 고 선생과 함께 간다고 하더군."

그 말에 놀란 승범이 그를 바라봤다.

"아줌마도요?"

"자기 한은 일찍이 풀렸으니 여한 없다고 하지 않겠
소. 나야 내 주변 귀신들이 말도 없이 사라지는 일이 비
일비재하니까 조금은 섭섭할 뿐이지만, 한의사 선생은
꽤 섭섭할 것 아니오? 그래도 꽤 의지했었으니까."

"아저씨는요?"

목구멍에 무언가가 콱 막힌 듯 그 물음이 잘 새어 나
오지 않았다. 박 씨가 눈을 크게 떴다. 그 잘난 한의사
선생 얼굴이 잔뜩 일그러졌다. 금방이라도 울 것 같은
모습으로. 박 씨는 연방 헛기침을 했다.

"나, 나는 아직 한이 많아서."

승범은 고개를 끄덕였다. 그는 입을 꾹 다물고 잔치
가 한창인 식당을 봤다.

"뭐 해? 박 씨도 이리 와서 노래 불러 봐!"

수정의 말에 박 씨가 얼씨구나 달려가 노래를 불렀
다. 모두가 돌아가며 한 곡씩 불렀다. 각각 살았던 시대
가 달라 여러 장르의 음악들이 빈 장례식장에 울려 퍼

졌다. 시조를 읊거나 창을 부르는 귀신도 있었다.

"다들 즐거워하고 있어요?"

옆으로 다가온 정미가 물었다. 승범이 정미를 바라봤다.

"아니, 내가 감이 좀 있잖아요. 장례식만 오면 머리가 아프고 막 그랬는데 여긴 좀 안 그래서."

멋쩍은 웃음을 지으며 그녀가 말했다.

"다들 노래 부르고 춤추고 잔치 중."

"아아, 그렇구나."

정미는 허공을 보며 뭐라도 볼 수 있을까 눈을 가느스름하게 떴다.

"나 할 말 있는데."

"뭔데요?"

두 눈에 힘만 줬더니 눈이 뻐근해서 눈을 감으며 정미가 물었다.

"좋아해요."

여전히 눈을 감고 있던 정미가 되물었다.

"뭘요?"

"이정미라는 여자요."

그 말에 정미가 눈을 번쩍 뜨고 승범을 바라봤다. 승범이 다시 한번 또박또박 말했다.

"나, 정미 씨를, 많이 좋아합니다."

정미는 기막혀 입만 벙긋거리다 그의 어깨를 때렸다.

"아니, 무슨, 그런 말을 장례식장에서 해요?"

◇◇◇◇◇

서산 너머에서 희미한 빛이 떠올랐다. 매서운 바람이 불어오는 장례식장 앞에서 수정은 배웅하는 귀신들에게 인사를 했다. 그 뒤에 선 승범의 손을 공실이 잡았다. 공실은 표정 없이 잔뜩 풀이 죽은 승범의 눈을 들여다봤다.

"이제 이별해야 할 때야. 나는 말이지. 수정이와 함께 가겠다고 늘 생각하고 있었어. 승범이가 눈에 안 밟히는 건 아니지만, 이게 내 남은 마지막 한이라고 이해해 줘."

"알아요."

"덕분에 한도 풀고, 맛있는 것도 많이 먹고. 재밌었어. 고마워. 아, 이거! 이 찢어진 배도 꿰매 줘서 더 고맙고."

"그게 어디 제가 꿰맨 건가요?"

"지금처럼만 살아. 우화에 와서 우리 만나 살았던 만큼만. 요즘 참 보기 좋아서 그래."

공실은 승범을 데리고 앞으로 갔다. 수정이 승범을 보며 웃었다.

"금방이라도 울겠네. 다 털고 좋은 데 가는데 울상이야?"

"안 울 거거든요."

"그래, 자네답지 않아. 땡잡은 것만 생각해."

"대체 평소 저를 어떻게 생각하시는 겁니까?"

볼멘소리를 냈더니 다시 수정은 웃었다. 그 옆에 선 기운이가 달려와 승범의 다리를 안았다.

"풍선 감사했어요."

승범은 아이의 머리를 토닥였다.

"이제 엄마 손 놓지 말고."

그 말에 기운이는 수정에게 달려가 그녀의 손을 꼭 잡았다.

"참, 오늘 밤 예약 환자 있었는데 내가 이리 가니 네가 봐라."

"네? 갈 때까지 일거리입니까?"

"늙으면 이렇게 깜빡깜빡해. 왜 자네는 젊어서 오래오래 볼 수 있다며! 엄살은, 간다."

예전에 했던 말은 잊지도 않고 써먹으면서, 엄살은. 승범이 투덜거리자 수정이 뒤를 휙 돈다.

"왜요? 또 뭐?"

그녀가 씩 웃었다.

"잘 살아라."

승범은 입술을 꾹 물었다. 두 눈에 눈물이 차올랐다. 돌아서서 벌써 저만치로 가는 수정과 기운 그리고 공실의 뒷모습을 보던 승범은 끝내 참지 못하고 눈물을 흘렸다. 옆에서 정미가 그의 어깨를 토닥였다.

◇◇◇◇◇

불을 켜자 주인 없는 한약방은 시들대로 시들어 있었다. 단 며칠을 쓸고 닦지 않았을 뿐인데 눈에 보이도록 먼지가 쌓였다. 익숙한 한약 냄새는 희미해져 퀴퀴한 먼지 냄새에 섞였다. 냉기가 가득한 한약방을 둘러봤다. 한약방 모든 곳, 수정의 손길이 안 닿은 데가 없다. 금방이라도 방 안에서 수정이 나올 것 같았다. 가만히 기다려 보지만, 적막만 길어졌다.

무엇부터 할까 고민하다가 그래도 청소부터 하자고 생각했다. 대충 쓸고 닦는다. 그러다가 너무 추워서 난로에 불을 때야겠다는 생각이 뒤늦게 들었다.

이제는 낡은 난로에 나무를 넣고 불을 때는 일이 어렵지 않았다. 매캐한 연기가 피어올랐다. 나무가 타오르는 소리만 들리는 내부에서 승범은 콧물을 훌쩍였다. 망할 연기 때문에 눈이 매워 눈물이 나왔다. 이렇게 조용한 한약방이 다시는 왁자한 소리가 들릴 리 없다는 사실에 너무 속상했다.

공실 아줌마가 늘 보던 TV도 더는 켜질 일이 없고, 작두로 약재를 썰던 수정의 모습도 볼 일 없다.

"이해는 무슨."

누군가가 죽고 없어진다는 게 살아남은 사람의 입장에선 그렇게 빨리 이해가 될 리 없었다. 하고 싶지도 않았다. 떠나지 못하게 붙잡을걸. 후회가 밀려왔다. 돌아서 가는 발을 붙들고 떠나지 말라고, 조금만 더 있다가, 그래, 자신이 죽을 때 같이 가자고 떼 좀 쓸걸. 괜히 어른인 척, 괜찮은 척 보내 주지 말걸.

'나는 어떡하라고?'

딸랑, 종소리가 울리며 문이 열렸다. 수정이 말했던 귀신 환자가 찾아왔다. 승범은 재빨리 눈물을 닦아내고 자리에서 일어났다.

"오셨습니까. 이곳 사장님은 이제 계시지 않아 제가 대신……."

문 앞에 선 노인이 천천히 중절모를 벗었다. 작은 키에 통통한 몸집. 고집 어린 입매와 미간에 새겨진 주름, 꿈틀대는 짙은 눈썹. 죽기 전의 모습과는 사뭇 다르지만, 승범은 단번에 그를 알아봤다.

"강성 씨?"

아득한 기억 저편에서 그의 목소리가 울렸다.

'어차피 죽을 거 뭐든 해 보고 싶네! 뭐든! 내 자네를 믿어!'

좋은 제안은 아니었다. 당사자야 어차피 죽으면 그만

이겠지만 혹시라도 잘못된다면 자신한테 안 좋은 이력만 생길 뿐이었다. 결국은 죽었을 사람이었다. 그도 알고, 승범도 알았다. 그렇기에 이건 서로 재수가 없던 것이다. 그런 자조 섞인 위안으로 잊어버리려 했다. 그러나 늘 마음 한편에 죄책감이 남았다.

수정은 그걸 알았던 걸까? 승범은 눈앞에 선 강성 씨를 보고 수정이 마지막으로 기회를 선물해 줬다는 걸 깨달았다.

둘 사이에 오랜 침묵이 흘렀다. 승범이 천천히 그의 앞으로 갔다. 그리고 그의 앞에 무릎을 꿇었다. 눈물이 흘렀다. 헛된 자만심에 하지 않았던 그 말을 비로소 입에 담았다.

"죄송합니다. 너무 늦게, 지금에서야 사죄해서 죄송합니다."

고개를 수그리고 진심으로 사과했다. 침묵이 이어졌다. 그리고 차갑지만 부드러운 손길이 승범의 등에 닿았다.

그는 고개를 들지도 못하고 울기만 하는 승범을 가만히 안아 주었다.

"용서할 게 무언가. 내가 살고자 자네를 괴롭혔지. 지금까지 서로 괴로웠으니 좋게 생각해 보자고. 이렇게 자네가 나를 본다는 것은 하늘이 자네와 나에게 두 번째 기회를 준 게 아닐까?"

"언제나 언제나 선생님을 떠올렸어요."

우화에 처음 왔을 때도. 그 말에 강성 씨는 호쾌하게 웃었다.

"이제라도 내 병을 고쳐 주면 되네. 아, 귀신들 사이에선 한이라고 한다지? 이번엔 꼭 서로가 만족하는 결과를 내자고!"

18. 에필로그

수정 한약방의 간판이 내려가고 새로운 간판이 달렸다. 승범 한의원. 이웃들이 모여 그 간판을 보고 손뼉을 쳤다. 철물점 최 사장이 고사를 지내야 한다며 돼지머리를 가지고 왔다. 방긋 웃는 돼지 입에 오만 원권을 물리고 승범이 절을 하려고 하자 소라 아버지가 품에서 오만 원권 다발을 꺼내 입에 물렸다.

승범 한의원은 다른 가게들보다 일찍 문이 열리고 늦게 문이 닫혔다.

"여기가 서울서 온 한의사가 한다는 곳이여. 잘 본다고 소문이 난 곳이라니까!"

환자들이 왁자하게 들어갔다. 예전 한약방을 살짝 현대적으로 개조한 한의원에서 정미가 들어오는 환자들의 이름을 컴퓨터에 쳤다. 정미가 돈으로 꾀어 다시 돌아온 택영은 태블릿을 보며 환자들의 이름을 불렀다.

"물리치료실로 가시겠습니다!"

물리치료실에서 나온 중년의 여성 환자가 어깨를 빙빙 돌렸다. 그리고 계산하며 혀를 찼다.

"하이고, 다 나은 것 같네! 또 올게요!"

"다시 오지 마세요. 우리는 그러면 안 되는 사이니까!"

침을 놓다가 승범은 고개를 내밀며 소리쳤다. 그 말에 환자들이 행복하게 웃으며 나왔다. 승범은 거동이 불편한 이웃 동네 할아버지를 부축했다.

"아드님 안 오셨어요? 어? 저기 밖에 있네. 저기까지 함께 가요!"

발걸음을 맞추며 걷는데 대기실에 앉아 있던 다른 환자들이 손을 흔들었다.

"저기, 이거 올해 처음 수확한 양파야. 한창 달 때니까 반찬 해 먹고 그래."

"아이고, 한의사 선생, 잘됐네! 씨암탉 가지고 왔어! 이거 놓고 가네. 나중에 약 좀 잘 지어 줘!"

"아니, 어머니! 닭은 안 줘도 된다니까!"

꼬꼬댁! 닭이 할머니 손에서 날아올랐다. 깃털이 대기실에 날렸다. 놀란 승범이 호들갑을 떨었다. 환자들은 그 모습에 깔깔 웃었다.

진열장 뒤에서 승범은 앞에 선 머리숱이 적은 아저

씨를 불렀다. 그리고 그 안에서 작은 병을 꺼내 들었다. 가늘게 뜬 눈을 아저씨에게 맞추며 음흉한 목소리로 말했다.

"제가 옛날 수정 한약방에서 배운 기술로 만든 한련초 탈모약! 이거 써 보시면 없는 머리털이 뿜뿜! 한 번 써 보시라니까!"

마주 선 두 사람의 시선이 오가고, 아저씨가 홀린 듯 고개를 끄떡이며 그 약병을 잡았다.

"아, 그리고 이건 서비스인데."

승범이 주위를 둘러보더니 서랍에서 뭔가를 꺼내 아저씨 손에다 올려놨다. 그리고 한층 낮은 목소리로 속삭였다.

"사모님하고 같이 드시면 좋은 겁니다. 이게, 뭐냐! 약쑥 캔디예요. 그렇다면 어디에 좋냐! 하면 딱 눈치를 채셨을 거야! 이게, 사장님 밥 먹음 만사도 귀찮고 하니 바로 눕잖아요. 맞죠? 그때 요거 하나 까서 드셔 봐! 위장을 따뜻하게 해서 소화를 돕거든. 속이 편안해진단 말이야! 어어? 왜 화를 내셔? 무슨 생각을 하셨어? 알아, 내가 다 알아. 다음에 오시면 내가 다른 서비스로 준비해 드릴게. 일단 이거 드셔 보시고 괜찮다 싶으면 다음엔 통으로 사기!"

사람 환자로 왁자한 낮이 지나고 어두운 밤이 됐다. 한의원 원장 진료실과 부원장인 귀신 의사의 진료실에 주황색 불이 켜지면 일렁이는 그림자들이 몰려왔다. 불에 태운 약초와 한약이 그득한 한의원 앞에서 귀신 환자 담당 박 씨가 나와 의수를 하늘로 번쩍 들었다.

"자, 모두 줄을 서시오!!!"

같이 읽고 싶은 이야기
텍스티 (TXTY)

텍스티는 사람들이 다양한 이야기와
좋은 **사이**를 이루길 바랍니다.

이야기를 매개로 사람들 사이에
다양한 **공감**이 흐르도록 하겠습니다.

덕분에 사람들은
갖가지 사회적 통념으로부터 **자유**로워지고,
취향에 맞는 이야기를
더 적극적으로 찾고 만들어 나갈 것입니다.

이야기와 함께하는 라이프스타일을 **애착**할 수 있도록
텍스티가 여러분을 응원합니다.

수상한 한의원

초판 1쇄 발행   2024년 1월 31일
초판 7쇄 발행   2025년 1월 10일

지은이   배명은

IP 총괄   신도형 조민욱
IP 책임   박혜림
IP 제작   유수정 조민욱 김하명
IP 브랜딩   홍은혜 유수정 텍수LEE
경영지원   박영현 박인영 김미성
자문   장동민 원장(하늘땅한의원)
교정·교열   김화영
일러스트   꽃타래
디자인   그리너리케이브
북-음   최희영
인쇄   금비피앤피
배본   문화유통북스

발행인   유택근
발행처   ㈜투유드림
출판등록   제2021-000064호
주소   (02810) 서울특별시 성북구 종암로13길 16-10
대표전화   02-3789-8907
이메일   txty42text@gmail.com
인스타그램   @txty_is_text
홈페이지   http://www.toyoudream.com
ISBN   979-11-93190-03-6(03810)
정가   16,800원